Matteo Pescatore

La logica delle imposte sposizione di principii di diritto, di legislazione, e di economia sociale e dell'ordinamento delle pubbliche imposte : che ne risulta con una appendice sulle crisi finanziaris

La logica delle imposte sposizione di principii di diritto, di legislazione, e di economia sociale e dell'ordinamento delle pubbliche imposte

Matteo Pescatore

La logica delle imposte sposizione di principii di diritto, di legislazione, e di economia sociale e dell'ordinamento delle pubbliche imposte : che ne risulta con una appendice sulle crisi finanziaris

ISBN/EAN: 9783742809483

Manufactured in Europe, USA, Canada, Australia, Japa

Cover: Foto ©Andreas Hilbeck / pixelio.de

Manufactured and distributed by brebook publishing software (www.brebook.com)

Matteo Pescatore

La logica delle imposte sposizione di principii di diritto, di legislazione, e di economia sociale e dell'ordinamento delle pubbliche imposte : che ne risulta con una appendice sulle crisi finanziaris

LA

LOGICA DELLE IMPOSTE

SPOSIZIONE DI PRINCIPII DI DIRITTO,

DI LEGISLAZIONE, E DI ECONOMIA SOCIALE

E DELL'ORDINAMENTO DELLE PUBBLICHE IMPOSTE

CHE NE RISULTA

CON UNA APPENDICE SULLE CRISI FINANZIARIE

PER M. PESCATORE

AUTORE

DELLA LOGICA DEL DIRITTO

———⁂———

TORINO

STAMPERIA DELLA GAZZETTA DEL POPOLO

1867

Via Sant'Agostino, N. 3.

PREFAZIONE

L'occasione di scrivere sull'argomento delle pubbliche
imposte è manifestissima a tutti. Io però desidero
che tu sappia, o lettore benevolo, che la questione
finanziaria, la quale ora sovrasta al paese sì minac-
ciosa, non è nuova affatto per me; perocchè membro
dell'opposizione Parlamentare per oltre a dieci anni
nell'antico Piemonte io presi parte assidua in quelle
lunghe e svariatissime discussioni, onde emersero
tante leggi d'imposta: poscia seguitai con molto
studio i lavori del Parlamento Italiano, ed in ultimo
assistetti alla revisione generale, benchè sommaria,
che non ha guari, si fece in Parlamento delle leggi
concernenti i pubblici tributi. Ed avendo così dovuto nel corso di lunghi anni raffrontare man mano
colle discussioni legislative le dottrine dei più rino-
mati scrittori, parvemi di vedere, che non pure in
legislazione, ma nella stessa sfera delle dottrine sia

ancora da lavorarsi non poco. Di che la cagione si offre ovvia e naturalissima a chi si faccia a considerare, che i tempi del privilegio, quando l'eguaglianza dei cittadini dinanzi alla legge d'imposta esulava dal mondo, non potevano certamente dare sopra questa materia una buona e normale legislazione: proclamata poi l'eguaglianza civile, abbattuti i privilegi e le distinzioni politiche tra classi e classi, sorsero le coalizioni, le guerre esterne ed intestine, e per effetto di rapidi rivolgimenti, di disordini inevitabili, e della vivace azione della stessa libertà, crebbero talmente le spese pubbliche, che i legislatori, incalzati sempre da pressanti bisogni, non ebbero mai nè tempo nè loco d'investigare, preparare ed eseguire nella materia di cui si tratta un ordinamento ben meditato e razionale in tutte le sue parti. Ora avvenne, che nella sfera delle disquisizioni dottrinali essendosi devoluto lo studio del tema principalmente agli economisti, essi diedero bensì all'elemento economico della materia un ricchissimo svolgimento, ma ne trascurarono la parte legislativa; la quale non dipende già (come forse si è creduto), dal puro arbitrato legislativo, ma essenzialmente emana anch'essa *dai rapporti necessarii delle cose*, ed ha il suo ordine, il suo codice naturale. Adunque io spero, che procedendo con questa idea il presente libro riescirà, se non altro, ad aprire quasi un novello campo, in cui l'elemento economico, il legislativo ed anche il giuridico possano ampiamente svolgersi, riconoscersi, e man mano ordinarsi in un sistema regolare e completo, rispondente alle leggi invariabili della natura delle cose. E veramente io vorrei, o cortese lettore, porgerti sin d'ora una più esplicita idea della cosa di cui si tratta: ma procedendo il libro conformemente al suo titolo col metodo rigoroso delle deduzioni, ardisco pregarti di volere pazientemente e passo passo seguitare l'ordinato svolgimento del tema. Solo avvertirò, che il presente libro non è un opuscolo di circostanza, nè un lavoro da progettista, nè una compilazione incomposta ed inutile di cose già dette e più volte ripetute da altri: esso è un coordinamento razionale di tutti gli elementi della materia, compresa la parte finora negletta.

La trattazione di qualunque argomento ha sempre, e di necessità, due parti: *la sposizione diretta del vero* (cioè di quello che allo scrittore pare la verità) *e la confutazione del falso* (cioè di quelle dottrine che allo scrittore sembrano erronee), delle quali due parti or l'una or l'altra si fa precedere, ed ora si intrecciano e si confondono in vario modo, non senza nuocere talvolta alla logica, al retto ordine, alla chiarezza. Ora nel vasto e complesso argomento della economia e della legislazione delle pubbliche imposte, parve a me che le due parti si dovessero tenere disgiunte, e che dovesse precedere *la sposizione* (soggetto del presente volume): in corrispondenza alla quale terrà dietro in un altro libro *l'esame critico* secondo i principii della sposizione (1).

(1) Col seguente titolo: *Esame critico di dottrine e di leggi in materia d'imposta.* Però di questo esame critico credei opportuno di dare un saggio nel Capo trentesimonono di questo stesso volume.

Così *la sposizione* camminando, quasi direi, difilata, senza ingombro di polemiche e di citazioni, e tenendo sempre l'occhio all'*insieme* fornisce il critico *all'esame critico:* ed a sua volta *l'esame critico,* ricambiando il servigio, svolgerà molte e svariate parti, di cui le une confermeranno con autorevoli testimonianze i dettati *della sposizione,* altre vi aggiungeranno *quei complementi,* a cui *la sposizione* nella drittura del suo cammino non avrà avuto comodo di allargarsi, ed altre infine illustreranno le vere dottrine refutando le contrarie — *Fit vicida bello.*

Avrò io, dopo lunghe meditazioni, fatto un libro utile, conducente allo scopo che si propone? Il giudizio ai lettori: i quali vorrei che mi considerassero come un lavoratore, che in mezzo ai travagli di caldi e lunghi giorni d'estate alza lo sguardo al cielo, pensa un istante alla sera, poi si rimette all'opera faticosa:

Così son le sue sorti a ciascun fisse.

Firenze, aprile 1867.

PESCATORE.

LA LOGICA

DELLE IMPOSTE

LA LOGICA
DELLE IMPOSTE

CAPO PRIMO

IDEA DELLA LOGICA NELLE LEGGI IN GENERALE, E IN QUELLE D'IMPOSTA IN PARTICOLARE

Vi ha in legislazione un metodo naturale e razionale, e un altro artificiale ed empirico.

Ogni ramo ben circoscritto di legislazione sociale ha il proprio suo subbietto organicamente composto di parecchi e sovento numerosissimi elementi, tra i quali corrono relazioni necessarie, stabilite dalla natura medesima delle cose, e invariabili. Questi rapporti necessari delle cose sono le Leggi, o più veramente sono i principii, da cui derivano logicamente, di conseguenza in conseguenza, le leggi dei diversi compartimenti sociali. Vero è, che la natura delle cose non definisce logicamente tutti quanti i punti, sopra cui pur dee provvedere la legislazione dello Stato, e dove vien meno la logica della natura, ivi supplir deve l'arbitrato legislativo. Ma, a ben riguardarvi, le parti principali o sostanziali sono sempre determinate dai rapporti necessarii delle cose; all'arbitrato legislativo non spettano che le parti completive e secondarie, e la divisione stessa dei rispettivi dominii deve farsi non dall'arbitrio, ma dalla logica.

Benchè il sistema naturale e razionale, che abbiamo
divisato, progredisca visibilmente e sia destinato col tempo
a dominare le scienze, e la legislazione della Società civile, non è tuttavia a negarsi che attualmente il predominio resta al contrario metodo, appoggiato potentemente
dalle abitudini, dalla inerzia, e specialmente dagli interessi di coloro che se ne avvantaggiano. Infatti, reso
appena omaggio nominale a certe generalità di ragione
astratta, lontane e divise da ogni pratica applicazione,
noi vediamo tutte le parti del governo e dell'amministrazione sociale sottomettersi all'arbitramento del legislatore, e sorgere, per conseguenza, in nome di un apprezzamento vago, indefinito e indefinibile, una varietà
infinita di provvedimenti arbitrarii in luogo della legge
una e invariabile di natura: questo accade nelle leggi
in generale (eccettuate quelle che già si tradussero in
formole logiche e poterono *codificarsi*): questo si verifica
nelle leggi d'imposta in particolare. Perocché non pure
negli Stati dominati ancora dal privilegio, ma in quelli
eziandio già sorti a libertà politica e ad eguaglianza civile le leggi d'imposta, a chi pur leggermente si faccia
a considerarle, s'informano tutto al sistema artificiale
poc'anzi accennato, non cercando altro che la *produttività*,
e abbandonando la giustizia della ripartizione ad una
supposta virtù riparatrice dell'organismo economico: onde
nacque un'immensa varietà di ordinamenti, con tale e
tanta disparità di sistemi (dove pure i legislatori abbiano
inteso di costruirne qualcuno), che si stenta a trovare
nelle leggi dei diversi Stati un riscontro comune. Che se
gli economisti assunsero l'ufficio dottrinale nella materia
di cui ragioniamo, di tre elementi essi ne svolsero un
solo: discorsero con molta larghezza l'elemento economico
della materia, trascurarono l'elemento giuridico e specialmente il legislativo, tenendo forse che quest'ultimo
elemento fosse tutto intero devoluto all'arbitrato indiscu-
tibile della legge positiva. Ed è ciò così vero, che i me-

desimi, in luogo di avviare a un sistema che eliminasse *dalle imposte dirette le ripercussioni e le incidenze*, le quali sono l'indizio manifesto di una imposta contraria all'ordine di natura, accettarono quasi come normale il fenomeno, e ne fecero copiose analisi per determinarne le leggi. Non ignoriamo, che più recentemente chiari ingegni e scrittori diligentissimi rivolsero l'attenzione anche alla ragion giuridica e all'elemento legislativo della materia, di cui discorriamo, recandovi nuovi e preziosi lumi: tra la teorica ragionatrice, ma troppo astratta e lontana dalle applicazioni, e la pratica immediata dei fatti, ma cieca e arbitraria ne' suoi processi, i lodati scrittori crederono di trovare un criterio intermedio, difficile a definirsi, e che nel fatto lascia quasi sempre la questione indecisa (1). Ci pare, che in luogo delle teoriche false od incomplete, e della pratica puramente arbitraria ed empirica, una sola condizione si possa ammettere, e questa è la teorica vera, e (perché vera) applicabile e traducibile in legge, assegnando alla logica le parti principali o sostanziali che le competono, e additando all'arbitramento legislativo gli elementi completivi non definiti naturalmente.

Noi dunque, proponendoci di esporre la scienza della legislazione in materia d'imposte, quale nel nostro concetto si deduce logicamente dai rapporti necessari delle cose, seguendo il metodo razionale preindicato, stimiamo di distribuire il lavoro in due libri: il primo spiega i nostri concetti, pianamente, brevemente e senza alcuna deviazione: il secondo chiama a raffronto i concetti altrui, toccando le principali dottrine degli economisti, le leggi d'imposta e la loro storia, dirigendo il discorso per modo, che dal raffronto e dalla storia di dottrine e di leggi ne vengano rischiarate e riconfermate quelle verità che ci lusinghiamo di mettere in luce (2). Che se i nostri di-

(1) JACOB, *Science des finances*, Prefaz. (trad. da Jouffroi).
(2) Vedasi la Prefazione.

scorsi non rispondessero alla verità, noi tuttavia, ritraendo
la legislazione dal sistema empirico al metodo razionale,
vorremmo sperare di avere agevolato a' più industri ri-
cercatori del vero quel progresso scientifico, che a noi
fosse niegato di compiere.

CAPO II

PRENOZIONI ECONOMICHE

§ 1° Il Lavoro.

Lavoro, capitale, terra, sono le tre fonti del reddito
nazionale, del quale una parte si devolve allo Stato per
diritto d'imposta.

Dalla naturale ineguaglianza degli ingegni, delle capacità acquisite, e dei capitali sorge nella tripartita
umana industria una specie di gerarchia economica. Infatti nella industria manifattrice lo stesso linguaggio comune disegna chiaramente questa, che noi chiamiamo
gerarchia economica, collocando ai gradi superiori l'*alta
industria;* ai gradi medii gli *industriali ordinarii,* e una
parte degli *artieri;* agli infimi gli *artigiani più poveri,*
gli *operai* e i *braccianti.* Nell'industria agraria occupano
i gradi superiori della gerarchia economica, gli agro-
nomi pratici, che intraprendono di coltivare coi capitali
proprii i poderi proprii, od anche gli altrui, presi in
affitto a lungo termine (affittaiuoli capitalisti di prima
categoria). Tengono i gradi medii gli affittuarii capitalisti di minor conto, una parte dei contadini proprietarii,
ed anche i mediocri capitalisti che lavorano beni altrui
col concorso di operai e braccianti. I contadini proprietari più poveri, i mezzaiuoli ed altri tali coltivatori o privi
affatto o poveri di capitale, non che gli operai e brac-

cianti, che servono altrui nella industria agraria, stanno agli infimi gradi della gerarchia. Le medesime distinzioni, benchè meno specificate nel linguaggio comune, si fanno però egualmente manifeste anche nell'industria commerciale a chi consideri le banche, le imprese di trasporto, le compagnie di assicurazione, i negozianti *all'ingrosso*, ed anche quei mercanti rivenditori *al dettaglio*, che per estensione di affari emulano l'attività e i guadagni di quelli, e in somma tutte quelle imprese e industrie commerciali, che richiedono capitali, credito, clientele, capacità naturali e acquisite di primo ordine: le quali in complesso costituiscono *l'alto commercio*, e appartengono senza dubbio ai gradi superiori della gerarchia economica. Il *medio commercio* è quello che possiede una capacità naturale e acquisita, non altissima e pur non affatto comune col maneggio di un capitale corrispondente, e si distingue manifestamente dal negozio minuto e da tutto quell'infimo e materiale lavoro, inserviente al trasporto ed alla distribuzione dei prodotti, al qual lavoro o bastino le braccia, o vi si possano applicare qualunque più volgare capacità e più povero capitale. E così l'alto e il medio commercio, e il negozio più minuto in un colle altre sorta di lavoro più materiale e volgare si distribuiscono ancor essi nei gradi superiori, nei medii e negli infimi della gerarchia economica.

Le avvertite distinzioni (mi si dimanda) a che servono? Esse rispondono a due maniere d'imposta, per le quali ora si tassa direttamente e determinatamente un reddito accertato, in quanto esiste, non in quanto si spende, ed ora all'incontro viene la tassa commisurata alla spesa, cioè ancora al reddito, non nella ragione assoluta della sua esistenza, ma in quanto si spende; a tal che, potendo il contribuente restringere la spesa (quando non sia di necessità assoluta) e colla spesa l'imposta, quest'ultima riesce indeterminata. E noi dimostreremo a suo luogo che la rendita del lavoro, il quale si travaglia negli infimi gradi della gerarchia economica, ed anche in quella parte dei gradi medii che è più prossima agli infimi, ammette soltanto quella maniera d'imposta che vien commisurata alla spesa. Dimostreremo, che nei divisati gradi qualunque imposta diretta e determinata *a priori* nella ragione assoluta dell'esistenza del reddito sarebbe contraria all'ordine di natura, intrinsecamente ingiusta, praticamente disagevolissima se non inapplicabile affatto, tendente a spegnere l'attività, a distruggere la facoltà del lavoro.

§ 2° Il Capitale.

Capitale si dice tutto quello che serve al lavoro nell'esercizio delle industrie agraria, manifattrice, commerciale; ed è fissato negli opifizi, nei meccanismi, nella varietà infinita degli stromenti di produzione, ovvero circola e si muove con trasformazione incessante in una quantità immensa di provvisioni, di prodotti e di materie prime. L'industria umana abbonda di capitale nei gradi superiori della gerarchia economica, ne tiene a sufficienza nei gradi medii, o almeno in quella parte di essi che è più prossima ai superiori, ne scarseggia o ne va poverissima nei gradi infimi, nuda affatto non mai, perocché senza materia, senza provvisione, senza stromenti, non è possibile il lavoro economico. Ma noi dimostreremo, che anche il capitale nei gradi infimi ammette soltanto le imposte commisurate alla spesa.

Nell'ordine economico non è capitale se non quello che serve realmente alla produzione, ma la legge d'imposta allarga la definizione e vi comprende *tutto ciò che sia produttivo di un reddito al contribuente*, benché più non esista economicamente. Poniamo: un capitale, che il suo possessore diede a mutuo stipulando un interesse, venne sciupato in lussurie o in false speculazioni: il capitale economicamente è perduto, ma resta al mutuante il credito, che per lui è un capitale fruttante, e per la legge d'imposta una materia tassabile. Così, in riguardo alla legislazione dei tributi, il capitale si distinguerà in due specie: fluttuante e consolidato. Il capitale che circola e si maneggia nello esercizio delle industrie e non produce rendita se non per effetto di questo esercizio, lo diremo fluttuante: i capitali investiti in crediti fruttiferi, in titoli di rendita vitalizia o perpetua, privata o pubblica, in costruzioni di opifizi, ed anche in caseggiati civili e produttivi di rendita per mezzo di affitti, li chiameremo capitali consolidati. Ma le costruzioni non produttive di un reddito ordinario, e solo destinate per forma o per sito ad uso personale, utile o voluttuario, rappresentano, in riguardo alla legge d'imposta, anziché un capitale, una spesa. Chi nel costruire e nell'abbellire una villa spende cento mila lire rappresentanti economicamente un provento di cinque mila, costui evidentemente assume una spesa annua di cinque mila lire pel suo comodo o per il suo piacere: epperò simili costruzioni debbono sottomettersi a quelle tasse che sono commisurate alla spesa, non a quelle che gravano il reddito in ragione della sua reale ed assoluta esistenza.

Riservandoci di svolgere e di applicare, a suo tempo, gli accennati concetti, per ora ci limitiamo ad avvertire. che il capitale considerato qual materia tassabile, è fluttuante o consolidato, mobile od immobile.

§ 3° La Terra.

La terra, considerata nella sua funzione economica, non è altro che una macchina immensa, mirabile, e come altri disse, una collezione di macchine a forza disuguale. L'industria umana non potrebbe formare opifizi, macchine, strumenti di produzione, se non ricevesse la materia dalla natura, e se la materia non fosse dotata dalla natura medesima di certe qualità e di certe forze: le quali materie, forze e qualità diventano opifizio, macchina, strumento di produzione, per effetto di ciò che vi aggiunge l'umano artifizio. Ed appunto in questa condizione si trova la terra; la quale è una materia dotata di forze e qualità, non produttiva per se sola, ma atta a diventare produttiva, ossia macchina, o strumento di produzione, se vi si aggiunge il lavoro umano: nè si creda che il dissodamento e gli spianamenti di una sterile landa, i fossi, i canali, gli ammendamenti del terreno, le piantagioni sinno, in confronto al valor naturale, esigua aggiunta di lavoro e di capitale: il valor venale di un terreno incolto e deserto in confronto di quello di una terra, pur situata a non grande distanza, ma ridotta a buona coltura, basta a dimostrare l'importanza del lavoro umano, quando s'incorpora alla materia e alle forze della natura, cioè alla terra, per ridurla a macchina produttiva. Questi riflessi dimostrano la parità economica e giuridica della terra in riscontro alle altre proprietà produttive, mobili od immobili, comprese sotto il nome generico di capitale. L'importanza e le conseguenze di questa parità giuridico-economica della terra e del capitale saranno sviluppate più tardi. Ora dobbiamo ragionare di tre differenze tra l'una e l'altra specie di proprietà, le quali costituiscono contro l'accennata proposizione altrettante obbiezioni, cui non sarà malagevole pienamente risolvere.

Nelle costruzioni di macchine, di opifizi e di edifizi, che tutti vengono senza contrasto sotto la denominazione di capitale nazionale, il valore aggiunto dall'umana attività supera di gran lunga il valor primitivo della materia: nelle terre ridotte a coltura il valor primitivo supera quello aggiuntovi dall'umano lavoro, e certo l'uno e l'altro non serbano tra di loro, come in quelle, lo stesso rapporto. Questo è vero: ma che perciò? Quando da una parte e dall'altra intervenne l'appropriazione giuridica di ciò che la natura ha creato a servizio dell'uomo; quando l'uomo aggiunse la propria attività alla cosa ridotta in suo dominio, e colla sua industria la rese produttiva di frutti, di proventi, di utilità, da improduttiva che fosse naturalmente, il vario rapporto tra il valor primitivo e il valor attuale costituisce una differenza fisica, non influisce sui rapporti giuridici ed economici: altrimenti sarebbero da classificarsi variamente le stesse proprietà mobili, che certo nella immensa varietà di spese di formazione non serbano tutte un rapporto eguale tra il valor primitivo e il valore attuale. Non sorge quindi veramente dalla notata differenza un'obbiezione plausibile contro la nostra proposizione.

Una seconda diversità fra la terra e le altre proprietà diede argomento tra gli economisti a lunghe controversie, che però, a parer nostro, si possono ridurre a termini semplicissimi. Le altre proprietà si possono moltiplicare indefinitamente colla stessa spesa di formazione e sempre con un resultato di eguale valore: non così *della macchina fondiaria:* onde avviene, che le terre abbiano o possano acquistare un valore di monopolio. Poniamo: s'inventa una macchina grandemente utile e ricercata; per quanto vada crescendo la ricerca, il costruttore ne può fabbricare continuamente colla stessa o forse anche con spesa minore, o le macchine successivamente costrutte avranno pur sempre la stessa virtù produttiva, lo stesso valore. Rimanendo una quantità sterminata di terre da occuparsi e da ridursi a coltura, parrebbe a primo aspetto che anche *le macchine* di produzione fondiaria si possano moltiplicare indefinitamente, come le altre, onde rispondere, nella distribuzione dei frutti della terra, alle crescenti ricerche della crescente popolazione. Ma in realtà occorre qui una rimarchevole differenza. Per accrescere i frutti della terra in proporzione dei cresciuti bisogni, essendo già coltivate tutte le terre più fertili e più vantaggiosamente situate, sarà mestieri applicare il lavoro ed il capitale a terreni di minore fertilità naturale, più lontani dai centri di popolazione, situati meno favorevolmente in riguardo alla coltivazione, alla conservazione, al trasporto e alla ven-

dita dei prodotti: tal che con doppia, con triplice spesa
pur non si formerà una proprietà, *una macchina fondiaria*,
di eguale valore e di eguale prodotto. Onde risulta incontrastabilmente che le terre già coltivate possono acquistare, come nel passato acquistarono di certo, di tempo
in tempo, pel progressivo aumento della popolazione, un
valore di monopolio. Ma non per questo vien meno la
verità giuridico-economica della nostra proposizione. Imperocché nelle vendite delle terre più fertili e più vantaggiosamente situate si tien conto certamente di questo
valore di monopolio che esista in atto od in potenza:
onde si appalesa, che in fatto ogni proprietà fondiaria
rappresenta un prezzo corrispondente, un vero capitale
consolidato; nè per l'effetto giuridico pur si richiederà
che già sia avvenuta una mutazione di proprietà coll'investimento effettivo di un capitale: perocché chi non vede,
che il solo valor venale, traducibile col cambio in un
capitale effettivo o mobiliare o di altra natura, costituisce
da se stesso in vantaggio del possessore del fondo un
vero capitale consolidato? E quando per aumentata popolazione accorrono i capitali e sorgono nuove case, forsecchè le antiche, più centrali, meglio situate non acquistano sovente in una certa misura un valore di monopolio?
Eppure per consentimento universale i caseggiati locativi
non hanno economicamente e giuridicamente altro carattere che quello di capitali investiti.

Resta da esaminare una terza ed ultima differenza tra
le terre e gli altri capitali, consistente in questo, che la
rendita locativa delle terre sovente non raggiunge il limite dell'interesse ordinario. Del qual fenomeno sono da
considerarsi le cause e le conseguenze. Le cause sono:
1° La maggior sicurezza e stabilità che ottengono i capitali investiti in acquisti di terre: 2° Il pregio speciale
che hanno il possesso e la proprietà della terra per se
medesimi, in quanto soddisfano a un profondo bisogno

della natura morale dell'uomo (1): bisogno sentito generalmente da tutte le classi di cittadini, ma che talvolta diventa una vera passione nella classe dei contadini (2): 3° il vantaggio economico speciale, che il' possesso delle terre divise in piccole proprietà reca alla classe dei contadini, servendo ad essi come stromento di lavoro continuo e produttivo. Ora i vantaggi economici tengono luogo senza dubbio di un vero provento: e il caso di un contadino, che in vece di impiegare un suo piccolo capitale alla ragione del cinque per cento, compera una terra di una rendita locativa del tre per cento, ci pare molto simile al caso in cui il medesimo dando a mutuo lo stesso

(1) Ce rapport intime, qui s'établit entre le fonds de terre et son propriétaire, ce sentiment particulier qui unit l'homme au sol dont il est le maître, prend sa source dans les profondeurs de nôtre nature. C'est, que le sol, par sa stabilité, seconde nos pensées d'avenir, offre une base à nos projets, et une garantie de durée: tandis que la richesse mobilière se montre aussi fragile et fugitive que nos organes, nôtre santé, nôtre vie matérielle, la terre seule nous semble immortelle comme nôtre âme.

ROSSI, *Économ. politiq.*, lez. 24.

(2) Si nous voulons connaître la pensée intime, la passion du paysan, cela est fort aisé. Promenons-nous, le dimanche, dans la campagne, suivons-le. Le voilà qui s'en va là-bas devant nous. Il est deux heures: sa femme est à vêpres; il est endimanché; je réponds, qu'il va voir sa maîtresse. Quelle maîtresse? Sa terre. Je ne dis pas, qu'il y aille tout droit. Non, il est libre ce jour-là, il est maître d'y aller, ou de n'y pas aller; n'y va-t-il pas assez tous les jours de la semaine? Aussi il se détourne, il va ailleurs! il a affaire ailleurs. Et pourtant il y va. Il est vrai qu'il passait bien près: c'était une occasion: il la regarde, mais apparemment il n'y entrera pas: qu'y ferait-il? Et pourtant Il y entre. Du moins il est probable, qu'il n'y travaillera pas; il est endimanché: il a blouse et chemise blanches — Rien n'empêche cependant d'ôter quelque mauvaise herbe, de rejeter cette pierre: Il y a bien encore cette souche, qui gêne, mais Il n'a pas sa pioche, ce sera pour demain.

MICHELET, *Le peuple*,
citato da STUARD MILL, *Principes d'économie politique.*

suo capitale, si contentasse del tre per cento a titolo di interesse, obbligando però il mutuatario di fornirgli lavoro ne' proprii campi tutti i giorni dell'anno con un determinato salario: e quando il proprietario del capitale stima, che un lavoro assicurato per tutti i giorni dell'anno equivalga al due per cento, che egli rimette in compenso al debitore, potremmo noi dire che il capitale sia collocato a condizioni inferiori al limite dell'interesse ordinario? Lo stesso conto è da farsi della maggior sicurezza: tra un capitale dato in accomandita con un dividendo dell'otto per cento, e un altro impiegato con mutuo ipotecario al cinque le condizioni son pari: perocchè il tre per cento che il capitale accomandato riceve sopra il limite dell'interesse ordinario, è il premio del rischio, è il fondo necessario di conservazione di un capitale sottoposto al pericolo di perdite commerciali: la rendita vera, la sola attendibile nelle leggi d'imposta, è per l'uno e per l'altro capitale la rendita media dei capitali, val quanto dire l'interesse ordinario.

Ma noi crediamo, che anche il vantaggio morale inerente alla proprietà delle terre tenga luogo di rendita: ciò dimostrato, ne conseguiterà, che quantunque il provento materiale delle terre rimanga sovente inferiore all'interesse ordinario del capitale, tuttavia dovendosi aggiungere in conto di rendita due vantaggi economici e un beneficio morale, valutati appunto, tutti assieme, come idoneo equivalente dal possessore del fondo, le terre dovranno giuridicamente considerarsi quali capitali fondiarii eguali al loro valor venale, e producenti la rendita media che in una data condizione economica si produca dai capitali ordinarii. Che poi la detta utilità morale equivalga pel possessore del fondo a parte di rendita, è facile dimostrarlo. La rendita non ha valore se non in quanto rappresenta un'utilità, cioè a dire una quantità di mezzi atti a soddisfare i bisogni dell'uomo, compresi i bisogni morali: se dunque la proprietà delle terre, oltre al pro-

vento reca al possessore un'altra utilità, soddisfacendo
direttamente a un suo bisogno morale, e se per questa
speciale utilità il possessore abbandona il provento maggiore
di un altro impiego, per qual ragione l'utilità medesima
non potrà giuridicamente stimarsi come parte e
supplemento di rendita? Quante non sono le arti belle
destinate a servizio dei bisogni morali dell'uomo? E il
loro servizio è compensato: esse producono bene spesso
all'artista larghissima rendita. Se il mutuante si appagasse
del tre per cento stipulando in compenso, e a modo
d'interesse suppletivo, un servizio artistico da prestarglisi
dal debitore, potremmo noi dire che il mutuante non percepisce
l'interesse ordinario?

Ricapitolando, concludiamo: — Che sotto il rapporto
economico, o certamente sotto il rapporto giuridico e in
riguardo alla legge d'imposta le terre si debbono considerare
qual capitale consolidato, ragguagliandolo al loro
valor venale: — Che parimente i caseggiati locativi, come
le cose mobili applicate all'esercizio delle industrie rappresentano
un capitale da ragguagliarsi ancora al valor
venale: — Che infine, dovendosi nel provento dei capitali
mobili ed immobili computare ciò che tien luogo di rendita
suppletiva, la rendita media legale è sempre da considerarsi
come una sola ed eguale per tutti (1).

§ 4. Del Lavoro che non si esercita sopra le cose.

Il lavoro o si esercita sopra le cose, ed è l'attività
economica, di cui abbiamo ragionato nel § primo: ovvero
si applica a rendere servizio diretto agli uomini, e si

(1) Vedasi il Capo quinto, nel quale si discorre più ampiamente
della natura del capitale fondiario, e del come il danno che la base
del valore venale forse recherebbe alle divise e piccole proprietà in
confronto alle grandi sia compensato, e ristabilito l'equilibrio da
altre leggi connaturali al sistema razionalmente coordinato delle pubbliche
imposte.   •

traduce in quelle che altra volta si chiamavano professioni liberali ed arti belle; tale il lavoro degli avvocati,
dei medici, degli istitutori, dei professori e degli artisti.
Sul vero ufficio di questo lavoro considerato ne' suoi
rapporti coll'economia sociale, gli economisti disputarono,
e ancora disputano molto sottilmente: ma in riguardo
alla legge d'imposta non vi ha questione possibile: perocchè siccome qualunque capitale produttivo di un reddito pel contribuente, quantunque già annullato economicamente, si ha per sussistente in riguardo alla detta
legge, e già lo avvertimmo di sopra, così il lavoro so-
praddetto, producendo redditi, e talora anche larghissimi
a vantaggio di chi lo esercita, dovrebbe pareggiarsi nelle
leggi d'imposta a qualunque lavoro propriamente economico e produttivo, quantunque in se medesimo ed economicamente si potesse qualificare lavoro improduttivo:
ciò che del resto coi più chiari economisti neghiamo.

§ 6° Equazione e riduzione allo stesso denominatore
di tutte le forze contributive.

Le facoltà personali, onde procede l'attività e l'industria umana, sono forze create dalla natura negli individui, da se sole non produttive, ma che diventano produttive per quello che vi aggiunge il lavoro ed il capitale:
le spese di educazione, d'istruzione, di tirocinio non sono
infatti altro che un capitale investito nell'individuo perchè a suo tempo fruttifichi: così anche nei rispetti del-
l'economia sociale l'analogia tra l'ordine esterno ed interno, fisico e morale, risulta manifestissima: e con tutta
ragione i più chiari economisti assomigliano, *nel rispetto
economico*, le facoltà o proprietà personali (intrinseche
alla persona) alle proprietà reali ed estrinseche, l'ingegno dell'industriale e dell'artista al podere del proprietario. Adunque al cospetto della legge d'imposta l'attività che si diffonde nelle industrie e nelle professioni, e

i capitali fluttuanti o consolidati, mobili od immobili, tutto insomma le forze contributive si riducono ad un solo concetto, ad una sola denominazione, al concetto, alla denominazione di *proprietà produttive*, le quali sono o personali ed intrinseche alla stessa persona del contribuente, ovvero reali ed estrinseche, diversificantisi nelle varie specie di capitali. Il credito e le clientele, frutto della capacità e di un buon esercizio, e che sono, come a dire, il capitale morale dell'industria e del commercio, tengono un luogo di mezzo, e sono quasi un anello di congiunzione tra le proprietà personali ed intrinseche, o le proprietà reali ed estrinseche.

CAPO III

PRENOZIONI GIURIDICHE.

L'ufficio imposto da una legge suprema all'umanità si è di operare il bene economico, intellettuale e morale; e a questo fine la medesima legge prescrisse pure una doppia forma di azione, cioè l'azione collettiva e sociale, e l'azione individuale. Così l'individuo appartiene in parte alla Società, in parte a se stesso: e in quanto appartiene alla Società ha l'obbligo di contribuire col suo *potere* individuale all'attività collettiva: nell'obbligo di questo contributo sta la ragion dell'imposta.

Il contributo di ognuno deve certamente essere proporzionato *al potere*, alla facoltà che ognuno abbia di contribuire: e credendosi da molti, che il potere, la facoltà di contribuire stia sempre in proporzione del complesso delle facoltà e proprietà produttive e dei loro proventi, da ciò si deduce la conseguenza che il contributo debba di diritto proporzionarsi materialmente alle facoltà, agli averi, alle entrate.

Noi crediamo: 1° Che per serbare una vera e costante proporzione colla facoltà di contribuire, sarebbe mestieri *nel concetto di una giustizia assoluta*, adottare nella ripartizione dello imposte una proporzione progressivamente crescente col crescere degli averi di ciascun individuo: 2° Che però la proporzione uniforme, benchè non consentanea *all'esatta giustizia*, si debba accettare come regola per la necessità di sostituire *una norma legale* agli apprezzamenti arbitrarii: 3° Che infine in certi casi di eccezione convenga *dalla mera legalità* far ritorno alla ragione *della giustizia assoluta*, e adottare la progressione. Vediamo le prove.

Seguendo i dettami della ragion naturale, l'uso del reddito netto appartenente a ciascun individuo deve essere tripartito: una prima parte è destinata a soddisfare i bisogni assoluti o *relativi* della vita dell'individuo e della famiglia: noi chiameremo questa prima parte la *spesa*. Una seconda parte deve mettersi in serbo: 1° Come fondo di conservazione e di ristauro del capitale in caso di sinistri e di perdite: 2° Come incremento progressivo del capitale medesimo per sopperire ai crescenti bisogni della crescente famiglia, e per migliorarne la condizione: noi chiameremo questa seconda parte il *risparmio*; dedotta la *spesa*, dedotto il *risparmio*, la parte che resta, rappresenta i mezzi, il potere, la facoltà che ognuno ha di contribuire alla Società. Ora egli è manifesto, che se la *spesa* e il *risparmio* fossero sempre *le stesse aliquote* dei redditi o massimi o medii o minimi, non si cangerebbe neppure la terza aliquota, che rappresenta la facoltà di contribuire. Poniamo che sette decimi del reddito netto si debbano destinare alla *spesa*, due decimi al *risparmio*, l'ultimo decimo sarebbe la parte riservata all'imposta: e se per variare di redditi non si variano le prime due aliquote, e si riservano sempre nè più nè meno, sette decimi alla *spesa*, due decimi al *risparmio*, il decimo del reddito, per quantunque massimo o minimo che esso sia, esprimerebbe sempre l'aliquota dell'imposta che si può chiedere al cittadino. Così infatti procede il sistema della proporzione uniforme. Consideriamo a modo di esempio tre redditi: uno di mille lire, l'altro di diecimila, il terzo di cinquantamila: il sistema della proporzione uniforme, nella ipotesi testè accennata, impone al primo reddito una tassa di lire cento, al secondo lire mille, al terzo cinque mila, cioè per tutti e tre l'aliquota uniforme del decimo, e ciò perchè il sistema suppone che sia consentaneo alla verità e alla ragion naturale riservare alla *spesa* e al *risparmio* i nove decimi di qualunque reddito, minimo, medio e massimo: e che insomma la spesa ed il risparmio nei redditi minimi, come nei medii e nei massimi, debbano sempre raggiungere la medesima aliquota.

Tali essendo le basi del sistema della proporzione uniforme *quando lo si pretende consentaneo alla giustizia morale assoluta*, riesce assai facile dimostrarne l'inesattezza.

La parte del reddito destinata al risparmio (già lo abbiamo accennato) si divide in due: una sta come fondo di conservazione e di ristauro del capitale pei casi di sinistri e di perdite, e questa certamente dee sempre mantenersi nella medesima proporzione: se un fondo annuo di lire cento si tiene in riserva a conservazione di un capitale che dà il reddito di mille lire, crescendo il reddito a diecimila e il capitale in corrispondenza, si dovrà pur decuplare il fondo di conservazione. Ma l'altra parte del *risparmio* si mette in serbo come aumento progressivo del capitale a maggior vantaggio dell'individuo e della famiglia. Ora egli è manifestissimo, che in questa seconda parte il *bisogno ragionevole* del risparmio non cresce in proporzione uniforme col reddito: la proporzione decresce col progressivo aumento del reddito stesso.

Uno possiede la rendita di mille lire: ne avanza ogni anno il *quinto* (due cento lire), e non ha di che troppo rallegrarsi: un altro gode dell'amplissima rendita di lire cinquanta mila, ne avanza ogni anno per titolo di aumento del capitale il solo decimo a rendere sempre più doviziosa e splendida la condizione della famiglia, e può di questo progresso annuale pienamente appagarsi, purchè (giova ripeterlo) la prima parte del risparmio destinata per fondo di conservazione sia sempre mantenuta in proporzione uniforme col reddito.

Adunque è già dimostrato l'errore di una delle basi del sistema che combattiamo: esso suppone, che debba essere uniforme per ogni reddito l'aliquota del risparmio: or questo è vero solamente per quella parte del risparmio che serve come fondo di conservazione; e non è vero per l'altra parte che ha la destinazione di accrescere il capitale a maggior vantaggio della famiglia: e per questa parte l'aliquota del risparmio decresce in ragione dell'aumento del reddito. Onde avverrà, a cagion di esempio, che in un reddito minore nove decimi vengano assorbiti dalla *spesa* e dal *risparmio*, e bastino a quest'uopo otto decimi e mezzo in un reddito maggiore: attalchè in quello l'aliquota dell'imposta non potrà eccedere il decimo, in questo l'imposta potrà raggiungere un decimo e mezzo.

Ma noi crediamo che anche l'aliquota della *spesa* vada decrescendo in ragione dell'aumento del reddito. Il sistema che combattiamo, suppone il contrario: posto a mo' d'esempio, che in un reddito di mille lire la spesa improduttiva di sette decimi (settecento lire) si reputi necessaria per sopperire ai bisogni assoluti e relativi dell'individuo e della famiglia. il sistema, che combattiamo, mantiene per la spesa la medesima aliquota anche nei redditi superiori, e per una rendita di dieci mila ne accorderà sette mila, ne concederà trentacinque mila, cioè cinque volte di più, sopra una rendita quintuplicata. Noi crediamo errata anche quest'altra base: essa ripugna alla verità, alla giustizia, ai principii di ragionevole economia.

Se la ragion morale e sociale permettessero all'uomo opulento di abbandonare l'azione, e ridursi a soggetto puramente passivo di godimenti, si comprenderebbe questa assoluta corrispondenza di godimenti e di redditi in qualunque grado aumentati: ma la destinazione attiva dell'uomo, chiamato in ogni stato a cooperaro al bene comune e proprio economico, intellettuale e morale, non si rallenta mai: dunque se nella scala sociale si elevano colle posizioni anche i bisogni relativi di consumazioni improduttive d'ogni maniera, molta parte però degli aumentati proventi dee riservarsi alla consumaziono industriale e riproduttiva, che l'uomo ricco farà o direttamento o per mezzo d'impieghi fruttiferi, e una leggo consentanea ai principii della ragion morale ed economica non troverà giammai ammissibile il supposto di un progresso nelle spese infruttuose in corrispondenza esatta col progresso della ricchezza.

Se a qualcuno paresse quest'ultimo nostro ragionare contraddicente in qualche guisa al precedente, risponderemmo, che nei rapporti coll'economia sociale i capitali d'ogni sorta, maggiori o minori, debbono tendere con ogni sforzo all'aumento continuo, tale essendo la condizione non pure del progresso, ma anche della conservazione degli Stati. Nondimeno egli è vero, che l'imposta *sottrae necessariamente* una parte al progressivo incremento del capitale nazionale, e quando si ricerca *come debba ripartirsi questa sottrazione*, allora il bisogno dello aumento va considerato non più in riguardo all'economia sociale in generale, ma sì nei rapporti fra le diverse condizioni delle famiglio e i rispettivi capitali, e poichè una sottrazione deve assolutamente farsi, si troverà ragionevole distribuirne il peso, anche tenuto conto del bisogno maggiore o minore, che uno abbia di accrescero il capitale proprio: bisogno decrescente senza dubbio in proporzione della maggiore ricchezza di ciascuna famiglia.

Vi hanno certe filosofie che materializzano, per così dire, l'uomo e la società. *Montesquieu* ha detto:

« Les revenus de l'État sont une portion, que chaque

« citoyen donne, de son bien, pour avoir la sûreté de
« l'autre *ou pour en jouir plus agréablement*. (1) »

Altri restringono ancora questa definizione, limitando
la funzione dello Stato a proteggere la libertà e la proprietà dei cittadini contro la violenza e la frode; quanto ai
mezzi di goderne più dilettevolmente, gli è questo un af-
fare tutto proprio dell'individuo. Nel concetto di queste ed
altre consimili filosofie, la Società diventa una fattoria,
un'amministrazione d'interessi materiali comuni, simile
affatto nella condizione giuridica ad una vasta impresa,
ad una società anonima commerciale o industriale, nella
quale ogni azionista contribuisce alle spese della gestione
nella proporzione rigorosa e materiale del rispettivo suo
interesse: chi tiene dieci azioni in una società commerciale, contribuisce nella proporzione di dieci; chi ne abbia mille contribuisce per mille; ma il pretendere che
quest'ultimo, perchè più ricco, debba contribuire in una
proporzione superiore al numero delle azioni, sarebbe un
assurdo ridicolo.

Noi però rigettiamo, e crediamo che il senso, la coscienza comune rigetti ogni filosofia consimile, che tende
a ragguagliare le Società civili alla condizione giuridica
di una gestione commerciale o industriale. La legge delle
Società civili s'informa a quella ragion suprema, che
impose all'umanità di operare il bene morale, intellettuale ed economico, e le diede per questo fine l'azione
collettiva e l'azione individuale: dove per la natura delle
cose o per vizio d'imperfetta educazione l'azione individuale non basta, ivi deve intervenire l'azione collettiva,
e l'obbligo imposto agli individui di fornire allo Stato i
mezzi dell'azione collettiva per cooperare al bene comune,
discende da quella ragione suprema che governa l'umanità, i suoi fini, e i suoi processi. Adunque la ragione
sociale si informa alla legge morale; e quando noi di-

(1) *Esprit des lois*, liv. 13, chap. I.

cemmo, che il contributo dei singoli deve commisurarsi
al *potere* di ciascheduno — e che il *potere* deve stimarsi
colle norme della giustizia morale, valutando equamente
le deduzioui della spesa e del risparmio decrescenti in
ragione progressiva coll'aumento dei redditi, noi seguitavamo le ispirazioni di quella filosofia, che cerca nella
ragione morale i principii e le prime radici delle istituzioni legislative. Così è veramente: le pubbliche imposte,
per ridurle proporzionate affatto *alla facoltà*, si dovrebbono distribuire in ragione progressiva *delle facoltà*: la
facoltà è il *potere* di contribuire, e questo nel concetto
della giustizia assoluta, cresce non solo in proporzione
delle facoltà, ma in ragione progressiva delle medesime.

Se non che le istituzioni legislative, benchè riconoscano come sovrana la giustizia morale e l'equità naturale, sono costrette a valersi di quando in quando di
metodi artificiali per cansare i pericoli dell'arbitrio; onde
sorge la *legalità* a rincontro dell'equità, e in confronto
della giustizia assoluta, esatta, perfetta, *la giustizia puramente legale*. Perciocchè l'applicazione ai casi e agli
interessi umani della giustizia assoluta richiederebbe
per ogni circostanza un arbitrato, un apprezzamento,
che per vizio o per imperfezione dell'umana natura darebbe in troppi casi erroneo od anche iniquo giudizio.

E così nella legislazione civile che si propone di applicare agli interessi umani la ragion naturale, si cambia
ben sovente la giustizia esatta per una giustizia approssimativa tradotta in regola generale, in norma legale e
certa, onde siano eliminate le stime, le applicazioni arbitrarie. E così pure avvenne, quasi diremmo, per istinto
legislativo, in materia d'imposte: la legislazione tenne
universalmente per la proporzione uniforme, e l'opinione
degli uomini dotati di senno pratico, benché senza essere
nelle dottrine della progressione un qualche vero e un
pregio di equità, pur non si risolverebbe giammai all'atto
pratico di mutare l'ordinamento delle imposte sostituendo

la progressione alla proporzione. Sarebbe a questo fine mestieri distinguere tutti i redditi in categorie, e imporre a ciascuna categoria un'aliquota progressivamente crescente: or quali categorie si tasserebbero dell'uno, del due, del tre per cento? Con qual criterio distinguere le classi che abbiano a contribuire il sesto, il dieci, il dodici per cento del reddito? E quali si dovrebbero gravare del quindici, del venti? E quale infino anche del 30 0[0? Dove s'incomincierebbe e dove si arresterebbe la progressione? Si abbandoni la norma legale o certa della proporzione uniforme, si accetti la ragion progressiva co' suoi approzzamenti infiniti, e infinitamente arbitrari; e vedremmo nei Parlamenti ogni rappresentante trasformato in giudice interessato della categoria del reddito a cui egli appartiene, e la deliberazione legislativa mutata in tacita lotta d'interessi individuali; vedremmo nelle diverso fasi sociali ora la democrazia, ora l'aristocrazia opprimere con ingiusti, immoderati aggravii la sua avversaria; e nelle rivoluzioni udremmo le grida furiose della plebe chiedente *miliardi* d'imposte sui ricchi.

Concludiamo, che il sistema della proporzione materiale in materia d'imposte non è di diritto assoluto: esso è necessità di norma legale (1).

Ora se il diritto, la giustizia assoluta non ammette eccezioni, la legalità non ha valore che di regola generale soggetta a temperamenti. Come, o in quali casi si debba, in materia d'imposte, applicare *per eccezione* la ragion progressiva, lo diremo più tardi, quando si tratterà delle

---

(1) L'avvedatissimo Thiers, dopo aver difeso a modo suo il principio della proporzione materiale contro la progressione, esclama: *voilà le juste, voilà le vrai, voilà surtout le certain* (*De la propriété*, liv. 4, ch. IV). In quella vece *le juste* vorrebbe la progressione, *le certain* esige la proporzione, e *le vrai* consiste esattamente in così distinguere.

imposte dirette in relazione ai redditi minimi, della tassa
commisurata al valor locativo delle abitazioni, e dell'imposta sopra le successioni. E così si parrà, come i sistemi
assoluti ed avversi della proporzione uniforme e della progressione siano entrambi in parte veri ed in parte falsi:
l'uno ha il torto di scambiare una norma legale per un titolo
di diritto assoluto; l'altro, tutto inteso ai precetti della
giustizia morale, dimenticò il metodo della legalità, di
cui le istituzioni civili sono costrette a prevalersi nell'applicare i precetti della giustizia agli umani interessi.
Per ora ci limitiamo a indicare i seguenti due principii:
1° Le pubbliche imposte debbono applicarsi nella proporzione comune anche ai redditi minimi; però con questo
temperamento, che sia lasciato al contribuente il mezzo
di moderare il suo peso moderando la spesa: perocchè
nelle classi disagiate la proporzione comune, applicata
direttamente e senza scampo, potrebbe talvolta opprimere il contribuente: 2° I redditi maggiori non debbono
essere tassati oltre la proporzione comune; dove però
nel vario uso di metodi legislativi avvengano tali combinazioni, che il limite preciso della misura comune non
si possa praticamente segnare con esattezza, si dovranno
prendere tali provvedimenti, che il pieno soddisfacimento
del debito della tassa nella misura comune *sia assicurato,*
anche a rischio di oltrepassare d'alcun poco la stessa
misura comune a carico dei redditi superiori. Perocchè
se per timore di oltrepassare la linea, i redditi superiori pagassero meno del debito, ricadrebbe il maggior
peso sugli inferiori per supplire alla deficienza, e si commetterebbe una doppia ingiustizia oltrepassando a loro
carico quella stessa proporzione materiale che già per
loro, nel concetto della giustizia assoluta, racchiude un
gravame.

Adamo Smith nella prima delle sue quattro famose
regole pose la proporzione come una verità assiomatica;
eppure poco appresso scrisse incidentemente: « Il n'est pas

« très-déraisonnable, que les riches contribuent aux dé-
« penses de l'État, non seulement en proportion de leur
« revenu, mais encore au delà de cette proportion (1). »

Non discusse la questione, ma vide la verità con quella
maravigliosa giustezza di criterio, che lo innalza sopra
ogni altro scrittore di cose economiche.

CAPO IV

PRENOZIONI LEGISLATIVE.

La legislazione sopra i tributi adopera due principali
maniere d'imposta, tassando il reddito o in quanto esiste,
ovvero in quanto si spende, cioè in ragione dell'essere
suo accertato, ovvero in ragione della spesa che se ne
faccia.

Quando la legge s'indirizza al contribuente e gli dice:
Per capitali, per industrie, o per posseso d'immobili tu
hai tanto di reddito, dammene un decimo; allora il reddito è tassato direttamente in ragione della sua esistenza:
ma questa prima maniera, secondo il vario modo di accertare il reddito esistente, si distingue in tre varietà:
perocchè a conoscere la rendita mobiliare e immobiliare
dei contribuenti la legge può adoperare il metodo delle
prove e della ricerca diretta, o un sistema puramente
indiziario, ovvero un sistema misto.

La denunzia specificata, richiesta ad ogni contribuente,
di quanto ricava dal suo capitale e dal suo lavoro, verificata di poi dagli agenti dello Stato con tutti i mezzi
di prova, che valgano a dimostrare la verità o l'inesattezza della fatta denunzia, costituisce quello che noi
chiamiamo il metodo della ricerca diretta. Il sistema indiziario è di sua natura indefinito; ma un esempio rimar-
chevolissimo, e destinato, per nostro avviso, a tenere una

<hr>

(1) *Richesse des nations*, liv. 5, ch. II, sect. 2.

delle parti considerevoli nella legislazione sopra i tributi ce ne fornisce la presunzione desunta dal valore locativo delle abitazioni: perocchè dal vario valore della casa che uno tiene per uso suo e della sua famiglia, si arguisce la rendita di cui il medesimo può disporre: il quale indizio va adoperato in una certa ragione progressiva, perchè se un cittadino meno agiato è costretto per avventura a spendere nell'alloggio il quarto intiero della sua modesta rendita, un ricchissimo signore ne spenderà soltanto una dodicesima parte, ed avrà un'abitazione magnifica. La legge adunque dirà al primo: Tu hai una rendita disponibile, eguale al quadruplo del valor locativo dell'abitazione che tieni; e dirà al secondo: Il reddito complessivo, di cui disponi, eguaglia il fitto della tua abitazione moltiplicato per dodici: e così dal grado inferiore al grado sommo l'indizio segue una progressione, accrescendo di grado in grado il multiplo del fitto, quale espressione del reddito, cioè moltiplicando il fitto ora per quattro, ora per sei, per otto, per dieci, finalmente per dodici. Questa è la base indiziaria delle tasse commisurate al valor locativo dell'abitazione, delle quali dovremo più tardi ragionare molto distesamente.

Intanto proseguiamo le prenozioni, e diciamo, che oltre al metodo della ricerca diretta e al sistema puramente indiziario la legislazione dei tributi si prevale talvolta di un sistema misto: ne porge un esempio il procedimento per classi, che seguono i catastri, e certe tassazioni dei redditi industriali e commerciali. La rendita catastrale non si stima individualmente per ogni appezzamento, ma si stabilisce per mezzo di classificazioni: si formano tante classi in un determinato territorio, quante rappresentino le diverse qualità di coltura, e per ogni coltura le varie produttività: si fissa il reddito medio di ogni classe; quindi si assegna la classe ad ogni pezzo di terra, e con ciò resta fissato per ciascheduno anche il reddito tassabile, che è il reddito catastrale. A questo modo il processo segue per un riguardo la ricerca diretta, in quanto ricerca individualmente la quantità e la qualità generale dei possessi, e diventa processo indiziario per un altro rispetto, in quanto che il reddito medio delle classe applicato ai singoli pezzi si traduce in un reddito presuntivo. Consimili processi tenne talora la legislazione in riguardo alle industrie ed ai commercii, classificandoli, tassando le classi, e applicando la tassa della classe ai singoli esercenti. I quali procedimenti (per annunziare sin d'ora ciò che dimostreremo in appresso) servono ottimamente a formare il contingente distrettuale, non a fissare la tassa dovuta dall'individuo.

Abbiamo ragionato della prima maniera, per la quale si tassa il reddito in quanto esiste e se ne possa conoscere l'entità. Per conoscere un fatto, uno stato di cose, che non sia palese per se medesimo, la natura appresta le prove e le presunzioni; e la legge adopera or queste or quelle, e può anche comporre queste e quelle in un metodo; onde avvennero e dovevano avvenire naturalmente le tre varietà della prima maniera che abbiamo discorse, cioè la ricerca diretta, il sistema indiziario, e il metodo misto.

La seconda maniera d'imposte è quella per cui si tassa il reddito non in quanto esiste, ma in quanto si spende. Il mezzo principale di tassare la spesa, cioè la consumazione di ciò che è in commercio, consiste nel noto metodo d'imporre le merci stesse nell'atto che s'importano nello Stato (dazi di confine, dogane), o mentre si fabbricano nell'interno dello Stato, ovvero circolano od entrano nelle città, od anche quando già pervennero nei depositi degli ultimi rivenditori (gabelle, dazi interni di vario genere). Perocchè a questo modo la tassa diventa una spesa di produzione, ed è a questo titolo rimborsata dai consumatori ai commercianti, che la pagano direttamente: le quali maniere di tasse poste sui venditori coll'espresso intento di colpire indirettamente i consumatori e la loro spesa, si chiamano per questa ragione (siccome è notissimo) imposte indirette. Per contrario si diranno imposte dirette le tasse della prima maniera per cui la legge intende propriamente gravare quella persona, sopra cui si pone la tassa. Sarebbe tuttavia un errore volgare il credere, che le tasse sulla spesa siano tutte indirette. Chi tiene una suppellettile del valsente di ventimila lire, costui spende annualmente per questo godimento la somma di *mille lire*, interesse ordinario del capitale investito nella suppellettile: e la tassa di *lire cinquanta* su quel mobiliare, mediante accertamento del suo valsente, sarebbe evidentemente una tassa diretta del cinque per cento sopra una specie di spesa: il medesimo si dica delle imposte sui famigli, sui domestici, sulle carrozze e consimili. Che più? La tassa proporzionale di un tanto per cento sul valor locativo delle abitazioni, che altro sarebbe se non una imposta sulla spesa? Ed è certamente un'imposta diretta. Perciocchè a questo modo s'impone quella somma che il contribuente spende pel principale bisogno dell'abitazione, e certo la spende anche l'abitatore della casa propria, il quale, non abitandovi personalmente ne potrebbe ritrarre un fitto. Ma la tassa commisurata al valor locativo dell'abitazione (come sopra avvertimmo) riveste anche un altro carattere: essa in sostanza appartiene per due diversi rispetti ad ambedue le principali maniere di tasse sul reddito e sulla spesa: e questo deve già farci presentire, che la medesima nella legislazione sopra i tributi deve tenere uno dei principali ufficii, e compiere una parte essenziale.

Ricapitolando diciamo, che le tasse sulla spesa sono indirette, o dirette: quelle sul reddito sono tutte dirette.

Alle divisate due maniere, che sono le principali, si sogliono aggiungere tasse completive e secondarie, e singolarmente:

1° Le tasse determinate da speciali servigi, che

lo Stato rende al contribuente (le giudiziarie, le scolastiche e parecchie altre);

2° Le tasse sugli affari (tasse di registro e di bollo), le quali rispondono talvolta in minima parte ad un servizio che si presta dallo Stato, ma principalissimamente sono destinate a gravare il reddito, in quanto si manifesta e si avvantaggia circolando ed esercitandosi nel commercio;

3° Le tasse di successione, tasse di opportunità e di supplemento alle imposte dirette sul capitale mobiliare ed immobiliare.

Ora dunque, condotte a termine le prenozioni che ci parve necessario premettere sotto il triplice rapporto economico, giuridico e legislativo, passiamo a investigare le leggi naturali, che distinguono e governano le varie specie d'imposte, così in sè stesse, come nelle loro reciproche relazioni.

CAPO V

COME SI DETERMINI IL REDDITO TASSABILE NELLE IMPOSTE DIRETTE; CAPITALE MOBILE E IMMOBILE; CAPITALE FONDIARIO.

Che la legge debba tassare egualmente qualunque sorta di reddito, è una verità assiomatica: i capitali, mobili ed immobili, le terre, le industrie agrarie, commerciali e manifattrici non sono agli occhi della legge che altrettante proprietà produttive possedute dai cittadini contribuenti, e i redditi provenienti dalle proprietà o dalle facoltà produttive di qualunque natura debbono considerarsi dalla legge d'imposta non già nella diversità delle origini e dei modi della loro produzione, ma sì ed unicamente nell'entità del prodotto, siccome quella che rappresenta sempre nella stessa proporzione la facoltà, i mezzi, il *potere* di contribuire alle pubbliche spese.

Parrebbe dunque a primo aspetto, che, dedotte solo

le spese di produzione tutto il provento **materiale che ne rimane**, il provento materiale **netto** debba tenersi come reddito intieramente tassabile secondo una **comune** ragione nelle imposte dirette. Ma questo sarebbe **un errore** noi diciamo, che non basta depurare il provento materiale dalle spese di produzione: egli è mestieri dedurre da un lato la parte di provento che sia premio o **prezzo** di rischi, e dall'altro lato (almeno per quanto concerne la tassazione fondiaria) portare in conto di provento **tassabile** quei vantaggi economici e quegli stessi beneficii morali, pel godimento **dei** quali il proprietario del capitale fondiario si appaga di un provento **minore** dell'ordinario.

La rendita vera del capitale considerato in se medesimo, e fatta astrazione dal concorso dell'industria e del lavoro dell'uomo, consiste nell'interesse ordinario, quale risulta dalla media del mercato; e la rendita legale sarà appunto quell'interesse legale, che suolsi determinare a lunghi intervalli dalla legislazione anche per gli effetti civili. Certamente avverrà, che dove la legge fissa il reddito del capitale alla ragione del cinque per cento, se ne ricavi in commercio il provento dell'otto o anche del dieci per cento, non computati i beneficii dell'impresa, e dedotte tutte le spese di esercizio: ma gli è troppo evidente, che quanto supera l'interesse ordinario è premio di rischi, ed anziché vero provento vuolsi considerare come parte di capitale. E forse avverrà col tempo tal perdita che assorbirà tutto il provento percepito in addietro, od anche il capitale in tutto od in parte. Tant'è: il maggior reddito, che può dare il capitale applicato all'industria ed al commercio, preso nel suo insieme, è un provento *condizionale*, non potendo altrimenti continuare se non si assoggetta continuamente all'eventualità della perdita, avvenendo la quale dovrebbe dunque restituirsi la tassa, e si dovrebbe all'uopo eziandio concorrere in proporzione al ristauro del capitale, quando il fisco pretendesse partecipare intanto sotto forma di imposta alla totalità del provento: la qual condizione non potendo subirsi dal fisco, e dovendo questo in una parola partecipare soltanto a ciò che sia vero ed assoluto provento, ella è cosa manifestissima, doversi nel prodotto materiale, anche già depurato dalle spese di produzione, separare il reddito comune ed assicurato da quella parte che corrisponde al rischio: il solo provento ordinario ed assicurato è materia tassabile. E dovendo farsi la medesima separazione anche nei capitali collocati a frutto, nei quali l'interesse superiore alla media del mercato risponde sempre ai rischi, alle eventualità a cui si espone il godimento del frutto ed anche il ricuperamento del capitale, noi ne deduciamo, per la determinazione del reddito legale e tassabile del capitale mobile, le seguenti regole universali:

1° Pei capitali collocati a frutto con qualunque forma d'investimento, l'interesse ordinario, corrispondente alla media del mercato, e determinato appositamente per legge, costituisce il reddito tassabile, quantunque i patti o la forma dell'investimento rechino per avventura un interesse superiore;

2° Nello stesso modo si determina il reddito tassabile del numerario applicato all'esercizio dell'industria e del commercio;

3° Riguardo alle provvisioni, agli stromenti di produzione, ai meccanismi, e in una parola, riguardo al capitale fisso e circolante d'ogni forma, all'infuori del numerario, applicato all'esercizio dell'industria e del commercio, il medesimo dee stimarsi in numerario, sulla base del valor venale, e l'interesse legale del capitale siffattamente determinato costituirà il provento tassabile del capitale mobile, commerciale e industriale.

Quanto al capitale immobile investito in fabbricati, o servano questi a uso dell'industria e del commercio, o siano destinati agli affitti, è cosa certissima in economia sociale, che i costruttori e i compratori, per indursi a fabbricare o a comprar fabbricati, esigono tal provento, che depurato dallo spese di conservazione e di esercizio, pareggi l'interesse ordinario del capitale da investirsi: che se poscia per variar di popolazione e di altre condizioni economiche, variando il *rapporto* tra *la ricerca e l'offerta*, cresce il provento, crescerà anche il valor venale dell'edifizio; diminuendosi quello, il valor venale si abbassa. Onde segue, che anche riguardo al capitale immobile consistente in fabbricati *produttivi di reddito industriale o locativo*, il reddito tassabile non si dee altrimenti determinare, che sulla doppia base del valor venale e dell'interesse ordinario.

Le dette regole appartengono ai capitali produttivi, cioè a quei valori che l'uomo abbia *effettivamente* applicati alla produzione. Ora è da esaminarsi, se i valori improduttivi, cioè quelli che l'uomo forse potrebbe ma che effettivamente non applica alla produzione, si possano, secondo i principii di ragion naturale, assoggettare all'imposta diretta.

Sono valori improduttivi:

1° L'immensa varietà delle cose mobili, che servono a usi personali, necessarii o voluttuarii, nella vita ordinaria e nella consumazione improduttiva degli uomini: delle quali cose cresce l'abbondanza a misura dell'altezza che il cittadino tiene nella scala della gerarchia economica;

2° Tutti i fabbricati, che non siano nè accessorii delle terre coltivate, nè edifizi destinati a dare regolarmente un provento locativo. Tali sono da un lato i castelli e i grandi palagi non ricercati nè soliti darsi in affitto, o dall'altro la massima parte delle case rustiche componenti i villaggi (1);

(1) Le case rurali isolate, accessorio del latifondio, in cui giacciono, e per cui vennero costruite, s'immedesimano col fondo, e diventano produttive a guisa di un capitale fondiario.

3° I parchi, i giardini puramente voluttuarii, e in generale tutti i terreni che la delizia toglie all'industria produttiva.

E insomma tutte le proprietà dell'uomo si dividono, per l'accennato rispetto, in produttive ed improduttive. Le facoltà personali (vere proprietà anch'esse, donate all'uomo dalla natura) sono proprietà produttive, se l'attività e il lavoro le fecero tali; e sono improduttive, se giacciono nell'ozio inoperose, se si consumano nelle sole fatiche dei godimenti.

Ora la legge di natura diede all'uomo arbitrio assoluto nella direzione oeconomica delle sue facoltà e proprietà: essa lo sottopose all'impulso, allo stimolo del bisogno, vi aggiunse, lentando o cessando il lavoro, la sanzione del perdere ciò che l'uomo più ardentemente desidera per gli usi di sua vita e nelle relazioni del civile consorzio: ma la natura non consente potestà allo Stato di assegnare all'individuo e alle sue proprietà un'industria, una professione, un impiego. La legge che dicesse al cittadino: « Tu potresti esercitare la tale industria, abilitarti alla « tal professione, e guadagnar tanto: io ti suppongo « questo provento, e te ne dimando una parte, e non aven- « dolo in realtà, prendila sugli altri tuoi proventi reali, « *quantunque già altrimenti tassati,* » questa legge sarebbe per comune consenso contraria all'ordine di natura: né si trova ragione di distinguere tra proprietà e facoltà: tutte possono farsi produttive per volere dell'uomo, o rimanersene improduttive: la legge non ha diritto di assegnare impiego di facoltà o di cose: la garanzia del reddito nazionale sta tutta nell'impulso e nell'interesse individuale. Conchiudiamone adunque, che le proprietà improduttive di qualunque specie, o siano esse facoltà personali, ovvero proprietà e valori reali, non possono per legge di ragion naturale assoggettarsi alle imposte sul reddito: diciamo *sul reddito*, perché in riguardo alle *tasse sulla spesa*, la questioqe dipende da altri elementi e da altri ragionamenti.

Quali siano i veri ufficii delle tasse sulla spesa in una giusta e bene ordinata legislazione apparirà nel progresso delle nostre investigazioni : nè qui potremmo anticipare quello, che deve rivelarsi di mano in mano nello svolgimento logico di naturali ed intrecciati rapporti. Ma ben possiamo e dobbiamo avvertire sin d'ora, che la tassa sulla spesa dei contribuenti, per essere conforme a ragione, deve proporsi, nel suo ordinamento, questo supremo principio di *tassare nella medesima proporzione la spesa di tutte le varie classi sociali*. Ora le imposte sulla spesa attuate col mezzo più comune dei dazi sulle merci di ordinaria e universale consumazione riescono di tal fatta e natura, che le classi inferiori ne rimangono *gravate d'assai*, tassate a *sufficienza* le classi medie, e solo toccate *leggiermente* (in proporzione della loro ricchezza) le classi superiori. Adunque il giusto legislatore ricercherà anche le spese *speciali e proprie* delle classi superiori, non già per colpirle con *tasse sontuarie* (nome noto e diffamato in quanto significa *imposta arbitraria sui ricchi*, imposta usurpatrice della loro ricchezza, imposta spogliatrice), *ma per coordinare le varie parti della tassa generale sulla spesa ad una comune misura*. E così avverrà, che i valori improduttivi (l'applicazione dei quali alla consumazione improduttiva dell'uomo costituisce certamente una spesa) non soggetti nè assoggettabili all'imposta sul reddito, tuttavia possano dare argomento ad applicazioni varie della tassa sulla spesa.

Già lo avvertimmo nel precedente capo: una suppellettile del valsente di lire venti mila, un palagio di cento mila, un parco di trecento mila rappresentano una consumazione improduttiva annuale, e cioè una spesa rispettivamente di lire mille, cinque mila, quindici mila: le quali spese (come dimostreremo più distesamente a suo luogo) debbono tassarsi non già *universalmente* (come il debbono i valori produttivi di un provento *reale*), ma solo nelle classi superiori, e neppure in queste *arbitrariamente*, ma soltanto in quella misura, che (avuto riguardo agli effetti economici dei dazi comuni gravanti principalmente le classi inferiori e medie) *sia necessaria a ristabilire l'equilibrio e far sì, che tutta la spesa propria delle varie classi sociali sia tassata approssimativamente nella medesima proporzione*. Intanto confessiamo, che l'imposta sui valori improduttivi (*nei casi che la si possa ammettere*) equivale *nel risultato* all'imposta diretta sui valori produttivi. Infatti poniamo da un lato una possessione ben coltivata e fertile del valore di lire cinquecento mila, con un provento tassabile di venticinque mila: un'imposta del cinque per cento sul reddito darebbe all'erario la somma di lire due mila. Poniamo dall'altro lato un parco improduttivo e forse anche passivo, riducibile però a possessione coltiva, e avento un valore venale parimente di lire cinquecento mila, e rappresentante così una consumazione improduttiva, ossia una spesa di lire venticinque mila: egli è manifesto, che una tassa del cinque per cento sulla spesa, applicata a quel parco, darebbe la stessa somma di due mila lire all'erario.

Le cose testè accennate, che riceveranno più tardi il debito svolgimento, ora intanto si collegano con quelle che rimangono a ragionarsi sulla determinazione del reddito tassabile nelle imposte dirette.

Abbiamo già dimostrato come il provento tassabile del capitale mobile di qualunque natura, purchè sia applicato alla produzione, ed anche quello investito in fabbricati idonei per la loro destinazione a dare un frutto civile o industriale, si debba stimare sulla doppia base del valore venale e dell'interesse ordinario. Ora noi crediamo, che anche il provento tassabile delle terre si debba determinare allo stesso modo. Poniamo una terra del valor venale di lire centomila, e l'interesse legale al cinque per cento, il provento tassabile della terra rimarrà stabilito

in lire cinque mila. L'analogia economica, e la parità
giuridica del capitale mobile e dell'immobile, del capitale
investito in costruzioni e di quello consolidato in beni
fondiarii, e la conseguenza del doversi tutti questi capitali pareggiare rimpetto alla legge d'imposta, già venne
per noi largamente ragionata in altro luogo, dove si rispose anche all'obbiezione desunta dal fatto che il provento fondiario, disgiunto da ciò che è dovuto all'industria
ed al lavoro, non si adegua sempre all'interesse ordinario
dei capitali altrimenti impiegati (1). Ora possiamo a
conferma della tesi aggiungere novelle considerazioni. A
questo riguardo distinguiamo i poderi in tre classi: gli
uni sono o sogliono essere esclusivamente oggetto di
reddito (le grandi proprietà, le possessioni a grande coltura): gli altri servono come oggetto di reddito, e come
stromento e garanzia di lavoro continuo (le piccole proprietà coltivate dai contadini proprietarii), ed altri infine
producono reddito, e prestano pure al possessore, che
personalmente ne gode, un servizio di comodità o di delizia. Quanto al primo genere, il provento reale e la ragione dell'interesse ordinario tendono incessantemente ad
equilibrarsi, per l'accorrere o pel ritrarsi delle ricerche
di compra, e in senso inverso per l'indebolirsi o il rinvigo-
rirsi delle offerte di vendita a misura, che il reddito locativo
del fondo (idoneo al solo scopo di ricavarne un provento)
superi l'interesse ordinario o si abbassi al dissotto di esso.
Ciò dipende da quella legge di equilibrio economico, per
cui tutte le forme d'investimento dei capitali tendono a
pareggiarsi nella virtù produttiva. Adunque in riguardo
al primo genere anzidetto il pareggiamento dei beni ossia
dei capitali fondiarii agli altri capitali dinanzi alla legge
d'imposta non soffre veramente nessuna difficoltà. In ordine poi al secondo genere, senza ripetere che la garanzia
di un lavoro continuo prestata dalla piccola proprietà al

(1) Capo secondo, § 3°.

contadino proprietario, è un vantaggio economico atto a supplire il provento locativo dei piccoli poderi e a portarlo sino alla ragione dell'interesse ordinario, benchè il valor venale di tali fondi soglia salire a prezzi molto elevati; senza ripetere, diciamo, queste considerazioni già svolte abbastanza in altro luogo (1), ora dobbiamo aggiungere, che la nostra tesi si collega con un'altra già pure annunziata e da dimostrarsi in appresso, che il lavoro ed il capitale del contadino proprietario non vanno soggetti a quella imposta diretta, onde si tassano, in una ben ordinata legislazione, le industrie e i capitali impiegati *nella coltivazione dei latifondi*. E così avviene che se il provento locativo delle piccole proprietà non si pareggia per sè solo all'interesse legale del capitale rappresentato dal loro valor venale; e se per conseguenza ragguagliando il reddito tassabile all'interesse legale, le piccole proprietà ne ricevono scapito, le medesime trovano un largo compenso nella esenzione da ogni tassa di quel lavoro e di quel capitale che attorno ad esse s'impiega dai contadini proprietarii. Il qual compenso serve manifestamente a pareggiare le condizioni anche nei rapporti tra provincia e provincia. Consideriamo (per semplificare e rendere più chiara la discussione) due provincie con un suolo di eguale estensione, ed egualmente fertile e produttivo: ma in una di esse il territorio è tutto distribuito in piccole proprietà coltivate da contadini proprietarii, il territorio dell'altra non è segnato che da grandi proprietà col sistema della grande coltura. Possiamo affermare, che la somma dei valori venali delle singole proprietà, e così il valore venale del territorio della prima sarebbe maggiore in confronto del territorio della seconda, e per conseguenza, prendendo il valor venale a misura del tributo fondiario, la prima avrebbe a sopportare un tributo più grave in confronto della seconda, benchè, in ipotesi, l'estensione

(1) Capo secondo, § 3°.

e la fertilità dei territorii siano eguali noll'una e nell'altra. Ma, *per compenso,* nella prima tutto il lavoro o tutto il capitale impiegato dai contadini proprietarii nella coltivazione del territorio non verrebbe gravato da alcuna imposta diretta, doveché nella seconda il lavoro ed il capitale mobile applicato alla coltivazione agraria andrebbero soggetti ad una imposta distinta dal tributo fondiario, all'imposta sul capitale mobile e sull'industria: ciò avviene in forza di una legge naturale, della quale avremo a ragionare più ampiamente, e per cui il minuto capitale e il lavoro manuale e volgare delle classi inferiori non può e non deve assoggettarsi a *quella tassa diretta,* a cui soggiacciono i capitali maggiori e le industrie dei gradi medii e superiori della gerarchia economica. E così tutte le parti si collegano, si compensano, tendono incessantemente ad equilibrarsi in una legislazione che si conformi ai rapporti necessarii delle cose e segua logicamente l'ordine di natura (1).

Adunque la verità della nostra tesi (determinazione del provento fondiario tassabile sulla doppia base del valore venale e dell'interesse legale) già ci pare fermamente dimostrata ed inconcussa in riguardo alle piccole proprietà fondiarie tenute da contadini proprietarii, e in riguardo a quelle grandi proprietà che siano tenute esclusivamente a solo oggetto di reddito. Resta a parlare dell'ultimo genere, di quelle proprietà fondiarie che producono un reddito (inferiore notevolmente all'interesse ordinario) e prestano nel tempo stesso al possessore che ne gode personalmente un servizio di comodità e di delizia. A rigor di logica il prezzo rappresentato dal valor venale di queste proprietà si dovrebbe distinguere in due parti, l'una produttiva, l'altra improduttiva. Consideriamo, a mo' di esempio, una villa: non frutta, in ipotesi, che lire annue due mila, ma deliziosa od amena qual è, il

____

(1) Capi nono e decimoterzo.

possessore la comperò e potrebbe rivenderla al prezzo di lire centomila: evidentemente l'impiego produttivo si limita alla somma di lire quarantamila col provento effettivo di duemila nella ragione ordinaria del cinque: il rimanente in lire sessanta mila rappresenta una consumazione improduttiva del provento che se ne potrebbe ritrarre, ed al quale il possessore rinuncia per un godimento salubre, ameno e delizioso; rappresenta insomma una spesa. Così a rigor di logica due distinte tasse gli si dovrebbero imporre, una sul reddito effettivo, che è di duemila, l'altra sulla spesa che è di tre mila; ma, l'una e l'altra pareggiandosi negli effetti, la ragione consente e la semplicità richiede, che si porti in conto di rendita effettiva anche il godimento personale come lo apprezza il proprietario, e si stabilisca un'imposta sola sull'intiera somma di annue lire cinquemila, cioè sul reddito legalmente tassabile, determinato colle due norme combinate del valore venale e dell'interesse ordinario. Avvertasi infatti, che le proprietà di questa sorta, miste di valori, parte produttivi e parte improduttivi, appartengono generalmente ai gradi superiori della gerarchia economica con questa legge che la parte improduttiva prevalga di tanto sulla produttiva appunto in ragione diretta dell'altezza del grado che occupa il proprietario: attalché la tassa sul valore improduttivo, trasfusa in quella che grava il valore fruttifero, riesce sempre esattamente applicabile.

Abbiamo, ci pare, posto in sodo una verità di ragion naturale, l'unità di tassa su tutto il capitale, mobile ed immobile, di qualunque natura, così per riguardo alla quota come per rispetto al modo di determinare il reddito tassabile: ma nelle nostre dimostrazioni abbiamo considerato soltanto i principi, ed ora dobbiamo rivolgere il nostro esame alle conseguenze.

Il capitale mobile produttivo, *avendo facoltà di emigrare*, non ammette che tasse assai moderate. Le imposte dirette sui proventi del capitale mobile, se fossero esagorate oltre un certo limite, lo farebbero fuggire, emigrare all'estero almeno in parte, con grave danno dell'industria e del lavoro nazionale. E il limite dipende dalle circostanze, dalle condizioni economiche interne e dell'estero ed anche dalla legislazione di quegli Stati, nei quali il capitale mobile nazionale, troppo gravemente tassato all'interno, potrebbe essere tentato di rifuggirsi. In generale non crediamo di andare troppo lungi dal vero affermando che la tassa diretta sui proventi del capitale mobile non può eccedere senza grave danno economico il sette o l'otto per cento del reddito. All'incontro la terra non fugge, e può senz'altro danno che l'ingiustizia sopportare le più sproporzionate gravezze, purché non opprimano che *la rendita locativa*, e non intacchino anche quella del capitale e della industria coltivatrice: nel quale ultimo caso l'aggravio si rovescierebbe in parte (come diremo a suo tempo) sui consumatori. Onde avviene, che tra i finanzieri empirici prevalga l'opinione, doversi lo Stato appagare del poco, che con questo o quel metodo si possa ricavare dal reddito mobiliare, ed aggravare intanto la mano fiscale sulle terre, considerate e trattate in ogni tempo come una delle precipue sorgenti del provento erariale. Da costoro adunque l'unità di misura nella tassazione dei redditi d'ogni sorta mobiliari ed immobiliari sarebbe innanzi tratto rigettata siccome impraticabile, inetta a soddisfare ai più imperiosi bisogni dello Stato, al quale certamente non basta il sette o l'otto per cento del reddito nazionale.

Per dilucidare l'argomento sotto questo novello aspetto gli è mestieri innalzarci alle somme questioni, a cui una legislazione razionale sui tributi dovrebbe chiaramente rispondere. Qual è il rapporto tra il reddito nazionale e la parte che lo Stato vuol prelevarne pe' suoi bisogni? Vorrebbe egli prendere per sé stesso la metà dei proventi delle terre, dei capitali, dell'industria e del lavoro della nazione intiera? O si appaga egli d'un quarto o di un

quinto del totale reddito del paese? Qual è il limite che
lo Stato s'impone rimpetto ai cittadini contribuenti?
Quando poi sia determinata l'aliquota, a cui lo Stato
intenda limitarsi, allora subentra la questione del ripar-
timento. Poniamo, che lo Stato si aggiudichi il quinto
del reddito nazionale, si tratterà di sapere, come questo
totale si abbia a distribuire fra i cittadini, ossia con quali
metodi si potrà conseguire, che ogni contribuente apporti
allo Stato il quinto de' suoi proventi particolari.

Le legislazioni empiriche non rispondono a cosiffatto
questioni. Primamente esse non si curano punto di pareggiare le condizioni del capitale, del lavoro, della terra
e dei loro rispettivi proventi. Adamo Smith nel suo libro
immortale scrisse: « Qu'il soit, une fois pour toutes, ob-
« servé, que tout l'impôt, qui tombe en définitive sur
« une des trois sortes de revenus seulement est néces-
« sairement inégal en tant, qu'il n'affecte pas les deux
« autres. Dans l'examen suivant des différentes sortes
« d'impôts je ne reviendrai guère d'avantage sur cette
« espéce d'inégalité; mais je bornerai le plus souvent
« mes observations à cette autre espéce d'inégalité, qui
« provient de ce qu'un impôt particulier tombe d'une
« manière inégale même sur le genre particulier du
« revenu sur le quel il porte » (1). Cosi l'imposta è sempre
necessariamente disuguale ed ingiusta per quanto non
gravi equabilmente i tre generi di rendita. Ma il sommo
autore considerando la legislazione dei tempi suoi, ha
creduto inutile discorrerne: e solo mostrò di sperare, che
l'eguaglianza si sarebbe col tempo attuata almeno nel
giro delle specie particolari di rendita: ed eziandio per
questo secondo rispetto la legislazione progredì ben poco
d'allora in poi. Infatti una tassa regolare e *distinta* sopra
tutto il capitale mobile di qualunque forma non si è
forse tentata ancora: il provento del capitale applicato

(1) *Richesse des Nations*, Liv. V, chap. 2.

al lavoro si confonde volontieri, in riguardo alle tasse pubbliche, coi proventi industriali; e quanto al capitale collocato a frutto, si tassano di quando in quando, con manifesta ingiustizia, i soli mutui ipotecarii. Quanto poi al tassare il lavoro e l'industria la legislazione procede a tentone, e versa tuttora deplorabilmente tra esperimenti incertissimi. Ora si appiglia a metodi arbitrarii imponendo tasse uniformi ai redditi più diversi: ora sperimenta le denunzie individuali, o ne riesce ingannata: ovvero accoppiando il sistema del contingente e di ripartizione con quello di *quotità*, smarrisce affatto il cammino guidata da criterii fallaci nella formazione del contingente. Che poi le facoltà personali, native ed acquisite, abbiano a trattarsi dalla legge d'imposta quali proprietà produttive, e che tra queste e le proprietà estrinseche esista un rapporto, un criterio di eguaglianza e di misura comune, le empiriche legislazioni non vi pensarono mai. Chi poi non sa, che i catastri, empirici anch'essi, nascondono sotto una finzione legale disuguaglianze enormi da provincia a provincia, da comune a comune? La legge fiscale dice dall'alto alla terra: « Tu mi darai sul tuo provento annuale cento milioni » o non sa quanto provento rimanga ai proprietari, pagato il tributo, e meno ancora si dà pensiero del carico disuguale imposto al capitale fondiario in confronto degli altri capitali. — La legge fiscale nasconde volentieri la maggior parte delle sue esazioni sotto il velame e gli artificii delle dogane, delle gabelle, dei dazi: diciamo, *la maggior parte*, essendo comprovato dai bilanci degli Stati d'Europa, che il prodotto complessivo delle imposte indirette suole superare di non poco il prodotto delle tasse dirette: oppure, qual principio di eguaglianza presiede all'ordinamento delle tasse indirette, cioé delle tasse sulla spesa? Mostrando di non accorgersi, che i dazi sulle merci di ordinaria e universale consumazione danno risultati poco consentanei alle norme della giustizia distributiva, le legislazioni empiriche

seguono sempre gli stessi erramenti, poco inclinata a ricercare i mezzi di pareggiare nella tassa le spese proprie delle diverse classi sociali. Taciamo degli aggravii
talvolta esorbitanti a cui servono di stromento le tasse di
registro, le giudiziarie e le altre che abbiamo chiamate
suppletive, e diciamo in una parola, che le empiriche legislazioni, senza una norma superiore di ragione e di giustizia che le diriga, tentano confusamente tutte le maniere
d'imposta, che mai abbia saputo inventare l'ingegno fiscale,
spremendo da ciascuna tutto quanto se ne possa cavare:
non si curano in ogni tassa che della maggiore sua produttività a qualunque costo; non s'impongono altro limite,
che quello che loro oppone l'imperfezione dei metodi, e
infine non sanno, nè in quale proporzione siano gravate
le diverse specie di rendita, nè in che rapporto stiano
tra di loro la rendita che rimane ai contribuenti e quella
che si preleva dal fisco.

Pare a noi, che astrazion fatta dai bisogni straordinarii
e temporanei, e dai mezzi di finanza corrispondenti, l'imposta normale *sotto qualunque forma diretta o indiretta*, non
dovrebbe in complesso togliere ai contribuenti una porzione
superiore di molto al quinto del loro reddito. Considerate
una modestissima famiglia con mille lire di rendita: non
vi pare, che essa privandosi di lire duecento annue per
darle allo Stato faccia l'estremo del suo *potere?* Non le
avanzeranno che ottocento lire per vivere e per risparmiare qualcosa. Inoltrate pure verso redditi alquanto più
elevati: una famiglia con lire duemila di rendita ne con-
tribuirebbe quattrocento (il quinto), e col rimanente di
lire mille e seicento dovrebbe soddisfare ai maggiori bisogni della sua condizione, alle spese di educazione e
simili, con qualche avanzo annuale: perocchè la condizione
di un qualche avanzo annuale in ogni famiglia non affatto depressa verso i più bassi fondi della società è
sempre condizione impreteribile ad un savio legislatore,
che voglia preservare il paese da un progressivo e spa-

ventoso decadimento. Egli è vero che salendo verso i gradi
superiori della gerarchia economica si trovano famiglie
e rendite, che potrebbero senza pericolo privato e pubblico contribuire un' aliquota anche di molto superiore
al quinto del reddito: ma l'imposta, per le ragioni di legalità indispensabile altrove dichiarate, la si vuole materialmente proporzionale: dunque conviene adottare una
proporzione sopportabile anche alle più modeste fortune,
in riguardo alle quali il sommo aggravio imponibile non
potrebbe guari superare il quinto del reddito, tutto compreso, cioè il venti per cento della rendita appartenente
a ciascuna famiglia.

Posta questa base, l'obbiezione sopraccennata, che diede
occasione ai precedenti riflessi, svanisce compiutamente.

Nel sistema naturale, che contrapponiamo al sistema
artificiale ed empirico, l'imposta diretta sul reddito mobiliare ed immobiliare ridotta ad una sola misura e ad
un sol modo di determinare legalmente il provento tassabile (compreso anche il provento del lavoro di cui si
ragiona nel capo seguente), darebbe all'erario non meno
del sette per cento del reddito nazionale. Altri sette od
anche otto centesimi, li darebbe l'imposta sulla spesa coi
suoi diversi organismi; e ragguagliandola coi mezzi più
sopra indicati in riguardo a tutte le spese delle diverse
classi sociali, riuscirebbe più moderata delle vigenti imposte indirette: altri due o tre centesimi del reddito nazionale si ricavano dalla tassa sul valor locativo delle
abitazioni, ordinandola secondo i principii che ci riser-
viamo di esporre e combinandola colla tassa di successione,
fungente ufficio di supplemento all'imposta principale o
diretta sull'universalità del capitale mobiliare ed immobiliare. Aggiungendo a tutto questo le tasse suppletive,
e i sopraccarichi provinciali e comunali ne risulta, che
l'imposta pubblica esaurirebbe anche, oltre a venti cen-
tesime parti, cioè oltre al quinto del reddito dei contribuenti. E si ardirebbe opporre il difetto di insufficienza

a un tale risultato, che ad altri parrà ben anche di eccessiva, di enorme gravezza? E a questo risultato non contribuisce forse in debita proporzione l'imposta diretta sul capitale mobile ed immobile, che abbiamo divisato secondo l'ordine di natura? Per giudicare rettamente del valore delle singole parti conviene sempre guardare all'insieme. Se non che noi non possiamo sviluppare ad un tratto l'insieme colla dovuta larghezza di esame, e summo costretti di limitarci per ora ad un semplice cenno della proposizioni primarie.

Il sistema naturale, che abbiamo descritto, segna all'imposta sul reddito mobiliare un limite insuperabile, e lo estende per titolo di eguaglianza al provento fondiario: declinando da questo sistema, ed ammessa una volta pel reddito fondiario una tassa propria, ammettendo cioè che dove la tassa sul reddito mobiliare si limita al sette o all'otto per cento, sia permesso tassare il fondiario del dieci o del quindici, qual barriera, qual limite si troverà più mai che arresti l'arbitrio? Se si permette il dieci od il venti, perchè non anche il trenta, il quaranta? L'imposta progressiva sarebbe la sola moralmente giusta, come in altro luogo si dimostrò (1): pur si rigetta universalmente per cansare uno sfrenato arbitrio, perchè la legislazione civile s'informa alla doppia ragione di giustizia e di legalità, e sempre la giustizia morale si contempera colla giustizia legale: perchè dunque si vorrà ripudiare un sistema (l'unità di misura nell'imposta diretta sui redditi) che si presenta come l'attuazione contemporanea della giustizia morale e della giustizia legale, che nel medesimo tempo soddisfa i diritti dell'eguaglianza, e contrappone un limite legale all'arbitrio?

(1) Capo terzo.

CAPO VI

CONTINUAZIONE DELLO STESSO ARGOMENTO: PROVENTI INDUSTRIALI E COMMERCIALI.

I redditi provenienti dagli esercizi industriali e commerciali si distinguono in due parti: una è frutto del capitale fisso e circolante addetto agli esercizi medesimi; l'altra è il provento proprio dell'industria e del lavoro: ma l'una e l'altra sono del pari eventuali, soggetti ogni anno ad aumento o a diminuzione, ed anche a fallire, e a tali perdite, che assorbano tutti i proventi percepiti in addietro, intacchino il capitale, e divorino anche per anticipazione il frutto del lavoro avvenire. Quello adunque che abbiamo detto dei capitali impiegati in commercio, lo ripetiamo delle industrie: non è tassabile la totalità del provento dipendente da quelli o da queste; vuolsi dedurre la parte del rischio, risorvando all'imposta la media del reddito, val quanto dire il provento in media assicurato, qual costante frutto di quel determinato esercizio industriale o commerciale: il provento siffattamente determinato rappresenta anch'esso il vero frutto di una proprietà, della facoltà industriale che è proprietà personale dell'esercente: nè veramente corre (già lo accennammo più volte) un'essenziale differenza economica tra le proprietà reali ed estrinseche (capitali, poderi) e le proprietà personali (facoltà attive, industriali del cittadino).

Molti però pensarono, che tra l'una e l'altra specie di proprietà corra tal differenza giuridica da rendere inapplicabile una comune misura d'imposta. Perciocchè le proprietà reali sono perpetue, e il godimento delle facoltà personali non oltrepassa la vita dell'uomo. In verità quando avremo a ragionare particolarmente dell'imposta diretta sul capitale mobile, noi medesimi dimostreremo, che il provento annuale di un censo vitalizio comperato a capitale perduto non va soggetto all'imposta nella sua totalità; l'interesse ordinario del capitale alienato per l'acquisto del vitalizio è il solo provento legalmente tassabile, con questo ancora, che estinto il vitalizio per morte del creditore, la tassa per intiero si estingua. Onde a molti parve, che similmente la rendita proveniente dal godimento vitalizio di una facoltà industriale non debba giuridicamente tassarsi per intiero come la rendita di un podere.

Ma a parer nostro l'analogia non regge. Il possessore di un podere a titolo di usufrutto e di fedecommesso non paga egli la tassa intiera del fondo, finchè dura il suo godimento vitalizio del fondo medesimo? L'ingegno e l'attività, che appariscono negli individui e nelle generazioni che si succedono, sono un fedecommesso perpetuo dell'umanità, benchè, a dir vero, non scenda per ordine rigoroso in linea retta e di primogenito in primogenito: è un fedecommesso *saltuario* che si trasmette, fra gli umani, di chiamato in chiamato secondo un ordine di vocazioni, che dobbiamo venerare, benchè non possiamo conoscerlo.

Però nella facoltà industriale dobbiamo distinguero la capacità nativa e la capacità acquisita: quest'ultima richiedendo spese di educazione, d'istruzione o di tirocinio rappresenta un vero impiego a capitale perduto, e il frutto della industria siffattamente acquistata deve reintegrare il capitale per essere nuovamente speso a conservare l'industria nelle generazioni seguenti. Siccome dunque il provento netto di un immobile non s'intende, se non dedotte (oltre quelle di esercizio) le spese di conservazione dell'immobile stesso, così il reddito netto e tassabile dell'industria nazionale si determinerà detraendo le spese che si rinnovano di generazione in generazione a conservazione della medesima industria: la qual detrazione è argomento di arbitrato legislativo.

Quelli, che finora esponemmo, costituiscono, a così dire,
i principii vitali dell'imposta diretta sui redditi: ora dobbiamo rivolgere il nostro esame agli organismi, pei quali
il principio vitale si estrinseca, traducendo in atto la cosa:
vogliamo dire i metodi legislativi, coi quali l'imposta diretta si applica distintamente ai proventi industriali e
commerciali, ai proventi del capitale mobile, alla rendita
del capitale immobile. E il discorso nostro seguirà appunto l'indicato ordine facendo capo dai redditi dell'industria e del commercio. Questa restituzione, che ad altri
parrà un'inversione dell'ordine logico, interessa ben poco
il lettore, ma importa molto all'autore, il quale ragionando poi dell'imposta sul capitale mobile dovrà appog-
giarsi a certi risultati ottenuti nell'esame dell'imposta
diretta nelle sue applicazioni ai redditi industriali.

CAPO VII

APPLICAZIONE DELL'IMPOSTA DIRETTA AI PROVENTI
DELL'INDUSTRIA E DEL COMMERCIO:
SISTEMA DELLA RICERCA DIRETTA.

Il reddito ricercato dall'imposta non si rivela da sè:
è d'uopo stabilirne l'esistenza e la quantità. Ora per
giungere alla cognizione dei fatti, che da sè stessi non
si palesano, la natura delle cose appresta le prove dirette
o le presunzioni: i quali mezzi adoperati separatamente
o cumulati nella ricerca dei redditi generarono, come già
altrove osservammo, il sistema della ricerca diretta, il
sistema indiziario, e il processo misto, o principalmente
il processo per classi. E risultando dalle leggi della logica
naturale, che nelle materie di più difficile accertamento
tutti i mezzi di prova si debbono cumulare, già ne possiamo dedurre *a priori*, che tutti e tre i sistemi e processi anzidetti debbano concorrere nell'investigazione fiscale dei proventi dell'industria e del commercio: perocchè

in confronto della rendita della terra, e del capitale, il provento industriale sfugge assai più facilmente alla cognizione del fisco.

E primamente esaminando il sistema della ricerca diretta in applicazione ai proventi industriali e commerciali dei cittadini, se ne riconosce ben tosto l'insufficienza.

I mezzi della ricerca diretta sarebbero i documenti e le dichiarazioni. Ma già l'idea dell'uso di documenti nella materia di cui trattiamo, svanisce affatto al solo rammentare, che i documenti atti a dimostrare i proventi annuali dell'industriale, del commerciante, dell'esercente arti e professioni, sarebbero le carte domestiche, i libri dell'esercizio, e che per consenso comune ogni inquisizione fiscale delle carte, dei libri privati, al solo scopo di rilevare le vicissitudini, l'andamento e il provento dell'esercizio, già venne respinta universalmente siccome inammessibile ed anche impraticabile. — Restano le dichiarazioni, le quali procedono dal contribuente stesso ovvero da terze persone.

Se il terzo appartiene a quella medesima classe di esercizio tenuto dal contribuente, del quale si vuol conoscere il reddito, si sente innanzi tutto interessato (essendo anch'esso contribuente della stessa categoria) a diminuire i redditi della classe. In secondo luogo per conoscere e far conoscere gli errori e le falsità della dichiarazione del contribuente, gli sarebbe mestieri impegnarsi in qualche fatica, spendere il proprio tempo nell'esame accurato degli elementi molteplici della cosa in questione, colla certezza d'incontrare l'altrui sdegno, odii e inimicizie. E nondimeno si potrebbe forse aver fede nel patriotismo di elette persone, se un terzo potesse mai acquistare una cognizione sicura dei fatti e della condizione altrui nell'argomento, di cui ragioniamo: ma ciò non è; un negoziante interrogato sul provento annuale netto, che un altro negoziante di simil genere ricava dal suo esercizio, si formerà bensì un'opinione, ma credenza tal quale, ma a fronte delle affermazioni nettamente contrarie dell'esercente stesso, affermazioni positive e circostanziate, benché forse fallaci e fraudolente, il terzo esiterà e pel combinato effetto di dubbii naturali, d'illusioni interessate, e di scrupolosa coscienza egli sentirà svanire, o talmente svigorire la prima sua persuasione, che finirà con risolversi di non contraddire efficacemente, o forse anche approvare compiutamente la falsa denunzia del contribuente. A snervare la coscienza dei giudicanti concorrono il pregiudizio e la sfiducia. Il pregiudizio scusa facilmente le frodi e le reticenze, per cui il contribuente si studia di sottrarsi all'imposta, quasi fosse un'esazione dovuta solo legalmente e non moralmente: il quale pregiudizio non si può efficacemente combattere, mentre dura l'opinione (e durerà ancora per lungo tempo) che il pubblico denaro vada in gran parte perduto nelle voragini tenebrose di cattive, prodighe, ed anche infedeli amministrazioni. La sfiducia poi nasce dal credere, che il dovere, che uno sarebbe forse disposto a compiere verso la Società, non sia del pari universalmente adempiuto. Imperciocché l'imposta è una giusta gravezza in quanto sia sopportata da tutti; e quando sappia, che tutti gli altri volontariamente o forzati adempieranno il debito, l'onesto cittadino sente il dovere di soddisfarvi. Ma se l'imposta è di tal natura che i renitenti vi si possano sottrarre impunemente per mancanza di mezzi efficaci onde ridurli al dovere, allora la sfiducia guadagna facilmente l'animo degli onesti, ai quali non sembra giusto sottoporsi a quel peso, che i coobbligati rifiutano. E così anche nelle commissioni giudicatrici di ogni singola città verrà meno il coraggio al pensare, che la severità dei loro giudizi riuscirebbe probabilmente un carico disuguale ed ingiusto contro i loro concittadini. E ciò basti riguardo al giudizio delle persone addette a quel genere di esercizio, che si vuol giudicare.

Quanto poi ai terzi estranei (verificatori eletti dal governo) evidentemente una moltitudine tale di agenti fiscali quale si richiede a sindacare le denunzie di tutti i contribuenti non offre neppure sufficienti garanzie di probità, in tanto arbitrio, in tanta facilità di abusare impunemente di un potere discrezionale, e certamente mancherà di cognizioni e di pratica di fronte all'immensa varietà di industrie, di commerci e di professioni. Da essi dunque non dovremmo aspettarci che giudizi arbitrarii o falsi a carico dei cittadini, ed anche talvolta per cieca ignoranza, per corruzione e prevaricazione, a danno del pubblico erario.

Si cercò talvolta un rimedio nelle commissioni provinciali di appello, e di revisione, e si disputò sulla bontà relativa di una maggioranza cittadinesca o governativa: vano rimedio, e vane dispute! La commissione provinciale di appello composta di pochi comunque eletti, non ha né le cognizioni tecniche, né il tempo per giudicare con vera informazione di causa di tanta e sì varia mole di affari: essa dunque omologherà gli errori, gli arbitrii, ed anche gli iniqui giudizi dei verificatori locali: e per una fallace apparenza di giustizia si aggraverà di nuove spese e di nuovi disagi la tassa.

Che se adunque nell'argomento, di cui ragioniamo, la ricerca diretta non ha documenti, non ha i libri degli esercizi; se ad essa poco o nulla giovano le dichiarazioni, e le investigazioni dei terzi, vuoi gli addetti alla stessa classe, vuoi gli estranei all'esercizio, che si tratta di giudicare, non rimane alla ricerca diretta, che la denunzia ossia la dichiarazione del contribuente medesimo. Il timor della pena, o l'amor del dovere sarebbero i due soli motivi che possano indurre il contribuente a rendere testimonianza vera contro il proprio suo interesse. Ora non si teme una punizione impossibile, e mancando ogni mezzo legale di provare l'infedeltà delle dichiarazioni, riesce invero generalmente impossibile l'applicazione di pene. Quanto all'amor del dovere, taciamo del minor

numero, che per corrotta natura non conosce e non sente
più dovere di sorta alcuna. In materia d'imposte, l'amor
del dovere rimane vinto, nei meno disonesti, da quel
pregiudizio molto diffuso, da noi rammentato poc'anzi,
che scusa facilmente le frodi e le reticenze, e che sventuratamente ma inevitabilmente genera la sfiducia nel-
l'universale. La sfiducia poi e lo scoraggiamento vincono
l'animo anche dei più onesti, i quali amerebbono l'adempimento universale delle leggi d'imposta, ma credendosi
soli, difficilmente s'inducono a sottoporvisi.

Concludiamo dunque, che la ricerca diretta non è da
adoperarsi come mezzo di *accertamento assoluto* dei proventi di cui si tratta. Diciamo *accertamento assoluto*, per
riservare *l'accertamento relativo*, che è mezzo di ripartizione di un contingente. Imperocché *quando la massa dei
redditi industriali e commerciali di una città, e la relativa tassa complessiva si possano altrimenti prestabilire,*
noi medesimi dimostreremo tra breve, che la ricerca diretta serve per operare tra i singoli contribuenti quell-
l'accertamento relativo, che valga a ripartire conveniente-
mente tra essi il contingente della tassa assegnato alla
loro città.

CAPO VIII

CONTINUAZIONE DELLO STESSO ARGOMENTO:
PROCESSO PER CLASSI.

L'antico legislatore sardo, quando per la prima volta
intraprese di assoggettare i redditi professionali ad una
imposta complessiva e diretta, volle sperimentare il sistema della ricerca diretta individuale, e con questo proposito decretò la legge del 16 luglio 1851. Ogni esercente
professioni industriali, commerciali ed altro doveva dichiarare il provento netto, che egli sapesse di ritrarre
dal suo esercizio: commissioni giudicatrici dovevano sin-

dacare, e all'uopo emendare le dichiarazioni dei singoli contribuenti, e al provento siffattamente accertato di ogni esercente si accomodava la tassa: Ma ben tosto (dopo l'esperimento di due anni) il governo dimostró coi fatti al Parlamento che il sistema falliva compiutamente al suo scopo, ed ottenne che per legge del 1° giugno 1853 i redditi professionali fossero tassati per generi, e per classi di generi.

La tassazione per generi procede a questo modo. La legge enumera distintamente i generi delle professioni industriali, che vuol tassati con questo metodo, e per ogni genere stabilisce una tassa fissa ed un'altra proporzionale. La tassa fissa, uniforme, comune, si applica nella medesima somma a tutti e singoli gli esercenti compresi nel genere. La tassa proporzionale al contrario si applica ad ogni esercente in somme diverse e graduate in ragione degli stromenti di produzione e di altri segni esprimenti l'entità dell'esercizio. Esempii — Fabbriche e fonderie di candele steariche, lire 20 (tassa fissa): più lire 4 per ogni operaio — Manifatture di corde con mezzi meccanici, lire 40: più lire 6 per ogni apparato meccanico — Proprietarii ed esercenti una casa particólare di sanità, lire 40: più lire 2 per ogni letto — Proprietari capi ed esercenti una fonderia di rame e bronzo, lire 100: per ogni maglio lire 50 — Tuttavia la legge in moltissimi generi si attiene alla sola tassa proporzionale: Esempi — Acciaio di fusione o cementazione, per ogni forno lire 30 — Armatori a lunghi viaggi, 50 centesimi per ogni tonnellata — Filande di bozzoli, lire 3 per ogni bacinella od arcolaio — Fabbriche di birra, lire 1 per ettolitro della capacità lorda di tutte le caldaie — In senso inverso, ma assai più raramente la legge impone a tutto il genere una tassa uniforme, senz'altra modificazione proporzionale pei singoli esercizi: Esempi — Imprese di battelli a vapore pel trasporto dei viaggiatori, pei viaggi di lungo corso, lire 400 — Fabbriche

di biscotto di mare, lire 60 — Fabbricanti di capsule
per la caccia, lire 60 — Fabbriche di catrame, pece, re-
sine ed altre materie analoghe, lire 40 — E ciò basti
intorno alla tassazione *per generi*.

La tassazione *per classi di generi* si applica dalla legge
a tutte le professioni commerciali, ed anche a molte di
quelle industriali, che non trasmettono i loro prodotti
ad altre industrie, ma servono immediatamente alla consumazione: tali le professioni di coloro che esercitano
come fabbricanti e negozianti, ed anche solo come fabbricanti, quando la merce da essi prodotta non abbisogni
di ulteriore manipolazione, e si distribuisca immedia-
mente dal commercio ai consumatori: servendo direttamente alla consumazione', le professioni commerciali e
le altre testé accennate rivestono un carattere particolare,
ed è che la loro entità suole proporzionarsi all'importanza
dei centri di consumazione, e cioè al numero della popolazione accentrata, in mezzo alla quale si esercitano.
Adunque la legge in questa parte non dispone più distintamente per ogni genere, ma restringe uno sterminato
numero di generi o di esercizi distribuendoli in sette
classi, e accomodando a ciascuna classe una tassa uniforme. Però la tassa è graduata in ragione della popolazione: Esempi — Nella prima classe stanno principalmente i negozianti all'ingrosso di primo ordine, e precisamente ventitre generi di commerci: la tassa uniforme
imposta alla classe discende successivamente da lire 300
a 180, 120, 80 secondoché i commercii tassati sono esercitati nella capitale, ovvero in comuni di oltre trenta
mila abitanti, di venti a trenta, di dieci a venti — La
seconda classe comprende un numero maggiore di generi
di commercii esercitati ancora all'ingrosso, e di altri
esercizi creduti di eguale importanza, e la tassa sua discende successivamente nella stessa ragione dei diversi
centri di popolazione da lire 150 a 90, a 60, a 45. E
così di seguito sino alle classi sesta e settima, nelle quali

la legge raccoglie duecento e sessanta professioni diverse, imponendo alla sesta la tassa di lire 24 decrescente sino a lire 3 pei comuni di più ristretta popolazione, e alla settima la tassa di lire 16, che man mano discende sino a lire 2 negli ultimi comuni. Benché siffattamente graduata l'imposta, non cessa di operare come tassa fissa ed uniforme, essendo applicabile nella medesima somma per ogni centro di popolazione a tutti gli esercenti, anzi a tutti i generi di esercizi dipendenti da una medesima classe; onde avvenne, che pur volendo riparare all'ingiustizia della uniformità (dacché la classificazione non pareggia in effetto i redditi reali dei singoli esercizi) la legge aggiunse anche in questa parte alla tassa comune ed uniforme un'altra tassa propria di ogni esercente, e proporzionale all'entità presunta del rispettivo esercizio: e ravvisando nel valor locativo delle abitazioni tenute dagli esercenti e dei locali occupati dai rispettivi esercizi professionali, un segno, una presunzione sufficiente della importanza relativa degli esercizi medesimi, impose ad ogni esercente una tassa diversificativa di un tanto per cento sull'importo della pigione, in aggiunta alla tassa uniforme della classe, a cui l'esercente appartiene.

E così, come abbiamo detto compendiosamente, procede la tassazione *per classi di generi*. Se non che la legge staccava dall'università commerciale distribuita in classi le più cospicue professioni dell'alto commercio, e le tassava singolarmente per ogni genere, suddiviso in gradi. Esempio: la professione dei banchieri è distinta in quattro gradi, colla tassa pel 1° grado di L. 1200, 2° grado L. 800, 3° grado L. 600, 4° grado L. 400, colla diminuzione graduale della tassa (uniforme per ogni grado) in ragione della popolazione, e coll'aggiunta (come nelle classi) ad ogni esercente in particolare di una tassa propria, proporzionale alla pigione. E così anche gli agenti di cambio, sensali e cambisti, non che le più eminenti sommità dei negozianti all'ingrosso (di sete filate, trame,

organzini, di lane, di cereali con spedizione all'estero)
sono tassati dalla legge per ogni genere suddiviso in
gradi con riguardo alla popolazione e coll'aggiunta della
tassa proporzionale, diversificando solo secondo i generi
la tassa fissa. Anche le più proficue tra le professioni,
che si chiamavano liberali (avvocati, procuratori, medici, ecc.), ricevettero il medesimo trattamento della
tassazione per ogni genere suddiviso in gradi. — Ma la distribuzione degli esercenti nei diversi gradi diversamente
tassati con quale mezzo si pratica? Non ritrovando verun
segno legale, veruna nota generale e caratteristica, la
legge ricorreva ancora alle commissioni giudicatrici: e
tuttavia temendone la compiacenza soverchia, la troppa
loro indulgenza a favore dei contribuenti, e a danno del-
l'erario, comandava alle commissioni medesime di collo-
care nel primo grado di ogni genere non meno di un
decimo, e nel secondo non meno di due decimi del totale
degli esercenti.

La tassazione dei proventi industriali per generi e per
classi di generi è in uso presso parecchi cospicui Stati
d'Europa. La Francia in particolare l'accolse sul principio
del secolo; la riformò di quando in quando nelle tariffe,
nelle classificazioni, ne' suoi processi, secondo che le pa-
reva che le osservazioni e le esperienze risultanti dalla
non mai interrotta applicazione di tale sistema ne ve-
nissero dimostrando l'opportunità, e la mantiene così
riformata in vigore: e si fu appunto l'autorità della legislazione francese che dominò e diresse il legislatore
sardo: la legge francese, quale finalmente era uscita da
riforme più volte rinnovate, si fu il tipo, e, quasi diremmo, l'originale della legge piemontese, che abbiamo
compendiosamente analizzata: epperciò questa legge, ac-
cordandosi ben anche nei principii essenziali colle legislazioni di altri paesi sulla stessa materia, ben possiamo
dire, che, nell'argomento della tassazione dei proventi

industriali , rappresenta il tipo di uno dei tre sistemi , cioè del sistema per classi.

Il legislatore italiano, con legge del 14 luglio 1864 , rigettava il sistema per classi, tornando al processo della ricerca diretta, adoperato però come mezzo di ripartizione di un contingente decretato *a priori*. La somma dovuta per tutto lo Stato è fissata primamente per legge: e quindi con una serie di arbitrati governativi la medesima somma vien divisa e suddivisa in contingenti fra le provincie, e nell'interno di ciascuna provincia fra i compartimenti minori. Trattandosi poi di ripartire fra i singoli contribuenti la somma d'imposta assegnata all'ultimo dei compartimenti, la legge prescriveva il processo della denuncia individuale dei redditi o della ricerca diretta. La legge tentava d'illuminare e frenare il cieco arbitrio nella determinazione dei contingenti provinciali e comunali, ricorrendo a certi criterii generali, che la sperienza dimostrò tutti fallaci ed inconcludenti. Questa legge, come già la legge sarda del 1851, non ebbe che una vita di due anni.

Premessa la storia di quanto già ebbe a tentare la legislazione, ed entrando noi a indagare l'ordinamento razionale dell'imposta diretta sui redditi del lavoro, dimostreremo innanzi tratto che a tale imposta non dee sottoporsi il lavoro delle classi inferiori, di quelle classi che nella gerarchia economico-sociale tengono gli ultimi gradi o quella parte dei medii che più si avvicinano agli ultimi. Diremo poi che sebbene nel lavorio economico il capitale vada congiunto all'industria, tuttavia nella ricerca fiscale il metodo si diversifica, e per conseguenza l'uno va disgiunto dall'altro: perocchè l'esistenza del capitale è un fatto permanente, in gran parte visibile, e con metodi propri accertabile. Eliminata così dalla questione la popolazione inferiore, eliminato il capitale, dimostreremo come si possa perfezionare il processo per classi, o come perfezionato si debba adoperare nella tassazione dei proventi industriali e commerciali *per fissare il contingente delle città e di altri compartimenti*, non per stabilire la quota dell'individuo. A ripartire fra i singoli il contingente ritrovato col processo per classi, la natura delle cose e la logica non apprestano altro metodo che quello della ricerca diretta, metodo praticabile o approssimantesi al vero quando la ricerca si aggiri solo nel ceto industriale superiore e medio, e non discenda frammezzo alla popolazione immensa degli ultimi gradi. Onde apparirà che le leggi, di cui più sopra abbiamo riferito compendiosamente il congegno, racchiudevano ciascuna una parte di vero. L'idea della legge sarda del processo per classi, e l'idea della legge italiana di coordinare il contingente e la ricerca diretta individuale rispondono a due verità razionali, le quali disgiunte da ciò che vi si era aggiunto di falso, e coordinate insieme secondo i naturali loro rapporti ci appresentano il ricercato metodo naturale di tassare i proventi dell'industria e del commercio.

CAPO IX.

DEL LAVORO NON TASSABILE DIRETTAMENTE.

Nell'ordine economico-sociale le classi superiori e medie abbondano di capitale, le classi inferiori abbondano di popolazione: il capitale nel corso normale delle cose si aumenta progressivamente, ma la popolazione tende continuamente a crescere in proporzione maggiore di quella del capitale; e siccome il lavoro è offerto in vendita dalla popolazione, e richiesto o accettato in compra dal capitale, ne segue che il prezzo del lavoro delle classi inferiori, offerto assai più che dimandato o accettato, suole discendere sino all'estremo limite; limite segnato dal necessario per vivere. Le dottrine degli economisti, le più accurate investigazioni scientifiche e la più vol-

gare esperienza dimostrano la verità ineluttabile delle
notate leggi nell'ordine economico delle società. Però il
necessario per vivere s'intende in diversi modi, e molte
gradazioni si manifestano nelle classi di cui ragioniamo:
gradazioni d'intelligenza, di probità, di operosità, per
cui se altri non ritrae che un salario appena sufficiente
al bisognevole di necessità assoluta, molti all'incontro
guadagnano di che aggiungere all'assoluto indispensabile
qualche altra spesa, e procacciarsi un vitto, un vestito,
un'abitazione alquanto migliori, e forse anche di quando
in quando un discreto godimento, ovvero un modesto
risparmio. Ma queste gradazioni (avvertiamolo bene), nelle
classi di cui ragioniamo, fra mestieri e mestieri, fra individui ed individui, sono infinite ed imporcettibili, ed
anche soggette a continue oscillazioni: perocché il salario
è incerto qual più qual meno, diciamo il salario del lavoro che si compie dall'operaio per conto altrui, o dal-
l'artigiano e dal contadino per conto proprio: tutto
questo genere di lavoro e di retribuzione va soggetto a
vicende varie, a interruzioni, a rallentamenti, per modo
che un guadagno assicurato e costante sopra l'assoluto
indispensabile in tutte queste classi mal si potrebbe determinare.

Immaginiamo una macchina da lavoro, che, quantunque
esercitata di continuo, produca sol quanto basta a ristau-
rarla e mantenerla in stato di lavorare, senza dare di
profitto netto né molto né poco: diciamo che questa sarebbe una macchina improduttiva, senza valore, priva
affatto di rendita. Ora l'uomo *nell'ordine economico* (e
lo diciamo coi più chiari economisti) non è che una
macchina da lavoro; macchina improduttiva di rendita
se il frutto del suo lavoro non supera *l'assoluto indispen-*
sabile per mantenerlo in vita: ma rivestito di una sublime
personalità (benché privo per avventura d'ogni valore
economico) la legge morale protegge quest'uomo, e impone alla Società civile di difenderlo gratuitamente, e

anche di sovvenirlo quando ne sopraggiunga il bisogno.
Una vera rendita, una rendita tassabile dalla Società civile allora soltanto apparisce quando, prelevato l'assoluto
indispensabile per restaurare e mantenere in esercizio la
macchina produttiva, rimanga un avanzo reclamato soltanto da bisogni relativi, non irresistibili, e che si può
spendere e si può conservare. Ma una rendita netta così
tenue, incerta, oscillante, distribuita variamente e sottilmente con infinite e impercettibili gradazioni nelle classi
sociali, di cui ragioniamo, con qual magistero tassarla?
Rispondiamo: col magistero, col solo magistero delle
tasse sulla spesa. Osserviamo innanzi tratto che il legislatore, se non ama preparare al suo paese decadimento
o rovina, dee nelle sue disposizioni preservare, per quanto
dipende da lui, un risparmio annuale sul reddito nazionale, e cioè sui redditi delle singole famiglie che compongono la nazione: egli dunque dovrà concepire la tenue
rendita delle classi inferiori divisa in tre parti: l'una
esaurita *dall'assoluto indispensabile per vivere*, ed intangibile dall'imposta per legge di natura; l'altra da rispar-
miarsi annualmente, epperciò, dirimpetto all'imposta,
anche da preservarsi; la terza effettivamente spendibile
in cose non necessarie di necessità assoluta, e così disponibile ed imponibile. Adunque volendo, in ipotesi, diman-
dare il dieci per cento al reddito *disponibile* delle classi
inferiori di cui ragioniamo, il legislatore preleverà, colle
dogane e coi dazi all'interno, il dieci per cento sul valore
delle cose che si consumano dalle dette classi, ed otterrà
l'intento: eccettuando le merci necessarie al vitto ani-
male di necessità assoluta, avrà preservato dall'imposta
quella parte del reddito che abbiamo detto intangibile
per legge di natura; limitando la tassa *al reddito effettivamente speso* avrà ancora salvato quella parte, che
l'operaio, il contadino, l'artigiano s'inducano per buona
ventura a consacrare al risparmio: e nondimeno i bisogni
in queste classi di un vitto, di un vestito, di una abita-

zione alquanto migliori dell'assoluto indispensabile sono ancora abbastanza forti per garantire lo Stato che la parte *disponibile* sarà tutta effettivamente spesa, e per tal via assoggettata alla tassa. Adunque il magistero delle tasse indirette sulla spesa nel tassare il reddito disponibile delle classi, di cui è discorso, riunisce tutte le condizioni desiderabili: esso garantisce pienamente lo Stato, e nel medesimo tempo il contribuente di queste classi è costituito, a così dire, giudice in causa propria: non si procede contro di lui per accertare l'esistenza e la quantità del suo reddito disponibile: si permette a lui medesimo di dichiararlo col fatto, spendendolo in cose non necessarie di necessità assoluta: la tassa si limita a questa spesa: moderando la spesa tassata, il contribuente si fa moderatore e giudice della tassa.

Ci si dirà: anche le classi medie e superiori subiscono l'effetto dei dazi imposti sulle merci di ordinaria e generale consumazione: eppur non vi ha dubbio che le medesime debbono assoggettarsi anche *all' imposta diretta* sui redditi della loro industria o del loro commercio: come dunque si dispenseranno dall' imposta diretta sul lavoro le classi inferiori, solo perchè già subiscono l'effetto delle dogane e dei dazi? Rispondiamo: le classi inferiori spendono nelle merci tassate tutto il loro reddito disponibile, le classi medie ne spendono solo una parte, e le classi superiori una parte minima: dunque alle medie ed alle superiori, dopo scontata la tassa caricata sulle merci di ordinaria e generale consumazione, avanza una parte di rendita non ancora tòcca dall'imposta indiretta, ed è questa la parte che deve porsi a contributo col mezzo dell'imposta diretta: alle classi inferiori questa parte di reddito, non per anco tòcco dalle tasse indirette, non sopravanza: dunque per esse la sopraggiunta di una imposta diretta sul reddito del loro lavoro non troverebbe oggetto imponibile, sarebbe soverchia ed ingiusta gravezza. Nè solo ingiusta, ma impossibile ad attuarsi, vuoi col processo della denunzia e della ricerca diretta per ogni contribuente, vuoi col processo per classi, o con sistema misto dell'uno e dell'altro insieme coordinati.

L'inefficacia e l'inammessibilità del processo della denunzia e della ricerca individuale, come mezzo di accertamento assoluto delle rendite industriali, già l'abbiamo dimostrata altrove, e le vicende della legislazione che abbiamo narrate tendono a confermarla. Aggiungiamo ora, in riguardo alle classi inferiori, che siffatto procedimento in mezzo a una moltitudine sterminata di persone e di questioni per la ricerca di quote tenui, impercettibili, vi recherebbe tali vessazioni, tali dispendii d'opera e di tempo, che il frutto non agguaglierebbe la spesa, non compenserebbe lo Stato del danno. Quest'ultimo riflesso ci avverte dell'impossibilità di accomodare alle classi inferiori il sistema misto, nel quale il procedimento per classi serve a fissare i contingenti, operando la ripartizione di questi fra i singoli contribuenti col mezzo della denunzia e della ricerca individuale: perocchè dovendosi escludere per la notata ragione la ricerca individuale nelle classi inferiori, al sistema misto mancherebbe uno e il più necessario dei due elementi che lo compongono. — Vorremo noi dunque sottomettere le classi inferiori al procedimento schietto per classi, quello che infligge ai singoli la tassa uniforme della classe intera? Non avendo la popolazione, di cui ragioniamo, un reddito disponibile assicurato, la classificazione o ferirebbe troppo sovente *l'assoluto indispensabile*, o trasformerebbe la tassa in una vera capitazione graduale, come faceva la legge Sarda, la quale applicava alle tre ultime classi la quota graduale di lire sei, quattro, tre e due. Ora anche in questo riguardo provvederebbe assai meglio l'imposta sulla spesa, applicata alla spesa delle abitazioni. Infatti supponiamo, che eccettuato solamente l'assoluto indispensabile pel ricovero delle famiglie delle classi inferiori, la legge imponesse la tassa del trentesimo sopra ogni ulteriore

spesa per abitazioni più comode, ne risulterebbe una serie
di quote sopportabili, distribuite sopra l'universalità delle
classi, di cui ragioniamo, e meglio rispondenti alla verità,
perchè proporzionato ad una spesa effettiva non assolutamente indispensabile, e così ad una rendita disponibile
accertata dal fatto.

Concludiamo, come abbiamo assunto di provare, che
nei gradi inferiori della gerarchia economica il lavoro
non deve assoggettarsi all'imposta diretta: ingiusta, impraticabile costringerebbe in troppi casi le famiglie a
intaccare il loro già tenue capitale, e così tenderebbe a
scemare il capitale nazionale, distruggendo nelle classi
meno agiate la facoltà del lavoro.

Quelle, che abbiamo descritte, sono leggi di natura, la
quale però diversificando le cose e le classi, non segna
quasi mai un confine preciso. Il determinare dove abbiano
fine le classi della popolazione inferiore, ed incominci a
sorgere quella popolazione media progrediente verso gli
ordini superiori, e naturalmente assoggettabile alla imposta diretta sulla rendita industriale, questo s'appartiene
all'arbitrato legislativo. Ogni criterio legale che a tale
ufficio si assuma, riveste di necessità un carattere presuntivo ed artificiale: e nondimeno il valore locativo delle
abitazioni ci parrebbe ancora fra i più adatti, quando la
legge distinguendo in categorie i diversi centri di popolazione, segnasse per ogni categoria in via di presunzione
giuridica e generale un fitto determinato qual limite
divisorio tra la popolazione inferiore a questo limite,
non soggetta all'imposta diretta sul lavoro, e l'altra superiore, che deve assumere oltre alle tasse comuni sulla
spesa, anche l'imposta diretta sulla rendita industriale (1).

(1) V. il Capo decimoterzo, in cui viene indicato anche un altro
criterio desunto dal capitale mobile.

CAPO X

RAFFRONTO TRA L'IMPOSTA DI RIPARTIZIONE
E L'IMPOSTA DI QUOTITA' IN RIGUARDO ALLA EFFICACIA DEL PROCESSO
DELLA RICERCA DIRETTA.

Piacciati supporre, o lettore, che il legislatore dopo aver tassato nella ragione del sette o dell'otto per cento il capitale mobile, fluttuante o consolidato, e il capitale immobile investito in costruzioni ed in terre, intraprenda, come sarebbe suo stretto dovere, di tassare nella stessa ragione i proventi delle proprietà personali, cioè delle attività industriali applicate alle arti manifattrici, alle arti intellettuali, oppure al commercio. Supponi inoltre, che per ogni città e provincia il governo conosca in massa e per approssimazione la quantità del provento, e ignori in quali proporzioni il totale provento, a lui noto in massa, sia distribuito fra i singoli cittadini. In tali contingenze il legislatore potrebbe stabilire *un' imposta di ripartizione:* direbbe, per modo di esempio, ad una città — Constandomi che il tuo reddito industriale e commerciale, preso nella sua totalità, non è inferiore a lire seicento mila, tu mi darai nella ragione del sette per cento la somma di lire quarantadue mila, contingente fisso in riguardo allo Stato, da ripartirsi però fra i singoli colla ricerca diretta del vero reddito di ciascuno. Di ricontro all'imposta di ripartizione si affaccia la tassa *di quotità*, quando lo Stato chiede direttamente ai singoli contribuenti un tanto per cento dei loro proventi, intraprendendo di accertarli per ogni individuo, onde fissare e prelevare la propria quota.

Si crede più generalmente e, a parer nostro, con ragione, che nell'imposta di ripartizione il metodo della ricerca diretta individuale proceda assai bene e ottenga risultati soddisfacenti, benchè lo stesso metodo sia dimostrato inefficace o certo insufficientissimo nella imposta *di quotità*. Della qual differenza diciamo in breve le cause.

Nella imposta *per quotità* la ricerca procede e pone la controversia tra il fisco da una parte e l'universale dei contribuenti dall'altra: la questione generale riveste il carattere esclusivamente fiscale: l'universalità dei contribuenti non ha che un interesse comune, quello di opporsi alla ricerca fiscale, e il giudizio severo delle commissioni giudicatrici incontra lo sdegno di molti, odio e risentimento da ogni parte, applauso e conforto nissuno. Al contrario, nell'imposta di ripartizione il fisco è fuori di causa: e a fronte del contingente inesorabile assegnato alla città, la ricerca e la ripartizione procede e pone la questione tra privati e privati: ed è questione del mio e del tuo, di pretta giustizia: le commissioni giudicatrici assumono, per così dire, l'ufficio di magistrati, procacciando ogni via perchè non siano esonerati gli uni ed onerati gli altri di altrettanto oltre il loro debito reale: e il severo giudizio, destando il risentimento degli uomini ingiusti, repressi però dalla stessa loro coscienza, trova conforto nell'approvazione dei buoni, ed anche finalmente nell'immensa maggioranza dei contribuenti: perocchè il paese pur finalmente comprenderà, che le accurate, imparziali e severe ricerche, e cioè l'amministrazione della giustizia nella ripartizione del debito comune, invariabile nella sua totalità, è il partito migliore, il vero bene per tutti. Proseguiamo: nella imposta *di quotità* la ricerca si vuole adoperare come mezzo di accertamento assoluto dei redditi di ogni individuo: nella imposta di ripartizione la ricerca procede per giudizi comparativi e non mira ad accertare che una verità di semplice relazione. Ora questa ultima verità si lascia scoprire assai più facilmente dell'altra. Chiedi ad un commerciante, quale sia il vero reddito del tale e del tal altro esercente: ti risponderà probabilmente di non poterlo determinare: ma dimandalo, quale dei due faccia maggiori guadagni: te

lo dirà senza esitanza, ed aggiungerà, che se uno, per
modo di esempio, è tassato di dieci, all'altro deve asse-
gnarsi il quindici od il venti, giudicando e ritenendo
siccome notorio, che in complesso l'estensione del commercio, l'avviamento, i profitti dell'uno superano della
metà o del doppio i profitti dell'altro. Per vero nei giudizi comparativi il fatto assoluto perde ogni importanza:
sia pure, che i contribuenti nelle loro denunzie nascondano forse la metà del loro reddito, e che le commissioni
giudicatrici non abbiano mezzi di ristabilire compiutamente la verità assoluta del fatto: purché le ricerche
valgano a correggere le esagerazioni particolari, l'errore
comune del quarto o del terzo mantiene le proporzioni,
ed ottiene in effetto quella medesima ripartizione che
avrebbe data la verità assoluta. Nè il grido dei contribuenti aggravati tarderebbe gran tempo a segnare quelle
esagerate infedeltà dei più indiscreti, che sfuggissero per
avventura nei primi anni alle ricerche delle commissioni
giudicatrici.

Quello, che nell'imposta *di quotità* nuoce più grandemente alla fedeltà e al sindacato delle denunzie, è il
pregiudizio troppo diffuso contro i diritti del fisco, è la
impunità delle false dichiarazioni, è sopratutto quella
sfiducia reciproca, universale, che nasce da se medesima,
e dissuade anche i più onesti dall'esatto adempimento
della legge. Nella ripartizione del contingente, le false
dichiarazioni offendendo direttamente i soli cittadini,
invano si farebbero schermo del pregiudicio antifiscale:
esse destano l'animadversione della coscienza propria e
della opinione altrui: bastando, per la giustizia del risultato, correggere le più evidenti esagerazioni, non sarà
impossibile accertarle e punirle: ed ogni città, procacciando per sé, non avrebbe punto a preoccuparsi delle
giuste o ingiuste ripartizioni individuali dei contingenti
delle altre città, quando si sa che ad ogni modo nissuna
può sottrarsi al proprio contingente, essendo fra tutte le

città invariabilmente pareggiate le condizioni. Così tutte
le cause, che in una specie snervano il processo della
ricerca diretta individuale, operano in senso contrario e
lo afforzano nell'altra, e trasferendo questo processo
dalla imposta di quotità a quella di ripartizione, si mu-
tano intieramente le veci: adoperato esso per l'accertamento assoluto non consegue l'effetto, qual mezzo di
giudizio comparativo e di ripartizione torna efficacissimo.
Aggiungiamo alcuni riflessi.

L'elemento conoscitore (cittadini) e l'elemento moderatore (commissarii governativi) devono combinarsi. e
formaro le commissioni giudicatrici.

Queste commissioni debbono aver facoltà di prevalersi
anche dei processi indiziarii, e singolarmente di prendere
norma anche dal valore locativo delle abitazioni di quelli
tra i quali verte il giudizio comparativo. Perocché *in rebus
difficilioris probationis* (come sogliono dire i giuristi),
onde supplire alla imperfezione, al difetto di prove dirette si ammettono presunzioni, indizi, amminicoli di
qualunque sorta atti a coadiuvare lo scoprimento del
vero.

Le commissioni pronunziano come un consiglio di giu-
rati: e ai loro giudizi vogliansi imprimere le forme signi-
ficanti la solenne responsabilità di giudici che ammini-
strano la giustizia.

Contro una prima sentenza non dee chiudersi ogni via:
non concedersi però quel dritto ordinario di appellazione,
che pel solo volere dell'appellante toglie ogni forza alla
sentenza e ristabilisce l'esame della questione negli stessi
termini di prima dinunzi a giudici superiori. Nella materia, di cui ragioniamo, la sentenza delle commissioni
dee, non ostante il reclamo, *conservare quella presunzione
di verità, che impone a chi la impugna il carico della
prova contraria.* Infatti il contribuente non è tenuto a
produrre le carte di carattere strettamente domestico,
nè i libri del suo esercizio, non è tenuto a confermare

con giuramento le sue dichiarazioni: ma gravato soverchiamente dalla sentenza, vi si potrebbe per avventura *indurre volontariamente:* e quando cogli accennati ed altri mezzi consimili il contribuente confidi di poter fornire la prova piena e positiva dell'errore della sentenza, gli si deve aprire una via di revisione alla detta condizione però: così si ripiglia la questione ma invertendo le parti in riguardo all'onere della prova.

CAPO XI

CENSIMENTO DELL'INDUSTRIA: OSSERVAZIONI PRELIMINARI.

I catastri delle terre apparvero primi nel mondo: più tardi assai i censimenti dei caseggiati dotati di un reddito locativo. A queste due sorta di catastri la legislazione razionale deve aggiungere il censimento completo del capitale mobile d'ogni specie, e il censimento delle industrie.

Nei catastri delle terre la stima suole farsi per classi. tassando ogni singolo predio sulla base della stima data in genere ed in media a quella classe, a cui il predio appartiene. Diremo a suo luogo, come questa sia una gravissima imperfezione: la stima per classi e per medie e l'applicazione della stima media ai singoli predii compresi in ogni classe stanno bene, e servono a determinare in massa il valore approssimativo del territorio di ogni compartimento catastrale, perocché le medie applicate ai singoli predii errano ora in più ora in meno, e così, fatto un complesso, compensano errore con errore, cogli eccessi i difetti, e raggiungono un risultato complessivo abbastanza prossimo al vero. Trovato poi il valore complessivo di ogni compartimento, il contingente compartimentale ne viene da sé. Ma la ripartizione del contingente fra i singoli contribuenti deve farsi in ogni compartimento col processo della ricerca diretta individuale, il qual processo come si è dimostrato nel precedente capo, è il migliore dei metodi di ripartizione. quando si possa preliminarmente determinare in altro modo abbastanza prossimo al vero un contingente da ripartirsi.

Così il processo per classi va combinato con quello della ricerca diretta individuale: ed entrambi uniti ottengono quel migliore effetto, che invano si chiede all'uno di essi separato dall'altro. La quale unione di forze o, a dir meglio, di procedimenti probatorii nella ricerca del vero, se torna utilissima nei catastri e nella tassazione delle terre, si appresenta come una vera ineluttabile necessità nel censimento e nella tassazione delle industrie, nelle quali la sola tassazione per classi procede ciecamente e affatto arbitrariamente, e riesce ad eccessi o a difetti incomportabili; mentre, come già si è dimostrato altrove, la sola ricerca diretta individuale non darebbe speranza veruna di risultati appaganti.

All'opposto, il censimento del capitale mobile di ogni specie e di quello immobilizzato in caseggiati locativi, non ammette, per la natura medesima delle cose, che il metodo della ricerca diretta presso ciascuno dei possessori: e già sappiamo che il provento tassabile dol capitale mobile di ogni sorta si desume dall'interesse legale ordinario del capitale, sia esso collocato a frutto. ovvero applicato alle industrie ed ai commercii: onde si comprende, che, censito e tassato a parte anche il capitale industriale, il censimento delle industrie non mira già a determinare l'intero provento degli esercizi, nei quali ordinariamente si accoppiano capitale e lavoro; ma si quel solo provento che sia riferibile alla attività e all'industria personale. La quale distinzione suole farsi dagli stessi esercenti, quando, fatta la somma di tutto il capitale fisso e circolante impiegato da essi nelle loro industrie e nei loro commercii, ne prelevano l'interesse ordinario dal provento totale dell'esercizio, considerando l'interesse del capitale come spesa di produzione, onde conoscere per tal modo quale sia il provento netto delle imprese, che tengono occupata la loro attività.

Qui però riflettiamo alla doppia funzione del capitale industriale: esso produce l'interesse ordinario (provento tassabile a parte): e nel medesimo tempo esso significa, in ragione della sua quantità maggiore o minore, l'estensione o l'avviamento della industria o del commercio, a cui è applicato. Poniamo che la stessa specie d'industria sia esercitata da A. con un capitale di lire·diecimila, e da B, con capitale doppio: l'uno e l'altro dovranno innanzi tutto ricavare dai loro esercizi l'interesse ordinario dei loro capitali, e così il primo cinquecento lire, il secondo mille: ma prelevate queste somme, crederemo noi che il rimanente provento meramente industriale debba essere eguale per l'uno e per l'altro, perchè entrambi esercitano la stessa specie d'industria? No, per fermo: perocchè il capitale doppio impiegato da B. importa una più ampia estensione, un maggiore avviamento del di lui esercizio, benchè appartenga a quella stessa specie d'industria, che è pure esercitata da A. Questa riflessione ci fa comprendere come un censimento industriale, che procedendo per generi si approssimi alla verità, torni impossibile, se già non esista il censimento separato del capitale industriale e commerciale, quale si possiede da ogni esercente; perocchè se la legge dicesse — La tale specie d'industria nei tali centri di popolazione, io presumo che produca in media il reddito tale — direbbe un errore troppo grave, troppo lontano dal vero: lo stesso genere d'industria e di commercio nello stesso centro di popolazione può dare proventi grandemente diversi, secondo la diversa quantità dei capitali che vi si impiegano. Adunque una tariffa del provento presunto, fissa per ogni genere, è inammessibile: si proceda pure per generi e per medie, ma la tariffa delle presunte rendite debbe essere mobile in ragione della varia quantità di capitale impiegato: la legge dirà — Io presumo, che la tale

specie d'industria nei tali centri di popolazione produca
in media il tal provento *per ogni mille lire di capitale
che risulterà impiegato dall'esercente*, ed è allora che la
media potrà approssimarsi alla verità. Si tenga dunque
per fermo e indubitabile, che il censimento del capitale,
e quello delle industrie si distinguono affatto, e procedono separati; così richiede la naturale diversità dei
metodi, che si debbono adoperare nella ricerca e per
l'accertamento di cose affatto diverse: così pur vuole la
natura particolare del censimento industriale, il quale
presuppone, come suo antecedente logico, il censimento
del capitale.

CAPO XII

CENSIMENTO DELLE INDUSTRIE:
CONTINUAZIONE: COMBINAZIONE DEL PROCESSO PER GENERI,
E DELLA RICERCA DIRETTA INDIVIDUALE.

Si tratta di fissare per ogni compartimento un contingente di tassa industriale: e a quest'uopo il processo
per generi e per medie si dimostra assai bene appropriato.
Si tratta quindi di distribuire equamente fra i singoli
esercenti di ogni compartimento il contingente già prestabilito in massa; e a questo fine si adopera utilmente
il processo della ricerca individuale col magistero delle
commissioni giudicatrici, quale già lo abbiamo altrove
descritto (1).

La prima base del processo per generi e per medie
sarà un inventario completo delle industrie nazionali, non
già in massa, ma colla descrizione particolareggiata della
forma reale e dello stato dei singoli esercizi: nè questa
parrà opera sterminata a chi consideri che l'inventario

(1) Capo decimo.

lascia in disparte tutto il lavoro delle classi inferiori non soggetto alla tassazione diretta (1).

Colla scorta di tale statistica e di accurate inchieste, che richiamano la questione dalle ipotesi allo stato reale, e forniscono al legislatore tutti gli elementi di fatto racchiusi nel problema a risolversi, la legge stessa segnerà le norme generali, escludenti ogni arbitrio di agenti nel procedimento ulteriore. La legge classifica le professioni e gli esercizi distribuendoli in generi: assegna ad ogni genere, prendendo la media, un provento presunto con tal magistero, che la media sia graduata dalla legge stessa in ragione del capitale, come si é detto nel precedente capo.

Fissate queste norme, gli agenti esecutori della legge per ogni compartimento ricercheranno i singoli esercenti, applicando a ciascuno la media del provento legalmente presunto e assegnato a quella classe, a cui appartenga l'esercizio da valutarsi. Tutti questi redditi, aventi per base una media legale, non corrisponderanno certamente alla verità nelle loro applicazioni ai singoli esercizi, quantunque la graduazione in ragione del capitale impiegato nei singoli esercizii già corregga in parte il difetto della media: nè sulla base di tali presunti redditi si potrebbe con sufficiente sicurezza fissare la tassa individuale: ma fatta una somma generale per ogni compartimento di tutti questi redditi, peccanti per la natura stessa delle medie qual per eccesso e qual per difetto, e compensando cosi errore con errore, cogli eccessi i difetti, risulterà dalla loro riunione il provento complessivo delle industrie e dei commerci del compartimento, rispondente a quella verità approssimativa, sufficiente nella pratica, e la sola che si possa raggiungere nell'argomento di cui si tratta.

Esponendo il sistema dell'antica legge Sarda (2) abbiamo

(1) Capo nono.
(2) Capo ottavo.

osservato la differenza tra le industrie che trasmettono
i loro prodotti ad altre industrie, e quelle professioni, che
servono immediatamente alla consumazione: tali le professioni di coloro, che esercitano come negozianti, o come
fabbricanti e negozianti nello stesso tempo, od anche
solo come fabbricanti, quando la merce da essi prodotta
non abbisogni di ulteriore manipolazione, e si distribuisca
immediatamente dal commercio ai consumatori: servendo
direttamente alla consumazione, l'entità delle indicate
professioni suole proporzionarsi alla importanza dei centri
di consumazione, e cioè al numero della popolazione accentrata, in mezzo alla quale si esercitano. Adunque in
corrispondenza a questa variabile importanza di centri
diversi, la tariffa legale delle medie si dovrà distinguere
in categorie riguardo alle accennate professioni, e crescere
o diminuirsi non solo per la natura della classe, e in
ragione del capitale dei singoli esercizi, ma ancora avuto
riguardo alla popolazione, a cui servono.

Fissate e graduate le medie, applicate queste in ogni
compartimento dagli agenti esecutori alle singole professioni per ogni genere, sommati i singoli redditi, presunti
in base alle medie legali, in un provento complessivo
industriale di tutto il compartimento, gli agenti medesimi
applicheranno alla massa del provento compartimentale
la tassa nella ragione prestabilita dalla legge, e ne risulterà per ogni compartimento quel contingente di tassa
che si ricerca. Nè abbiamo bisogno di ricordare, che le
attività industriali sono proprietà produttive, e che quindi
il loro provento debbe essere tassato in quella stessa
ragione, a cui soggiacciono i proventi delle altre proprietà
ossia del capitale mobile, e di quello immobilizzato in
costruzioni, e del capitale fondiario, cioè a dire delle
proprietà territoriali. Poniamo adunque (e l'ipotesi si
appoggia alle considerazioni che in altro luogo esponemmo (1)), che il provento del capitale mobile ed im-

(1) Capo quinto.

mobile di ogni specie sia tassato nella ragion del sette
per cento; la legge applicherà la stessa misura al provento professionale: e cosi, ritrovandosi, a mo' di esempio, in un dato compartimento un provento industriale
complessivo in cinque milioni di lire, il contingente di
tassa per questo compartimento risulterebbe nella somma
di lire trecento e cinquanta mila.

Quanto alla distribuzione del contingente fra i singoli
contribuenti col processo della denunzia e della ricerca
diretta individuale, o col ministero delle commissioni
giudicatrici ci riferiamo alle cose altrove già dette (1).

Chi ricusi il censimento e la tassazione industriale,
quali li abbiamo descritti, non vede più altro dinanzi a
sé, che i tre partiti seguenti, tra i quali dovrebbe scegliere, cioè o di rinunziare affatto alla tassazione dei
proventi professionali, ovvero tassarli col solo mezzo
della denunzia e della verificazione individuale, o eliminata questa, adoperare il solo processo per classi.

L'esenzione della ricchezza industriale, o come dicono,
della ricchezza in corso di formazione, e la limitazione
della tassa al capitale, che si vuol solo qualificare ricchezza formata, non trova giustificazione nell'ordine
naturale. Le facoltà industriali sono una vera ricchezza
formata, largita in parte dalla natura, e in parte acquisita coll'impiego di capitale, col lavoro e coll'arte:
sono vere proprietà produttive (nelle classi medio e
superiori, le sole tassabili per questo rispetto) di proventi sempre ragguardevoli, e talvolta larghissimi. Vero,
che il provento di un capitale collocato a frutto, o di
un podere locato, è assai più certo e costante del
reddito di un esercizio industriale: ma ciò non importa
un'esenzione assoluta: e solo impone al legislatore il
dovere di decretare tali tariffe e tali medie di proventi
presunti, che ne risulti colpito il solo reddito industriale

(1) Capo decimo.

assicurato e costante. Vero ancora, che le rendite di un podere locato, e di un capitale fruttifero si percepiscono senza fatica, doveché a ricavare un frutto dalle facoltà personali si richiede l'opera faticosa della persona che possiede la facoltà. Ma forseché il capitale non nasce dal risparmio, cioè da un fatto personale faticoso o penoso? Aggiungi, che il provento del capitale fruttifero e del podere locato difficilmente e in parte minima si sottrae alla tassa, doveché la legge stessa lascia in disparte, rinunciando a tassarla, una buona parte dei proventi industriali, appunto perché incerti ed incostanti, e pel doversi limitare la tassa a quella parte di reddito, come testé dicemmo, che possa giudicarsi in media nei diversi generi di esercizi siccome costante ed assicurata. Le gravezze e i vantaggi, come i mali ed i beni, tutte le cose insomma le più contrarie fra loro si compensano e si equilibrano nell'ordine di natura, e la legislazione, che si uniforma all'ordine naturale, apparirà sempre nei risultati la più giusta, la più sicura, la migliore di tutte le leggi.

A coloro poi che prescelgano il secondo dei sopraccennati partiti, rispondiamo, che anche noi vogliamo il processo della denunzia e della verificazione individuale: lo adoperiamo, questo processo, come mezzo di distribuzione di un contingente, cioè in quelle condizioni di efficacia che gli sono imposta dalla natura ineluttabile delle cose: adoperato in queste condizioni il processo della denunzia e della verificazione individuale dei proventi industriali *fornirà col tempo* documenti utilissimi, positivi e sinceri anche per l'accertamento assoluto, potendo con essi il legislatore correggere di mano in mano le tariffe e le medie legali dei proventi presunti, onde si ricava il contingente compartimentale. All'infuori di queste condizioni, il processo della denunzia individuale adoperato da solo, e come mezzo diretto di accertamento assoluto, non è che una menzogna diffusa per tutto il paese, che inganna il legislatore, defrauda enormemente l'erario, e corrompe deplorabilmente la Società.

Chi poi vorrebbe eleggere il terzo partito, cioè l'uso del solo processo per classi? La tassa uniforme delle classi applicata a proventi di entità diversissima si assomiglia troppo ad una capitazione: e quando il legislatore aggiunge l'imposta proporzionale di un tanto per cento *sul fitto delle abitazioni* degli esercenti, confessa per ciò stesso la nullità del suo sistema nell'ordine delle imposte dirette: perocchè l'imposta sul valor locativo delle abitazioni di un tanto per cento è una tassa sulla spesa destinata per sua invariabile natura a colpire ogni specie di reddito, anche proveniente dalle terre e dai capitali, e non i soli redditi dell'industria e del commercio.

Adunque concludiamo, che la verità è nell'unione dei procedimenti, poichè bisogna tassare, e i procedimenti isolati non bastano all'uopo.

CAPO XIII

RIFLESSIONI COMPLETIVE SUL CENSIMENTO DELLE INDUSTRIE.

Abbiamo detto nel precedente capo, che le tariffe e le medie delle professioni debbono essere graduate dalla legge medesima in ragione del capitale dei singoli esercenti, benchè l'applicazione delle tariffe ai singoli non miri che a comporre la massa del provento presunto dell'intiero compartimento. Ora questa graduazione desunta da una base di fatto, presupponendo l'unione del lavoro col capitale, riguarda solo le industrie e i commerci, cioè quelle professioni che operano sulle cose e sulla materia, e quindi riesce inapplicabile a quell'altra classe di professioni, che non si esercitano sulla materia, nè adoperano un capitale estrinseco a strumento di lavoro, ma prestano direttamente alle persone e agli interessi degli uomini un servizio affatto immateriale; tali sono le professioni, o se così vuolsi, le industrie degli avvocati, dei causidici, dei notai, degli ingegneri, dei medici, dei chirurghi, dei professori di scienze e di arti, ed altre di simil genere. Ammetteremo noi dunque, che in questa classe la legge distingua solo *i centri di consumazione*, ed in ogni centro stabilisca ai singoli generi una tariffa uniforme? Con questo criterio si applicherebbe, a cagion di esempio, lo stesso reddito, presunto in media, all'esercizio della professione di avvocato presso le corti di appello, all'esercizio della medicina in un dato centro di popolazione, e così via via; ma ognuno comprende, quanto mal sicure riuscirebbero tali medie, prese *a priori* in un genere troppo esteso: acciocchè le medie stabilite *a priori*, cioè a dire le medie conghietturali producano un risultato non troppo lontano dal vero nel complesso delle loro applicazioni, gli è mestieri (parliamo di cose note) restringere possibilmente il campo della media presunta; val quanto dire, nel tema nostro, che bisogna suddividere ancora ogni genere in gradi, e mancando la base di fatto (il capitale), si prenderà una base fondata a presunzione legale: si dividerà, *a mo' di esempio*, l'esercizio dell'avvocatura presso le corti di appello in cinque gradi, assegnando al primo il presunto reddito di lire venti mila, al secondo di quindici mila, al terzo di dieci, al quarto di cinque, al quinto di tre: e continuando la presunzione legale, si porterà, *a cagion di esempio*, dalla legge medesima in via assoluta il vigesimo degli avvocati esercenti presso una corte di appello nel primo grado, due vigesimi nel secondo, quattro nel terzo, sei vigesimi nel quarto, e sette nel quinto. Ricordiamoci, che questi presunti redditi applicati dall'agente, esecutore della legge, ai singoli esercenti non infliggono già ai singoli una tassa fissata inesorabilmente su tale base, ma debbono sommarsi in un provento complessivo dell'avvocatura esercitata in quel dato centro, incorporando poi questa massa di reddito nella

totalità del provento industriale del compartimento: nè
occorre ripetere qui le cose già dette sulla tassazione
complessiva, e sulla ripartizione effettiva. del contingente
di tassa fra i singoli contribuenti del compartimento medesimo. L'antica legge Sarda procedeva in un modo
consimile; se non che, infliggendosi da essa direttamente
ai singoli la tassa legale, affidava a commissioni giudicatrici l'ufficio di distribuire gli esercenti nei diversi
gradi da essa legge prestabiliti, ingiungendo però, a
priori, alle commissioni medesime di portare senz'altro
un decimo degli esercenti nel primo grado, e due decimi
nel secondo.

Ora passiamo ad altre riflessioni, che pur vogliamo
chiamar completive, ma che forse potranno parere di
maggior rilevanza.

Il lavoro dei gradi inferiori della gerarchia economica
per legge naturale non è assoggettabile alla tassa diretta
sul reddito; vi sono applicabili le sole tasse sulla spesa,
siccome già si è per noi dimostrato in uno dei precedenti
capi. Come però la natura stessa non segna mai i con-
fini, la logica a questo punto chiama in sussidio l'arbitrato della legge, alla quale abbiamo detto altrove, come
il valor locativo delle abitazioni potrebbe forse in tale
bisogna fornire un utile criterio (1). Ma supponendo che
si proceda, come in un sistema razionale d'imposte si
debbe procedere, al censimento del capitale mobile d'ogni
forma, distinguendolo dal censimento industriale, egli è
chiaro, che il capitale porgerebbe un altro criterio anche
più certo per segnare un limite divisorio tra le condizioni
economiche tassabili e non tassabili direttamente. Poniamo
che per arbitramento di legge si stabilisca a limite estremo
il capitale di lire cinquemila; ne risulterebbe che andrebbero immuni dalla tassa diretta sul reddito del lavoro
gli operai, i manovali, i braccianti, gli esercenti il mi-

(1) Capo nono.

nuto negozio, gli artigiani e i contadini mezzaiuoli od anche proprietarii, tuttavolta che il capitale mobile d'ogni forma adoperato da ciascuno di costoro come stromento del suo lavoro o del suo esercizio non superasse, preso in complesso, il valore di lire cinquemila: e poichè nelle classi inferiori il capitale, stromento di lavoro, non dà altro provento che quello del lavoro medesimo, egli è manifesto, che la dimostrata necessità di esentare dalla tassa diretta il lavoro, si estende nelle dette classi anche al loro tenue capitale. Ciò però sia detto dello stromento di lavoro: altra essendo la condizione e la legge del capitale, comunque sottile, già consolidato in un titolo od in un fondo per sè produttivo: e così il contadino non sarà inquietato nè pel provento personale del suo faticoso lavoro intorno al piccolo suo podere, nè pel valor capitale del suo bestiame, degli attrezzi rurali e delle sue provvisioni, ma paga il tributo della sua proprietà fondiaria, comunque esigua (capitale consolidato): e così pure l'artigiano, gli esercenti minuto negozio immuni anch' essi, per quanto riguarda il reddito dell' esercizio loro, se si trovano in possesso di un titolo qualunque di rendita privata o pubblica, benchè forse di men valore che il capitale mobile del loro esercizio, dovrebbero sottostare per detto titolo di rendita (capitale consolidato) alla tassa sul capitale, pur rimanendo immuni in riguardo allo stesso capitale mobile del loro esercizio: di che la ragione risulta dalla natura stessa del capitale consolidato di qualunque genere, il quale, avendo per se stesso un reddito certo, distinto e indipendente dal lavoro, soggiace naturalmente in proporzione della sua entità alla tassa comune: il capitale consolidato, colla sua rendita certa e costante e rigorosamente determinata, si trova in condizione affatto opposta a quella incertezza, a quella incostanza, a quelle gradazioni infinite e impercettibili del lavoro delle classi infime, onde deriva l'immunità del lavoro medesimo.

Tale risulterebbe la condizione legale delle classi sottostanti a quel limite, che supponiamo segnato per arbitramento legislativo. Al di sopra di questo medesimo limite incomincierebbe ad applicarsi la tassa diretta così sull'industria, come sul capitale mobile inserviente allo esercizio industriale; né la ragione consentirebbe privilegio alcuno all'industria agraria in confronto della commerciale e della manifattrice. Imperciocché se il manifattore o il commerciante, dedotte le spese dell'esercizio, ritrovano ancora nel rimanente prodotto l'interesse dei loro capitali e il profitto propriamente industriale, similmente il fittaiuolo capitalista, dedotte le spese di coltivazione e prelevato il fitto dovuto al proprietario del podere, dee pur ricavare (se non abbandona l'impresa) l'interesse de' suoi capitali d'ogni forma applicati alla coltivazione, e il profitto dell'impresa e della sua industria personale. Adunque appariscono come nel commercio e nello manifatture, così nell'industria agraria, gli stessi elementi tassabili. Estenderemo noi la medesima tassazione anche all'industriale proprietario? E perché no? Tra il fittaiuolo capitalista e il capitalista proprietario che assume la medesima impresa, facendosi, per così dire, affittuario del proprio fondo, non corre veramente differenza alcuna: l'uno e l'altro debbono ricavare dal provento lordo della coltivazione le spese di esercizio, l'interesse dei capitali, il profitto dell'impresa e dell'industria personale, e finalmente la rendita locativa del fondo che il fittaiuolo paga al proprietario *e il proprietario a se stesso.* Certamente quest'ultimo soggiace in particolare al tributo prediale: ma questo tributo, *nell'ordinamento razionale dell'imposta,* non è altro che la tassa inerente alla rendita locativa del fondo, ossia al provento del capitale fondiario: così l'uno e l'altro dee sopportare in comune la tassa industriale e quella inerente al capitale mobile; e se inoltre al solo industriale proprietario incombe specialmente il tributo fondiario, ciò gli deriva dalla pro-

prietà di un capitale immobile che si possiede da lui,
e che dall'industriale, affittuario di altrui poderi, non
si possiede. E perchè dunque la legislazione positiva non
corrisponde sempre a queste deduzioni certissime della
logica? Ciò avviene pel disordine dei tributi prediali,
onde l'empirismo fiscale aggravò stranamente e con tanta
varietà d'ingiustizia le diverse provincie; e ben si comprende, che il proprietario già tassato del venti o anche
del trenta per cento per titolo di imposta prediale pes-
simamente distribuita troverebbe insopportabile qualunque
altro gravame che gli si aggiungesse anche per titolo
di tassa sull'esercizio agrario. Nell'ordine di natura le
leggi si corrispondono e si armonizzano: alterata una,
l'altra pure discorda, si rompe l'equilibrio e ogni parte
si sconvolge: i rapporti naturali delle cose governa una
logica inesorabile.

I profitti dell'industria agraria stanno in una certa
relazione colla rendita locativa del podere, che l'industriale capitalista prende a coltivare. Veramente questa
relazione non si saprebbe determinare che per modo di
approssimazione e coll'aiuto di estese ed accurate osservazioni sperimentali: pur nel sistema delle medie, e per
il solo effetto di valutare quel provento presunto degli
esercizi agrarii, che è da portarsi nella massa compartimentale, salvo poi a distribuire fra i singoli il contingente di tassa con un magistero più appropriato alla
tassazione individuale, come esponemmo nei precedenti
capi, ci parrebbe, che la legge potrebbe fissare i proventi industriali agrarii, pel solo fine suddetto, sulla base
di una presunzione generale; poniamo che per osservazioni esperimentali abbastanza estese ed accurate sia
giustificato, come base approssimativa, il rapporto di uno
a due tra il profitto industriale agrario e la rendita locativa, ne risulterebbe, a cagion di esempio, che pagandosi dall'affittuario al proprietario del podere un fitto di
ventimila lire, il profitto dell'impresa agraria si valute-

rebbe di *diritto* a dieci mila, dalle quali deducendosi
l'interesse dei capitali impiegati nella coltivazione, il
rimanente rappresentorebbe il profitto netto della impresa e della industria personale. Torniamo a dire, che
i proventi presunti, determinati con tali basi, si portano
in massa e non servono che a dare un provento complessivo, e un contingente di tassa compartimentale. La
legge inglese stabilisce per presunzione assoluta un rapporto consimile tra il provento industriale agrario e il
prodotto del fondo, e con disposizione, che parrà forse
molto severa, desume direttamente da questo presunto
rapporto la tassazione dei singoli affittuarii.

Ora finalmente tocchiamo all'ultima delle riflessioni
completive, che sono argomento di questo capo.

Abbiamo già detto in altro luogo, che nella facoltà
industriale (considerata quale proprietà produttiva) vuolsi
distinguere la capacità nativa, e la capacità acquisita;
quest'ultima richiedendo spese di educazione, d'istruzione
e di tirocinio rappresenta un vero impiego a capitale
perduto, e il frutto della industria siffattamente acquistata deve reintegrare il capitale per essere nuovamente
speso a conservare l'industria nelle generazioni che seguono. Siccome dunque il provento netto di un immobile
non s'intende, se non dedotte (oltre quelle di esercizio)
le spese di conservazione dell'immobile stesso, così il
reddito netto e tassabile dell'industria nazionale si determinerà detraendo le spese che si rinnovano di generazione in generazione a conservazione della medesima
industria, *la quale detrazione* (abbiamo detto) *è argomento di arbitrato legislativo.*

Veramente la logica, quando una serie di deduzioni la
conduce ad un punto, in cui si vede costretta a invocare
l'arbitrato legislativo, dovrebbe forse, dopo averne segnato il campo, ritirarsi. Ma studiandoci noi nell'intrapreso argomento di svolgere coll'elemento economico anche il legislativo non vogliamo dipartirci senza accen-

nare a quella maniera di arbitrato, che ci parrebbe la più acconcia al proposito. Crediamo dunque, che tutto il lavoro economico, assoggettabile alla tassa diretta sul reddito, si potrebbe distinguere in gradi in ragione del capitale adoperato dal lavoro come strumento o materia. Poniamo (unicamente per chiarire il nostro concetto) che nel più infimo grado si comprendano le industrie con un capitale da cinque a diecimila lire: nel grado medio da dieci a ventimila; nel grado superiore le industrie con capitale maggiore di lire ventimila. Diciamo, che nel grado inferiore il lavoro sarebbe tassato soltanto per una quota del suo provento, e così colla detrazione, a mo' di esempio, di quattro decimi, nel grado medio non si tasserebbe ancora la totalità, ma si aumenterebbe (portandola, ad esempio, da sei a otto decimi) la quota tassabile del provento. Nel grado superiore cessa ogni detrazione, e l'intiero provento è colpito. La proposta distinzione di gradi in via di arbitrato legislativo si fonda alle seguenti due considerazioni: la prima, che quando l'esercente accresce il suo capitale da cinque a dieci, e da dieci a venti si deve credere, che abbia di mano in mano reintegrato il capitale già da lui consunto nell'acquisto della sua industria; onde allora vien meno ogni ragione di detrazione; la seconda, che nel processo di tassazione per medie, condotto con quella prudente riserva di cui abbiamo confessato la necessità, una parte del provento industriale si sottrae inevitabilmente alla tassa, e questa parte sfuggevole cresce in ragion progressiva della crescente importanza delle industrie. Nei gradi superiori della gerarchia economica vana tornerebbe ogni speranza di colpire di tassa la quasi totalità dei proventi: nelle industrie minori, con più modesto se non povero capitale, procedenti con metodi più comuni e con guadagni più scarsi e più noti in mezzo ad una affollatissima concorrenza, o si raggiunge colla tassazione la quasi totalità del provento, o certamente ne sfugge una quota assai minore di quella, cui traggono in salvo le industrie superiori. E non dovrà dunque la legge usare tutti i mezzi di cui dispone, onde pareggiare possibilmente dinanzi all'imposta le condizioni di tutto il lavoro economico? Indarno adunque, in nome della proporzione materiale, si riclamerebbe o la tassazione della totalità, o una detrazione di quota eguale in tutti i gradi della gerarchia economica: indarno si accuserebbe quale imposta progressiva la proposta distinzione di gradi: all'obbiezione risponderemmo, che la progressione apparente riconduce, compensando naturali e fatali svantaggi, la vera eguaglianza; che il processo della proporzione materialmente uniforme sta bene *dove il provento tassabile si possa anche materialmente accertare*, ma che procedendo *per presunzioni* (quali sono le medie), gli è giusto e necessario raccogliere e adoperare tutti gli amminicoli di qualunque sorta, che valgano ad avvicinare sempre più il sistema alla verità; che dunque conviene adoperare anche le compensazioni presunte; che se nel vario uso di tali amminicoli avvengono tali combinazioni, che rimanga incerta l'osservanza della proporzione, si dovrà innanzi tutto assicurare il pieno soddisfacimento del debito della tassa dalla parte dei redditi superiori; perciocché *nel dubbio*, e in confronto degli inferiori, i redditi superiori debbono assumere il carico anche sospetto di progressione, quando *il dubbio non si possa evitare*, e quando risolvendolo a vantaggio degli abbienti, si correrebbe il rischio di esonerarli in parte anche del debito loro rigorosamente proporzionale, con indebito aggravio dei meno abbienti. Ma di questi principii avendo noi altrove ragionato molto distesamente, piacciati, lettore, di rivedere le cose dette in quel luogo (1).

(1) Capo terzo.

CAPO XIV.

INCIDENZA DELLA TASSA.

Facciamo l'ipotesi di una legge, che procedendo per classi, o per diretta ricerca individuale, imponesse un tributo sul reddito di alcune speciali industrie, lasciando libere tutte le altre. Diciamo che la tassa gravitante sopra alcune speciali industrie ricadrebbe col tempo sui consumatori; e da imposta diretta sui produttori, quale in ipotesi l'avrebbe voluta il legislatore, si trasformerebbe in un'altra tassa a carico di altre persone, diventerebbe una tassa sulla spesa a carico dei consumatori della merce prodotta. Infatti il capitale ed il lavoro tenderebbe naturalmente verso le industrie lasciate libere dalla tassa: le industrie specialmente gravate sarebbero di mano in mano abbandonate, o certo gli esercenti, che cessassero per morte o per altre cause, non troverebbero tutti dei successori: così assottigliato il numero degli esercenti. scemata la concorrenza, diminuita la quantità dei prodotti di quel genere, e cioè indebolita l'offerta mentre dura la stessa consumazione e la stessa domanda, i pochi che rimarrebbero all'esercizio delle industrie specialmente tassate si troverebbero in condizione di aumentare il prezzo della merce, e per questa via rimborsarsi della tassa. Ciò avviene riguardo alle gabelle, ai dazi d'ogni genere che s'impongono sulle merci, e che anticipati dal commerciante e dal produttore, si rimborsano, confusi nel prezzo aumentato, dal compratore della merce; ciò finalmente avverrebbe anche dell'imposta speciale e limitata a certe industrie, benché rivestita della forma, e condotta coi metodi dell'imposta diretta sul provento industriale: l'imposta speciale diretta si risolve in un dazio, come sostanzialmente il dazio si risolve in una tassa sul reddito dell'esercente: l'una e l'altra ricade sul consumatore, non in virtù della forma d'imposizione e di percezione, ma per effetto necessario *della specialità del gravame* (1).

Or dunque le medesime considerazioni dimostrano chiaramente che la tassa universale, che gravi nel medesimo tempo, e nella stessa proporzione tutte quante le industrie, non ha e non può avere nissuna incidenza indiretta. Quando il capitale ed il lavoro, dovunque si rivolgano, incontrano dappertutto la medesima tassa, egli è palese che gli esercenti d'ogni categoria, o rimarranno dove si trovano, o si moveranno seguendo il moto economico generale; ma l'imposta eguale in ogni parte non vale per se stessa a spostarli: il numero degli esercenti, la quantità dei prodotti, il rapporto tra l'offerta e la domanda saranno in ogni sfera di lavoro, dopo la tassa universale, quei medesimi che erano prima della tassazione; non hanno dunque gli esercenti alcun mezzo di aumentare i prezzi della merce oltre quanto portano le condizioni economiche; colpiti dalla tassa, eguale per tutti, debbono limitarsi a quei prezzi, che pure esigerebbero anche liberi da ogni gravame: non hanno in una parola, alcun mezzo di risarcirsi sui consumatori di quel peso che scema il loro reddito, come diminuisce tutti gli altri proventi (2).

(1) « Tel est l'effet d'un impôt sur les profits, quand il frappe « sur certaines industries et ne frappe pas sur les autres: il retombe « sur les consommateurs. Sous ce rapport on a pu justifier certaines « taxes sur des industries alimentées par la classe riche et aisée de « la Société. Ainsi une taxe sur les profits des fabricants de meubles « de luxe, qui épargnerait les autres industries, retomberait sur les « consommateurs de ces objets. Elle ne serait nullement ressentie « par les classes pauvres, et porterait uniquement sur les gens ri- « ches. » (Rossi, *Fragmens sur l'impôt*, leçon 6ª).

Questo riflesso è importantissimo, dimostrando una delle maniere di tassare *la spesa* delle classi superiori, onde pareggiare le condizioni.

(2) « Il y aurait impôt direct sur les profits le jour où l'on pour- « rait dire à tous les capitalistes d'un pays = Vous percevez au-

Ora immaginiamo un dazio sulle merci siffattamente
costituito, che tutte le produzioni e tutte le importazioni
tassate a un tanto per cento *ad valorem* rimanessero

« nuellement un revenu net de tant pour votre capital; vous donnerez
« au gouvernement 6 pour 100, par exemple, de ce revenu = sup-
« posons, que cela fût possible : supposons, que le gouvernement
« pût percevoir ainsi une quote-part des profits de chaque capital :
« sur qui retomberait cet impôt? Il est évident, qu'il retomberait
« sur les capitalistes. Comment, en effet, les capitalistes pourraient-
« ils s'y soustraire? Ils n'auraient que deux moyens. L'un serait un
« remède pire que le mal; il consisterait à ne pas faire travailler
« leurs capitaux : l'autre serait de transporter leurs capitaux dans
« une autre industrie; or, dans l'hypothèse, cette ressource ne serait
« qu'illusoire, puisqu'ils trouveraient la même taxe appliquée à toutes
« les industries. » (Rossi).

Se non che l'insigne economista giudicava impossibile in pratica
una tassa diretta e universale sui profitti di tutte le industrie.
« Comment faire (diceva egli) pour saisir cette matière imposable,
« pour la connaître, pour l'apprécier, pour la suivre dans toutes
« ses variations, dans toutes ses oscillations, et à travers tous *les*
« *mystères et les ténèbres*, dont elle a l'habitude, et jusqu'à un cer-
« tain point le besoin de s'entourer? Y a-t-il quelqu'un, qui puisse
« dire, quels sont les profits, je ne dis pas des hommes qu'il ne
« connaît pas, mais même de ceux qu'il connaît le mieux? Pour
« savoir quels sont les profits de tel manufacturier, de tel producteur,
« il faudrait pouvoir le traiter chaque année, comme il est obligé
« de se laisser traiter en cas de malheur, c'est-à-dire, qu'il faudrait
« avoir le droit de lui demander ses comptes par livres, sous et
« deniers, d'examiner ses opérations dans tous leurs détails, de vé-
« rifier ce qu'il peut porter à profits et pertes; il faudrait être initié
« à toutes ses affaires. »

Queste riflessioni dimostrano l'inammissibilità del processo della
ricerca diretta individuale quando lo si volesse adoperare come
mezzo di accertamento assoluto. Sono poi le industrie superiori che
si circondano di misteri e di tenebre, e, in verità, come già altrove
accennammo, anche nel sistema combinato del processo per classi,
del contingente, e della ricerca diretta come mezzo di ripartizione,
le industrie superiori sottraggono all'imposta molta parte del loro
proventi. Dal quale fatto già abbiamo tratto una conseguenza nel
precedente capo, e ne trarremo delle altre trattando della imposta
sui proventi del capitale e delle tasse sulla spesa.

colpite nella stessa misura. Questo dazio universale si risolverebbe nel fatto in un gravame sopra tutte le industrie, e, come la tassa universale sui proventi, cadrebbe ancora tutto intiero sugli esercenti senza possibilità di aumentare i prezzi, senza risarcimento possibile a carico dei consumatori (1). Torniamo a dirlo: non è la forma d'imposizione e di percezione, ma si *la specialità* del gravame, che può dare alle tasse un'incidenza indiretta: perocché la specialità della gravezza è causa di spostamenti: ma nissuno potrebbe sottrarsi, spostandosi, ad un gravame universale ed eguale per tutti. Adunque, come l'imposta diretta, limitata a certe industrie, cade di rimbalzo sopra i consumatori, come se fosse un dazio speciale, così un dazio universale si assiderebbe stabilmente sopra i tassati senz'altra incidenza, come se fosse veramente un'imposta diretta.

CAPO XV.

IMPOSTA UNICA, IMPOSTA MOLTIPLICE.

Nei precedenti capi esponemmo quello che ci parve il vero ordine naturale e legale dell'imposta nelle sue applicazioni ai proventi industriali: ed ora dobbiamo fare lo stesso in riguardo ai proventi del capitale mobile, per continuare di poi il medesimo esame in ordine al capitale consolidato nelle proprietà immobiliari. Prima però vogliamo sollevarci ancora ad una veduta generale di tutto l'ordinamento, a guisa di chi, camminando per valli, sale di quando in quando sul monte per mostrare al compagno la disposizione generale dei luoghi, la via percorsa e quella che resta a percorrere. Con questo intendimento

(1) La proposizione sarebbe incontrastabile se il dazio universale ad valorem imponesse ai proventi di tutte le industrie un gravame proporzionalmente eguale. Vedasi il Capo 32°.

ci facciamo a discorrere nei punti essenziali le dottrine dell'imposta unica e dell'imposta moltiplice, le quali per verità involgono la questione di tutto l'ordinamento considerato nel suo insieme. Non potevamo intraprendere questo discorso senza premettere le dottrine che abbiamo già svolte; non potremmo ritardarlo senza nuocere alla chiarezza delle cose che rimangono a dirsi.

La dottrina dell'imposta unica pone per primo principio quel medesimo che seguitiamo noi. Questo principio riduce tutte le forze contributive (lavoro, capitale, terra) alla stessa denominazione, a quest'unico concetto *di proprietà produttive,* e stabilisce che il provento di tutte debba tassarsi indistintamente nella stessa misura. Ed è questa incontrastabilmente, a nostro avviso, la parte vera della dottrina; nè crediamo di dovere aggiungere parole in conferma; perocchè le cose già dette da noi e quelle che diremo in continuazione non sono che lo svolgimento logicamente ordinato del principio anzidetto.

Ma la dottrina volgare dell'imposta unica, prestabilito un principio vero, ne soggiunge tre altri, che ci paiono essenzialmente falsi, quando essa: 1° vuol tassato il reddito effettivo e materiale dei singoli contribuenti: 2° non ammette, per accertare il provento dei singoli, che il solo metodo della ricerca diretta individuale; 3° condanna le tasse sulla spesa, le dogane, i dazi di consumo ed ogni altra consimile. Discorriamo partitamente di questi, che, uniti al primo, costituiscono la sostanza della dottrina, e che nella nostra opinione non sono che tre gravi ed essenziali errori.

Il principio, che tiene per tassabile intieramente il reddito effettivo e materiale dei singoli contribuenti, si chiarisce falso nelle sue applicazioni al provento del capitale mobile, ai profitti industriali, e alla rendita della terra.

Quanto al capitale mobile già dimostrammo altrove come si debba distinguere il vero frutto costante ed as-

sicurato dal frutto o premio di rischio, il quale sotto
l'apparenza di un provento racchiude essenzialmente una
parte del capitale medesimo (1). Tu impresti (scrive Pellegrino Rossi) il tuo capitale al cinque per cento sotto
buona e sicura ipoteca: ma se invece ti risolvessi ad un
prestito a cambio marittimo; daresti tu il tuo danaro
ancora allo stesso tasso? No per fermo: domanderesti il
dieci, il venti, e per avventura anche il trenta per cento,
in compenso del rischio, che già sin d'ora ti spoglia del
venti o del trenta per cento del tuo capitale: perocché
in balìa dell'onde e delle varie fortune del mare, offrendolo in vendita anche presentemente nissuno più lo accetterebbe per l'intiero valore nominale se lo si volesse
disgiungere dal premio delle eventualità favorevoli. Ebbene, potremmo noi dire con giustizia a costui — Tu pagherai, in confronto del provento assicurato con ipoteca
un'imposta quattro volte maggiore? No: nella sostanza
il provento dell'uno si pareggia col provento dell'altro: ma
l'uno di essi commette il suo ad una specie di giuoco (2)
— Un tuo capitale di ventimila franchi impiegato solidamente al cinque per cento ti dà il provento di lire
mille: quand'ecco si apre da un governo sciagurato un
imprestito pubblico al cinquanta di capitale per ogni
cinque di rendita: tu vi apporti anche il tuo capitale, e
il tuo reddito si raddoppia: sarà giusto che si raddoppi
l'imposta? Neppure: il tuo capitale rimane qual era prima,
e il provento vero pur anche: il soprappiù che ottieni
esponendo il tuo denaro al pericolo di una pubblica bancarotta, velata od aperta, anziché vero reddito rappresenta quella parte di valore capitale che il titolo già
perde sin d'ora per effetto del rischio. Adunque sottoponendo all'imposta anche i titoli del debito pubblico, e
supponendo che il provento del capitale in genere sia

(1) Capo quinto.
(2) *Fragmens sur l'impôt.*

assoggettato per legge al contributo del sette per cento,
non si dovrebbe già ritenere il sette per cento delle
annualità dovute dallo Stato ai portatori dei titoli, ma
solamente il sette per cento dell'interesse legale di un
capitale corrispondente al valore venale dei titoli stessi:
venti mila lire impiegate ipotecariamente al cinque con
pienissima sicurezza, ovvero al dieci con pericolo manifesto, si pareggiano nel valore e nel provento reale; debbono dunque pareggiarsi anche nella quantità della tassa:
e così torniamo a dire che la doppia base del valore di
corso e dell'interesse legale sul capitale risultante dal
valore di borsa dei titoli di debito pubblico sarà l'unica
giusta e legale norma idonea a determinare il provento
tassabile di quei titoli, quando la rendita pubblica si
vorrà tassare nella ragione prescritta o da prescriversi
ad ogni specie di capitale (1).

E continuando il medesimo ragionare in ordine ai proventi industriali, riflettiamo che di due commercianti nel
medesimo genere, provveduti di un capitale eguale, e
di pari intelligenza ed attività, l'uno si trova in fin del-
l'anno con un guadagno di venti mila, e l'altro solamente
di dieci, perché l'uno si avventurò in speculazioni ardite
e rischievoli, e fu secondato dalla fortuna, che forse più
tardi lo abbandonerà, e gli infliggerà la perdita, forse
anche del capitale; l'altro si attenne alle vie comuni,
più note e sicure. Qual è l'imposta, che a norma di
ragione devono questi due? Un'imposta eguale, perché
pari è la loro condizione: un'imposta regolata sulla media
del provento della comune loro professione, supponendola
esercitata da un buono industriale, prudente ed attivo:
e chi non vede, che a volervi comprendere i guadagni
di straordinarie, rischievoli e forse temerarie speculazioni,

---

(1) Dimostreremo in seguito, che il legislatore deve tassare anche
i titoli di debito pubblico, o abbandonare ogni idea di ordinamento
razionale dell'imposta.

bisognerebbe tener conto della buona e della rea fortuna? La vera entità di tali guadagni straordinari non si determina giustamente, se non si portano in conto anche le perdite straordinarie, necessariamente inerenti ad un rischio continuato a guisa di professione: nel quale computo i guadagni straordinari, compensati *in media* coi danni, spariscono — La dottrina volgare dell'imposta unica chiede in fine di ogni anno ai singoli esercenti il conto esatto del provento netto risultante dal loro bilancio: vero, che gli esercenti nol dánno: ma la dottrina lo chiede in nome dell'uguaglianza e dell'unità di misura da applicarsi indistintamente ai proventi d'ogni specie. A noi pare manifesto, che scambiando a questo modo *l'unità giuridica* coll'unità *materiale*, la dottrina volgare s'illuda e riesca ad offendere la giustizia applicando trattamento dispari a condizioni economiche pari, e reciprocamente pareggiando nella tassa le condizioni le più diverse. Certamente la ragione prescrive l'unità di tassa: se la legge chiede, ad esempio, il sette per cento, ogni provento dee contribuire nella misura del sette: ma la ragione prescrive egualmente l'unità giuridica nella determinazione del provento reale, del provento tassabile: e questa seconda applicazione della vera unità ci dà per materia tassabile, quanto al capitale, l'interesse ordinario, e quanto alle industrie la media del provento ordinario in ogni specie di professione (1).

Le terre poi, le proprietà fondiarie, che altro sono, se non capitali consolidati? Dunque la materia tassabile anche per essi deve determinarsi sulla base dell'interesse ordinario. Sopra di che già abbiamo in altro luogo lungamente discorso. Concludiamo pertanto sopra questo primo punto, che il principio di ricercare il reddito annuo materiale, e di considerarlo come provento tassabile per intiero, nella sua triplice applicazione al capitale, al lavoro, alla terra si chiarisce erroneo.

(1) Capi 6, 11, 12, 13.

Nella questione dei mezzi di accertamento la dottrina volgare dell'imposta unica similmente s'illude. I mezzi di accertamento non sono altro che procedimenti probatorii diretti a investigare, a far conoscere, a provare un fatto o fatti che non si palesano da sè medesimi: e la logica insegna, che in generale i mezzi di prova vanno prescelti, o cumulati, e coordinati secondo la varia natura dei fatti da investigarsi, e degli ostacoli da superarsi per raggiungere il vero. Adunque anche in riguardo al nostro speciale argomento, tutti i mezzi d'investigazione vanno in simil modo o prescelti, o cumulati e coordinati insieme nella ricerca dei proventi tassabili, dei quali ciascuna specie tiene un modo vario di ascondersi, e oppone alla ricerca fiscale ostacoli di diversa natura. E giacchè l'unione, l'uso razionale e logicamente ordinato di tutti i mezzi ci conduce più sicuramente, ovvero ci approssima alla verità assai più che l'uso di un solo, perciò diciamo, che nell'applicazione dell'imposta la vera unità nasce dalla diversità. Perocchè per tassare tutti i contribuenti in proporzione del loro provento reale (nel che consiste la virtù essenziale dell'unità) bisogna almeno approssimarsi alla cognizione vera del provento medesimo in ogni sua forma, in tutte le sue specie: ciò che richiede l'uso di tutti quei mezzi d'investigazione che porge la logica naturale. Crediamo pertanto, che le dottrine volgari dell'imposta unica, le quali in nome dell'unità non ammettono che un solo mezzo di accertamento, e cioè il metodo della denunzia e della ricerca diretta individuale, manifestamente s'illudono, facendo, per difettiva analisi del problema legislativo, un'applicazione falsa del principio essenzialmente vero dell'unità (1).

(1) Questa idea di unire e coordinare logicamente tutti i mezzi di ricerca già ricevette da noi un pieno sviluppo nell'esposizione dei metodi di accertamento del provento industriale — Vedansi i Capi settimo e seguenti.

CAPO XVI

La dottrina comune dell'imposta unica condanna le tasse sulla spesa: ed è questo, a nostro avviso, il terzo errore, nel quale incorre quel sistema per difettiva analisi del problema legislativo, di quel problema, che, nell'ordinare l'imposta secondo ragione, sempre si aggiunge agli altri due problemi, giuridico ed economico. Infatti una compiuta analisi del triplice elemento ci dimostra, che l'imposta diretta, e la tassa sulle spese costituiscono una dualità necessaria a guisa di due fattori, senza l'uno o l'altro dei quali non si ottiene il prodotto che si ricerca. I seguenti cinque aspetti, nei quali si rivela la dualità anzidetto, porranno, crediamo, l'accennata verità in pienissima luce.

1° Una parte del provento tassabile sfugge sempre ai metodi naturalmente imperfetti dell'imposta diretta. Già questo fatto inevitabile si appalesa nei processi, che esponemmo, anche uniti e coordinati, onde si ricerca e si tassa il provento industriale. Quanto al provento dei capitali, se questi si trovano iscritti in pubblici registri, lo si può in verità accertare con sufficiente esattezza: ma i titoli privati e i capitali applicati agli esercizi industriali e commerciali non altrimenti che con mezzi molto severi, e non sempre e non integralmente si giunge a scoprirli: chi poi non conosce quanto arduo sia il non ancora risoluto problema che si propone di accertare il provento fondiario? Ma ecco che dai recessi in cui si nasconde sottraendosi alle ricerche fiscali, quella parte di provento esce talvolta spontaneamente alla luce, e si rivela da se medesima, onde provvedere ai bisogni della consumazione spendendosi in compra di merci: bisogna dunque afferrare la rendita al varco, nell'atto che si mo-

stra e si spende: bisogna in una parola tassare la spesa.
Siccome però nè tutto il provento si spende (giacchè
una parte si capitalizza), nè sarebbe futtibile colpire integralmente la spesa nella immensa varietà de' suoi modi,
così non si apporrebbe il legislatore limitandosi a questa
sola maniera indiretta di tassazione: le due maniere, en-
trambe imperfette, si completano a vicenda: gli è mestieri
tassare il reddito, quasi diremmo, nella duplice sua fase:
cioè, 1° in quanto esiste (imposta diretta); 2° in quanto
si spende (tasse sulla spesa);

    2° Contro l'imposta lotta la frode: la quale però in-
contrando fatiche, spese e pericoli non si muove senza
un congruo premio: se l'imposta esagera le sue domande,
il premio esiste; se l'imposta si modera, in molti casi
la frode non troverà sufficiente compenso ad opporvisi.
Dimandate *in via diretta* il venticinque per cento sul
provento industriale e dei capitali, e vedrete per quante vie,
con quali incredibili, inauditi artifizi la frode renderà in
gran parte frustranea la vostra dimanda: moderatovi, e
chiedete il solo sette per cento, e la frode sconfortata
dalla tenuità del guadagno, se non desiste universalmente
sarà di certo opposizione assai meno valida, molto meno
frequente. E così pure nelle dogane e nei dazi, che sono
i metodi adoperati dall'imposta sulla spesa, gli è pur
notissimo che la tassa, elevandosi a termini esagerati
impoverisce l'erario, riducendosi a più lievi domande
disarma il contrabbando ed accresce il prodotto. Come
dunque si fa ad esigere quel molto di che abbisogna lo
Stato, e a moderare nel medesimo tempo la domanda,
a ridurla a più tenui somme? Il problema apparentemente
contraddittorio si scioglie, distribuendo la domanda su
punti diversi: se tu la concentri sopra un punto solo, se
chiedi la grossa somma che ti abbisogna alla sola imposta diretta, ovvero alla sola imposta indiretta, la frode
la contravvenzione ed il contrabbando concentreranno
tutte le loro forze sul disputato punto, nel quale trovano

in caso di vittoria un sufficiente premio alle fatiche dispendiose, ai pericoli a cui si espongono: ma se tu
dividi la domanda, se una metà di quello che ti abbisogna la chiedi nelle vie della imposta diretta, l'altra
metà nelle vie delle dogane e dei dazi, costringerai la
frode a combattere su punti diversi con premi mal corrispondenti ai dispendii ed ai rischi, e la ridurrai presso
che universalmente all'impotenza, eccettoché un governo
scialacquatore si metta in condizione di dovere esagerare
anche le domande divise;

3° L'inevitabile imperfezione dei metodi reca non
piccole disuguaglianze in qualunque forma d'imposta: le
quali perciò non debbono concentrarsi sul medesimo
punto, e voglionsi al contrario distribuire, e possibilmente
compensare. Poniamo: Lo Stato si propone di esigere il
decimo del provento di ogni contribuente nelle vie del-
l'imposta diretta: il fatto non corrisponderà esattamente
all'idea, ed altri risulterà tassato del dodici, altri solamente dell'otto, e così via via ne nasceranno anche più
gravi disuguaglianze: che se lo Stato raddoppia la domanda, e senza cangiar di metodo chiede ai contribuenti
nelle stesse vie dell'imposta diretta un altro decimo, e
in complesso il venti per cento, chi non vede, che le ineguaglianze, le ingiustizie si raddoppiano *a carico delle
stesse persone?* Adunque un equo legislatore, costretto a
chiedere ai contribuenti un altro decimo del loro provento si rivolgerà all'altra maniera d'imposta, alle tasse
sulla spesa. Certamente le imperfezioni inerenti a questa
seconda maniera recano anch'esse le loro non leggiere
disuguaglianze, ma queste non cadono più sulle stesse
persone, e probabilmente in complesso avverrà che in
questa seconda maniera risulti favorito chi nella prima
si trova aggravato: variando metodo, variano le incidenze
dei gravami inevitabili, e col variare delle incidenze
e delle persone gravate, i gravami medesimi, se non si
compensano affatto, si attenuano di gran lunga;

4° Il capitale mobile emigra tuttavolta che gli si voglia imporre un aggravio fiscale, che superi il disagio dell'emigrare. Chiedi in via diretta il venti per cento, e vedrai i grossi capitali abbandonare il paese inospitale e rifuggirsi nei fondi pubblici di Stati stranieri, oppure accomandarsi a straniere industrie: perocchè per un capitale che dia, a mo' di esempio, il reddito di dieci, di quindici mila lire, il disagio dell'emigrazione, in tanta facilità di corrispondenze, di operazioni, di cambi internazionali, sarebbe largamente compensato dal risparmio di due, di tre mila lire d'imposta: vero, che i piccoli capitali più difficilmente per se medesimi s'indurrebbero ad uscir di paese: ma chi ignora, che dove si appresenta un profitto, ivi sorgono le associazioni, le imprese, le incette: talchè i piccoli capitali disponibili si raccoglierebbero di mano in mano per forza di speculazioni e si porterebbero all'estero in grandi masse? Già lo dicemmo altrove, e in ciò abbiamo consenzienti i più assennati scrittori: il capitale mobile non sopporta in via diretta che imposte assai moderate: e ciò posto, vorresti tu forse tassare più duramente il provento dell'industria laboriosa? oppure crederesti di potere aggravare la mano fiscale, e risarcirti sul capitale immobilizzato, sul capitale fondiario? Trattare umanamente il capitale mobile, perchè ha facoltà di sottrarsi, e barbaramente opprimere il capitale immobile, perchè non fugge? In tal caso all'unità di misura, norma certa ed inviolabile, si sostituisce l'arbitrio: alla legge di giustizia, che vuole tassato nella stessa ragione ogni specie di provento, sottentra la violenza: ma respingiamo cotali supposizioni combattute, più che da altri sistemi, dalla dottrina della imposta unica, e diciamo che il principio fondamentale di questa dottrina, l'unità di misura conduce per diritta via alle imposte indirette: perocchè se una tassa proporzionata ai grandi bisogni dello Stato non si può caricare direttamente al capitale fuggevole protetto dalla natura mede-

sima delle cose, nè al capitale immobile protetto dalla
giustizia, ogli é giuocoforza confessare la necessità di
dividere la domanda, chièdendo di quanto abbisogna allo
Stato, una parte all'imposta diretta, e l'altra parte all'imposta indiretta;

5° Or vedi, quanto bene si corrispondano e si armo-
nizzino tra di loro le varie parti dell'ordine di natura!
Dimostrammo altrove la necessità assoluta delle imposte
indirette in riguardo al lavoro delle classi inferiori: ed
ora appare manifesto, che in tutte le classi, in tutti i
gradi della gerarchia economica, le due maniere d'imposta adempiono, nell'ordinamento intero, ufficio egualmente principale: l'una non può stare senza dell'altra:
di quanto abbisogna lo Stato una parte soltanto si può
ottenere dall'imposta diretta, l'altra si dee sempre chiedere all'imposta indiretta: la quale per conseguenza deve
tassare in egual proporzione per quanto è possibile tutte
le classi contribuenti, ricercandone le consumazioni universali e le consumazioni particolari.

In conclusione, nell'ordine di natura non esiste nè
l'unità semplice, nè la sola moltiplicità: l'imposta nel-
l'ordine di natura è una e moltiplice sotto i diversi rapporti, onde si collega il sistema intero: essa è una
nell'unità di misura, e nell'unità della norma giuridica
che determina in ogni specie di reddito il vero provento
tassabile: essa è moltiplice nella dualità della tassa diretta e delle tasse indirette, è ancora moltiplice nella
moltiplicità dei metodi, dei mezzi, dei procedimenti variamente adoperati nell'una e nell'altra maniera: ma la
moltiplicità delle maniere e dei mezzi si ricompone ancora
nell'unità, dovendo i metodi e i mezzi diversi non ado-
porarsi confusamente, ma disporsi logicamente e coordinarsi in relazione al sommo unico fine, cioè all'uguaglianza
pratica nella distribuziono dei pubblici carichi. L'empirismo finanziario non conosce che la moltiplicità confusa
e disordinata: la dottrina contraria non accetta che

l'unità, e doveva in quella vece discernere nella moltiplicità e coordinare tutti quegli elementi, senza dei
quali l'unità non riceve che false ed incomplete applicazioni.

CAPO XVII

IMPOSTA UNICA SUL CAPITALE.

All'imposta unica sul reddito si contrappone l'imposta
sul capitale. In verità l'uno o l'altro sistema si accordano
nell'escludere la moltiplicità dei metodi di accertamento,
e le tasse indirette. Ma il sistema dell'imposta unica sul
capitale pone nel suo particolare e proprio ordinamento
tre principii cardinali, il primo dei quali, spogliato
della forma artificiale in cui si avvolge, e ridotto alla
sua naturale espressione, si traduce in quella medesima
dottrina che seguitiamo noi in ordine alla determinazione legale del provento tassabile. Il secondo poi dei
tre principii, a nostro avviso, è grandemente inesatto, e
il terzo apertamente erroneo.

Adunque il sistema per primo principio fa, o a dir
meglio, crede di fare astrazione dal reddito, e impone
direttamente sul capitale stesso un tanto per cento o per
mille. Sia, ad esempio, un capitale di lire ventimila, consistente in numerario o in titoli di credito, ovvero in
altre cose mobili od immobili, che il sistema riduce alla
espressione di una somma numerica, valutandole sulla
base dei prezzi venali; il sistema di cui ragioniamo, impone, senza riguardo alla diversa natura delle cose, sul
capitale intero numerato o stimato la tassa di un tanto
uniforme per cento o per mille; ad esempio, il mezzo
per cento, ossia il cinque per mille di capitale: onde si
avrà nella ipotesi di un capitale di venti mila una imposta di cento lire. Ma qual è veramente la natura di
tale imposta? È dessa una vera tassa sul capitale, o non

piuttosto una imposta sul provento determinato giuridicamente, come noi abbiamo dimostrato doversi determinare? Abbiamo dimostrato teoricamente e in parte già colle applicazioni (che saranno continuate nel progressivo svolgimento delle nostre investigazioni) che il provento giuridicamente tassabile va regolato sulla norma dell'interesse ordinario, non solo pei capitali che si esprimono in una somma numerica, ma ancora per ogni altra specie di capitali produttivi, valutandoli e riducendoli ad espressione numerica sulla base dei prezzi venali. Sia dunque la stessa ipotesi di un capitale di lire ventimila: il provento legalmente tassabile al cinque per cento viene determinato nell'annua somma di lire mille, ed una imposta del decimo sopra ogni specie di reddito darebbe per l'appunto quell'annua tassa di lire cento, che nel sistema di cui ragioniamo, si ritrae dall'imporre sul capitale il cinque per mille. Adunque non illudiamoci: il cinque per mille, onde il sistema crede colpire direttamente il capitale, nella realtà delle cose lascia quest'ultimo intatto, e si risolve nel tassare di un decimo il provento legale di lire cinquanta per ogni mille emergente dalla ragione ordinaria dell'interesse. E guai alla Società, se il capitale fosse realmente intaccato! Chi non vede che la consumazione progressiva del capitale conconsumerebbe la Società medesima in pochi anni?

Se non che il sistema, di cui ragioniamo, impone la tassa universalmente anche sul capitale improduttivo: ed è questo il secondo principio più specialmente caratteristico della così detta imposta unica sul capitale.

Sono valori improduttivi (già lo dicemmo altrove):

1° L'immensa varietà delle cose mobili, che servono a usi personali, necessarii o voluttuarii nella vita ordinaria, o nella consumazione improduttiva degli uomini: delle quali cose cresce l'abbondanza a misura dell'altezza che il cittadino tiene nella scala della gerarchia economica;

2° I caseggiati che non siano nè accessorii delle terre coltivate, nè edifizi destinati a dare regolarmente un provento locativo: tali sono da un lato i castelli e i grandi palagi, non ricercati nè soliti darsi in affitto: e dall'altro la massima parte delle case rustiche componenti i villaggi;

3° I parchi, i giardini puramento voluttuari, e in generale tutti i terreni, che il lusso e la delizia tolgono all'industria produttiva.

E pertanto il sistema di cui ragioniamo, chiede la denunzia e procede alla ricerca universale di tutti questi valori presso tutti i cittadini, li stima e li tassa di un tanto uniforme per ogni cento o per ogni mille. Ma qual sarebbe la vera, la immutabile natura di una simile imposta? Già lo sappiamo: un valore improduttivo, presso colui che lo tiene infruttifero e potrebbe collocarlo a frutto, significa una spesa: chi spende venti mila lire nell'acquisto di una *ricca mobilia* rinunzia al provento che ne potrebbe ritrarre, e cioè lo spende nel godimento della mobilia medesima: o così per la natura delle cose l'imposta sui valori improduttivi riesce inevitabilmente ad una tassa sulla spesa. Ora il magistero e l'uffizio delle tasse sulla spesa già ci è noto abbastanza; e conosciamo

— che i dazi di confine ed interni (strumenti precipui delle tasse sulla spesa) aggravano specialmente le classi inferiori, tassano a sufficienza le classi medie, e solo toccano leggermente (in proporzione della loro ricchezza) le classi superiori — che per conseguenza onde ristabilire l'equilibrio, e coordinare la tassa sulla spesa delle diverse classi ad una comune misura si debbono tassare i valori improduttivi, cioè la spesa significata da essi, non già universalmente, ma solo colà in alto, dove i dazi ordinarii (che tanto pesano al basso) non giungono a colpire nella proporzione del reddito. E tanto ripugna al vero e all'ordine di natura la tassazione universale, presso tutte le classi, dei valori improduttivi, che, siccome già dimostrammo in altro luogo, nei gradi inferiori della gerarchia economica lo stesso capitale produttivo, quello che serve a strumento di lavoro, non è naturalmente assoggettabile a tassazione diretta.

Se adunque, o attento lettore, ti piace discernere i diversi concetti, che la sedicente imposta unica sul capitale nasconde sotto una equivoca e falsa denominazione, parmi che tu possa distinguere così: Se il capitale è produttivo, l'imposta cade sul provento giuridicamente determinato: se il valore è improduttivo, l'imposta diventa necessariamente una tassa sulla spesa, e deve conformarsi alle leggi che governano questa maniera di tassazione: la sedicente imposta unica sul capitale non è dunque mai tale, che in apparenza; e se fosse realmente tale, se consumasse di mano in mano il capitale, dovremmo respingerla siccome un mostro divoratore della Società.

Finalmente diremo, che il terzo principio, tutto speciale e proprio del sistema di cui ragioniamo, riguarda i proventi industriali, che il sistema assolve pienamente da ogni imposta diretta e indiretta. E come ciò? perchè privilegiare sì stranamente le proprietà personali, onde i possessori ritraggono profitti, talvolta larghissimi e sempre notevoli? Il sistema procede qui per modo di transazione: avendo tassato arbitrariamente i valori improduttivi, si avvisa di sottrarre all'imposta per modo di compensazione i proventi dell'industria e del commercio: e così procede l'uomo quando alle creazioni della natura pretende sostituire le fallaci, le povere creazioni *del suo fantastico arbitrio*.

CAPO XVIII

APPLICAZIONE DELL'IMPOSTA DIRETTA
AI PROVENTI DEL CAPITALE MOBILE:
E SE SI DEBBA ESTENDERE LA TASSA A TUTTE LE SPECIE
DI CAPITALE MOBILE,
COMPRESI ANCHE I TITOLI DI CREDITO SULLO STATO.

Dalle vedute generali, a cui ci parve opportuno salire,
or discendiamo nuovamente ai particolari, e riprendiamo
la serie delle nostre deduzioni, passando dai redditi del
lavoro a quelli del capitale.

Poniamo che, risoluta di conformarsi ai dettati della
ragione e all'ordine di natura, la legge rivolga al capitale il seguente discorso: « Ho ricercato il provento
« tassabile del lavoro, dell'industria, del commercio, e
« gl'imposi il tributo del sette per cento: ricercherò ed
« accerterò egualmente, coi metodi riconosciuti i più
« idonei dalla ragione, il provento giuridicamente tas-
« sabile del capitale immobilizzato in costruzioni e nella
« proprietà delle terre, e imporrò del pari a questo
« provento la medesima tassa del sette per cento. Intanto
« gli è mestieri che tutto il capitale mobile si presenti
« e si sottometta alla medesima legge: ciò esigono im-
« periosamente la giustizia, la quale vuol pareggiato il
« contributo pubblico per ogni specie di reddito, e, di
« accordo colla giustizia, le necessità dello Stato; pe-
« rocchè ai bisogni pubblici appena basta il concorso di
« tutte le forze produttive, e la ricchezza mobile è una
« delle principali. Una parte del provento industriale,
« massime nella sfera delle più lucrose professioni o dei
« più larghi profitti, si sottrae alla imposta: ma infine
« ogni provento si capitalizza o si sponde: colpirò la
« parte che si sponde colle tasse sulla spesa: la parte
« che si capitalizza debbo tassarla coll'imposta diretta

« sul capitale, cominciando dal mobile. Non ignoro che
« a questa mia risoluzione, dettata dalla ragione, con-
« trastano vivamente gl'interessi egoistici, e ciechi pre-
« giudizi: so che si vuole esentare la miglior parte del
« capitale mobile, protetta da supposte esigenze del cre-
« dito pubblico; e so pure che la maggior parte dei titoli
« privati, non iscritti sopra registri noti alla legge ed ai
« magistrati, elude la legge e tuttavia ne ottiene la
« protezione. Ma io dileguerò i pregiudizi, e coi più se-
« veri provvedimenti ridurrò alla condizione comune gli
« interessi ribelli. Se io pretendessi continuare un sistema
« disordinato d'imposte, che favoreggiano gli uni e op-
« primono gli altri, vorrei scusare la ripugnanza del
« capitale, e non crederei di dover punire con pene più
« violente che giuste chi cerca sottrarsi all'ingiustizia
« non negata dallo stesso legislatore. Ma essendomi de-
« terminata di ricostituire l'imposta secondo le leggi della
« più rigorosa eguaglianza e della natura medesima delle
« cose, per salvare ad un tempo lo Stato ed il cittadino,
« reprimerò quindi innanzi a qualunque costo l'opposi-
« zione dell'egoismo: la severità di una repressione ef-
« ficace diventa giusta e necessaria, quando in altro modo
« non si possa riparare al disordine della fortuna privata
« e pubblica. »

Udendo un simile discorso, o saggio lettore, non ti
parrebbe assai ragionevole? Or vedi quale e quanta resistenza oppongano gl'interessi ed i pregiudizi al riordinamento della imposta secondo le leggi della ragione. Il
capitale mobile si vuole esentato, e solo si fa una iniqua
eccezione a carico dei titoli di credito iscritti in pubblici
registri: e questo diciamo guardando al fatto anziché alle
vane proteste. Infatti l'immenso capitale fisso e circolante delle industrie e dei commerci si lascia immune,
se non in quanto possa essere leggiermente toccato dalle
imperfettissime tasse dei proventi industriali, governate
sinora cogli inefficaci metodi o del solo processo per

classi, o del solo processo per denunzia. E parimente con una tenacità, con una prepotenza degna degli antichi privilegiati che riversavano sulle plebi tutti i carichi pubblici, riservandosi i benefizi, si mantiene esente da ogni contributo quella smisurata mole di capitale che si trasforma in titoli di credito sullo Stato. E ancora gli stessi capitali impiegati in titoli di credito verso i privati vengono bensì tassati nominalmente, ma in realtà purché non s'iscrivano in pubblici registri se ne evadono, quasi si direbbe, per connivenza, per tacito consenso della legge medesima: la quale nè adopera provvedimenti idonei a trarre in luce questi titoli, che si nascondono abitualmente; e quando, costretti da una necessità loro propria, vengono a rivelarsi da se medesimi e ad invocare la protezione della legge, essa non denega loro la protezione, assicurando anticipatamente alla universalità dei capitali contumaci l'impunità. Qual è dunque, allo stato attuale della legislazione, la parte del capitale mobile realmente colpita? Quella sola (a chi ben riguarda) che si trasforma in crediti ipotecarii, o che s'iscrive in bilanci pubblici: e allora chi non comprende l'iniquità della eccezione e la falsa incidenza della tassa? Quando si creano al capitale due maniere d'impieghi, gli uni in maggior numero non tassati, e gli altri in numero minore soggetti a tassa, il capitale di sua natura si rivolge preferibilmente agli impieghi immuni da imposta; e quelli che domandano imprestiti ipotecarii, trovando pochi offerenti, ne subiscono la legge costretti di assumersi l'imposta, o, che equivale, a promettere in compenso al capitalista un interesse più grave. E così avviene inevitabilmente tuttavolta che si alterano le leggi naturali della concorrenza con false ed eccezionali disposizioni. Imponete una tassa universale ed efficace sopra tutte le maniere d'impieghi fruttiferi: fate che, dovunque si rivolga, il capitale incontri sempre la medesima imposta; allora, anche dopo l'introduzione dell'imposta siffattamente equilibrata, il

concorso alle diverse maniere d'impieghi, il rapporto
della domanda e dell'offerta in ogni parte del mercato,
rimangono necessariamente *in statu quo ante:* al chiedi-
tore d'imprestito, che respinge da sè il carico della tassa
afficiente il provento del capitale, il capitalista non potrà
dire « Io mi rivolgo altrove. » Per sottrarsi alla tassa
che lo riguarda, il capitalista non avrebbe che un mezzo,
quello di tenere ozioso e infruttifero il proprio capitale
e perdere cento per non sottostare al pagamento di dieci.
Tant'è, e giova ripeterlo, o accorto lettore: in tema di
imposta diretta, le sole tasse universali mantengono l'indirizzo dato dal legislatore, e colpiscono realmente quelle
persone e quei redditi che il legislatore ha voluto colpire:
le tasse speciali scompigliano le condizioni economiche,
la concorrenza, i rapporti naturali dell'offerta e della
domanda ora del lavoro, ora del capitale, ritraendoli o
sospingendoli artificialmente in questa od in quella parte:
onde conséguita quasi sempre, che il carico della tassa
speciale si rovescia per indiretto sopra un genere di provento che la legge non intendeva gravare, perchè già
altrimenti gravato, lasciando illeso quell'altro al quale.
perchè non ancora altrimenti tassato, la gravezza era dal
legislatore indiritta. Ciò abbiamo veduto avvenire nella
tassazione dell'industria, ed ora vediamo ripetersi nella
tassazione del capitale mobile. Una tassazione che si riduca nel fatto ai soli crediti ipotecarii ed a quelli iscritti
in pubblici bilanci, non raggiunge l'intento (se pur s'intende gravare il provento del capitalista): essa è una
tassazione bugiarda: essa ricade sopra altre persone e
duplica a loro danno le altre gravezze che già sopportano;
e tornerebbe assai meglio professare apertamente che i
proventi dei capitalisti si tengono immuni da ogni imposta
diretta: l'effetto risulterebbe lo stesso con una menzogna
di meno. Se non che l'immunità assoluta del capitale
mobile apporta nella tassazione dello stesso capitale immobiliare nuovi e gravi disordini. E primamente il valor

delle terre discende al dissotto di quel limite, in cui si terrebbe, se non fosse alterato da quella immunità l'equilibrio naturale delle condizioni economiche: perocchè offerendosi le terre in vendita al capitale che cerca un impiego, il capitale dice alla terra: « Io voglio un impiego « netto da ogni tributo, e lo posso facilmente trovare « fra i moltiplici impieghi del capitale mobile, a cui la « legge non impone tributo alcuno: adunque ti offro il « prezzo naturale delle terre, sotto deduzione di una « somma corrispondente all'annuità del tributo, come si « farebbe per un canone enfiteotico: se non accetti, mi « rivolgo agli altri impieghi anche più fruttuosi e immuni « da tassa. » Se a questo discorso la terra potesse rispondere: « Rivolgiti pure, o capitale, agli impieghi mobili, « incontrerai dappertutto la medesima tassa; » evidentemente le condizioni tornerebbero pari, o la terra potrebbe persistere con successo nella domanda di tutto il prezzo naturale, quale risulta dai rapporti economici di una data condizione sociale: l'universalità della tassa in pari misura su tutto il capitale mobile ed immobile non rompe l'equilibrio, non altera i rapporti naturali della domanda e della offerta nel mercato generale dei valori mobiliari ed immobiliari, non ha, in una parola, nessuna falsa incidenza: all'opposto, l'immunità del capitale mobile *specializzando* il tributo, con ridurlo ai soli immobili, reca tosto un disordine, per cui il proprietario, oltre al sopportare sul reddito locativo il pubblico contributo, soggiace ad una specie di spropriazione nel valor capitale del fondo. E similmente per le stesse ragioni avverrà alla proprietà immobiliare dei fabbricati: se non che, in riguardo a questi, può succedere, in determinate condizioni, il fenomeno opposto, rincarendosi i fabbricati e rovesciandosi sui locatarii quel tributo, che pur la legge intendeva imporre al locatore proprietario. Poniamo, come naturalmente accade, che la popolazione della città vada continuamente aumentandosi: gli è mestieri che per opera di capitalisti sorgano pure di continuo nuovi fabbricati: ma se *gli impieghi mobiliari del capitale* vanno immuni da tassa, chi non vede che i capitalisti non vorranno immobilizzarlo, non vorranno intraprendere nuove costruzioni soggette alla tassa dei fabbricati? Intanto le domande di abitazioni crescono per parte della popolazione crescente e ne fanno rincarire il prezzo, il tasso delle pigioni si eleva, e allora soltanto s'intraprenderanno nuove costruzioni quando i capitalisti costruttori trovino nel provento delle pigioni elevate quel medesimo reddito, netto da tassa, che si ricava (nel supposto dell'immunità di cui ragioniamo) dagli impieghi mobiliari del capitale: ed ecco come, in determinate condizioni, l'imposta sui fabbricati, pur destinata dal legislatore a prelevare una parte del provento del proprietario, ricada coll'aumento delle pigioni sugli inquilini: il che non avverrebbe mai se il capitale non trovasse in nessuna parte una maniera d'impiego privilegiata, se dappertutto incontrasse il tributo, se sotto qualunque forma dovesse cedere allo Stato in una comune e costante misura la stessa porzione del suo provento.

Si faccia adunque cessare la causa di sì gravi e generali perturbazioni economiche, e obbedendo al precetto evidentissimo e semplicissimo della ragion naturale si tassino, nella misura comune di tutti i proventi, anche i redditi *locativi* del capitale mobile sotto qualunque forma; e s'incominci con ridurre ai termini del diritto comune i capitali rappresentati dalle rendite sullo Stato. La giustizia, che dico? la morale pubblica non sopportano che tanta dovizia, posseduta principalmente dalla parte più ricca della nazione, goda ulteriormente, come già la ricchezza dell'antica aristocrazia, dello scandaloso privilegio di appropriarsi la più larga parte dei benefizi sociali immune da ogni carico. Ai sofismi dei più ritrosi, ai pretesti degli interessati rispondono le necessità dello Stato, le condizioni di giorno in giorno più minacciose

del pubblico erario. Gli è vero tuttavia che le obbiezioni
dei privilegiati meritano attento ed accurato esame, e
che l'attuazione pratica di un principio sì giusto pur
esige certe limitazioni e certe cautele. L'esame delle
norme di attuazione e delle obbiezioni daranno materia
ai capi seguenti.

CAPO XIX

DELL'IMPOSTA DIRETTA SULLE CARTELLE DEL DEBITO PUBBLICO IN RIGUARDO AGLI STRANIERI.

I difensori del privilegio si fanno scudo col pretesto
degli stranieri, i quali (dicono essi) nè debbono in veruna parte sopportare i carichi del nostro Stato, nè si
potrebbero privilegiare separatamente, giacchè, appena
stabilita la distinzione tra cittadini e stranieri, anche i
cittadini sottrarrebbero alla tassa le cedole proprie col
soccorso di portatori stranieri.

L'obbiezione consta di due proposizioni: consideriamo
l'una e l'altra distintamente.

L'onere delle spese sociali spetta propriamente ai
membri della Società, e questi sono i cittadini. Però gli
stranieri per esercizio di professioni, per possessi acquistati, per titolo di residenza possono diventare e diventano spesso cittadini temporarii del nostro Stato, vi godono dei diritti civili, vi ottengono, come i veri cittadini,
protezione delle loro persone, delle professioni e delle
proprietà acquistate: e niuno dubita ed è conforme a
ragione ed alla pratica universale che questi nostri concittadini *secundum quid* (come dice il legista) siano pure
tassabili in ragione di quel fatto e di quel titolo che li
rende partecipi della protezione e dei benefizi sociali.
Così le tasse di consumo, compenetrate nel prezzo dei
viveri rincariti, si pagano da qualunque residente e consumatore nello Stato, senza alcuna distinzione possibile

tra cittadino e straniero. Così la tassa sulle professioni si paga senza contrasto da qualunque esercente, cittadino o straniero, quando esercita nello Stato, e dallo Stato riceve (oltre la protezione) l'alimento vitale della sua industria e ogni altro vantaggio inerente alla residenza. Così ancora le tasse di registro, le giudiziarie, le scolastiche e le altre molte di simil genere, corrispondenti ad un servizio speciale reso dallo Stato, si pagano da qualunque cittadino o straniero che invochi il servizio e si approfitti di quella speciale instituzione mantenuta dalla legge a vantaggio degli individui e mediante compenso. E ancora e per simili ragioni quando la legge estenda la tassa sulle spese anche alla spesa dell'abitazione e imponga a qualunque abitante un tanto per cento sulle pigioni, che ognuno paga pel suo alloggio, non si saprebbe e non si dovrebbe distinguere tra abitante cittadino e abitante straniero, caricando quello, esonerando quest'ultimo. E così infine il tributo immobiliare si reputa inseparabile dall'immobile stesso, qualunque ne sia il possessore, e lo deve anche lo straniero non residente; il che discende, non tanto dalla protezione sociale che guarentisce la proprietà senza distinzione di possessori, quanto anche dalla natura stessa della proprietà stabile, mobilizzando la quale lo Stato mancherebbe, per così dire, di sostegno e di fondamento. Infatti la proprietà mobile non dà allo Stato che un provento precario, perché sfuggevole: or dunque, se anche la tassa territoriale si potesse tramutare in tassa mobiliare, chi non vede che si attenterebbe a quella solida base, sopra cui la natura stessa collocò la stabilità degli Stati? Adunque era necessità che il tributo immobiliare si compenetrasse nell'immobile, indivisibile da esso per modo che il fondo passi di mano in mano coll'onere del tributo: qualunque parte della proprietà territoriale venga a trasmettersi in capitalisti stranieri, lo Stato non risente l'effetto di tali private mutazioni: nei rapporti pubblici il territorio appartiene immutabilmente allo Stato.

In ordine alla proprietà mobiliare sorge dapprima un dubbio riguardo ai crediti fruttiferi. Poniamo: nel disegno di tassare del sette per cento qualunque provento mobiliare, la legge lo impone anche sugli interessi provenienti da crediti fruttiferi, mirando con questo a tassare il creditore possessore di un capitale impiegato a frutto: il creditore straniero e non residente nello Stato sarà anch'esso passibile di tale tassa? La negativa parrà forse a prima giunta più consentanea ai principii di ragione: il credito propriamente non ha una sede esteriore e locale: esso è una ricchezza tutta personale del creditore (*ossibus inhaeret*): se questi avrà da chiamare in giudizio il debitore, nostro concittadino, pagherà senza dubbio le tasse giudiziarie, prezzo del servizio che invoca dal nostro Stato, e pagherà per simile titolo le tasse di registro, quando si faccia a negoziare il suo titolo di credito; ma finchè ne riceve pacificamente i proventi, forse parrà, non essere lo straniero passibile di tassa, nè per titolo di residenza (lo supponiamo residente nel suo paese) nè per titolo di possesso locale, non avendo il credito una situazione territoriale: o qual altro titolo si allegherebbe a carico di questo capitalista che personalmente appartiene ad un'altra Società? Noi tuttavia crediamo (in tema di crediti ordinarii) assoggettabile di ragion naturale alla tassa, di cui favelliamo, anche il credito del capitalista straniero: perocchè il pegno del credito è la sostanza del debitore: anzi l'obbligazione assunta dal debitore già contiene in realtà una vera alienazione di una parte corrispondente del di lui patrimonio: dunque il credito dello straniero verso un nostro concittadino, immedesimato nella sostanza del debitore, sostanza posta nel nostro Stato, e protetta dalle nostre leggi, diviene un ente situato nel territorio, qual parte di sostanza ceduta, protetto costantemente dalla legge, epperò pas-

sibile di tassa continua, di tassa regolare afficiente il
provento: la protezione continua del pegno, che ha luogo
nel nostro Stato, non è forse la protezione del credito? (1)

Ed eccoci condotti per logica deduzione alla risoluzione del problema, se i titoli di credito appartenenti a
stranieri e pagabili nello Stato siano tassabili a nostro favore: e la risoluzione è questa, che i titoli di credito privato
sono tassabili, le rendite dello Stato nol sono: perocchè
riguardo al debito nazionale vien meno anche quell'ultimo titolo di tassabilità che si desume dalla protezione
del pegno e del credito. Infatti suppongasi, che la nazione,
rappresentata nello Stato, tenesse ai capitalisti stranieri
suoi creditori il seguente discorso: « Le mie sostanze
« sono il pegno dei vostri titoli: ora io difendo questo
« vostro pegno, lo proteggo colle mie leggi contro le
« male amministrazioni, lo conservo illeso, anzi mi studio
« di aumentarlo: voi dunque per questo servizio mi do-
« vete una tassa. » Non ti pare, assennato lettore, che
i capitalisti stranieri potrebbero dare una risposta vit-
toriosa e perentoria rammentando il patto e le conseguenze legali di esso? « Quando noi ti apportammo i
« nostri capitali (i creditori risponderebbero alla nazione
« debitrice) tu li hai guarentiti sopra le sostanze, sopra
« tutte le forze produttive del paese · per conseguenza
« ti sei obbligata di custodire, di conservare, proteggere,
« e possibilmente aumentare quelle sostanze e quelle
« forze: or come tu osi addomandare un premio per lo
« adempimento di una tua obbligazione contrattuale?

(1) Aggiungasi, che il creditore non percepirebbe pacificamente
gli interessi del credito, nè potrebbe aver per sicura la restituzione
a suo tempo del capitale, se non esistessero magistrati pronti in
ogni momento a ridurre il debitore al dovere. Questa protezione
potenziale, *costante* ed *efficacissima*, non ricompensandosi con tasse
giudisiarie, appunto perchè previene i giudizi, diviene un titolo
legittimo di tassazione stragiudisiale e periodica, e sottopone di diritto il creditore straniero anche non residente, alla imposta sui crediti.

« Sta bene, che i sudditi dello Stato paghino un premio
» per la protezione che ne ricevono ; e noi pure, quando
» rappresentiamo uno dei sudditi, approfittando della
» medesima protezione individuale, ci riconosciamo tas-
» sabili. Ma ora noi abbiamo stipulato direttamente collo
» Stato, colla nazione, colla universalità dei cittadini ,
« la quale avendo impegnato l'universalità delle sue so-
» stanze deve conservarle e con tutti i mezzi aumen-
» tarle, come esige la buona fede del patto, e per lo
» adempimento del patto non ha diritto a compensi. » La
risposta (ci pare) non ammette replica.

Forse questi ragionamenti risveglieranno in taluni l'idea
di porre una distinzione tra la rendita venduta direttamente agli stranieri nell'atto stesso della prima emissione, e quella venduta dapprima e diffusa nello Stato,
e pervenuta in seguito per privati contratti a compratori stranieri : forse parrà, che quest'ultima (stata alie-
nata a sudditi dello Stato coll'onere della tassa, e così
col carico della ritenuta di un tanto per cento sugli interessi) debba passare a tutti gli aventi causa *anche
stranieri* col medesimo carico, onde risulterebbe la tassabilità degli stranieri almeno in riguardo ai titoli per-
venuti a loro mani per contratti posteriori all'emissione.
Ma questo concetto non reggerebbe nè sotto il rapporto
giuridico, nè sotto il rapporto economico. Imperocchè :
1° l'effetto giuridico dell'emissione *di titoli al portatore* si
è di pareggiare i creditori, di obbligare lo Stato verso
tutti *direttamente e allo stesso modo*, assumendosi dallo
Stato un'obbligazione non individuale, ma complessiva e
universale verso chiunque alla sola condizione di essere
possessore di uno dei titoli emessi : l'origine e la data
del possesso non sono una condizione nè una modalità
del diritto : la natura stessa del pubblico patto nega di
prendere questi elementi in considerazione; adunque ogni
distinzione tra creditori primitivi e gli aventi causa viene
sotto il rapporto giuridico perentoriamente esclusa dalla

natura stessa dei titoli di debito pubblico: 2° la parte
del capitale nazionale disponibile per l'impiego in rendite sullo Stato va economicamente soggetta ad oscillazioni, ora aumentandosi, ora scemando: quando decresce,
è la nazione stessa che invoca in sussidio il capitale straniero, vendendo i suoi titoli all'estero: quando al contrario la parte disponibile del capitale nazionale si sente
in aumento, la nazione disimpegna una parte del capitale
estero, comprandone i titoli: e lo Stato, in questo incessante moto economico, che deve fare? Tassare sempre il capitale nazionale impiegato in titoli pubblici,
esentare sempre il capitale estero chiamato dalla nazione
in sussidio: le date della chiamata e dell'arrivo del capitale estero che montano? Ed è pur bene, che in ogni tempo
i nazionali abbiano un mezzo di ricuperare il loro capitale intiero, vendendo i titoli allo straniero liberati dalla
tassa: perocché negli impieghi fruttiferi in forma ordinaria il creditore esigendo il credito, e così estinguendo
il credito stesso e con esso la tassa, ricupera il capitale
intiero: e le condizioni tra i mutui ordinarii e gl'impieghi in rendita pubblica anche in questo si debbono pareggiare.

Se pertanto i titoli di rendita pubblica debbono tassarsi per la parte posseduta dai nazionali, esentarsi per
quella appartenente all'estero, ne segue, che l'una va
separata dall'altra, e a questo fine non soccorre altro
mezzo, che quello di ridurre l'una o l'altra parte in titoli
nominativi, ossia, per la più giusta, di ridurre in carte
nominative *la parte minore*, che incontestabilmente è
quella posseduta dall'estero, dichiarando immuni da tassa
quei soli titoli che siano inscritti in nome di persone
straniere, *e in tempo e modo non sospetto a tenore di
quelle norme positive, che un prudente legislatore saprebbe
dettare in proposito*. Nè per questo dobbiamo temere uno
scapito dei nostri titoli nei mercati esteri: perocché,
siccome è noto, in qualunque mercato la rendita pub-

blica per gli uni è un mezzo d'impiegare fruttuosamente
il denaro, per gli altri è un modo d'impiego fruttifero
e simultaneamente una merce, materia di speculazione;
per altri infine uno stromento di giuoco. Ora i titoli nominativi servono più acconciamente, che le carte al portatore, al disegno dei primi, non riescono punto di
scomodo pei secondi, i quali pur volendo impiegare il denaro intendono profittare delle oscillazioni dei corsi, ora
vendendo ora comprando secondo l'opportunità, e infine
tornano affatto indifferenti nei giuochi di borsa, dove i
giuocatori al rialzo e al ribasso senza una vera negoziazione di titoli compromettono in una data eventualità,
stipulando e promettendo reciprocamente, pel caso, posto
in condizione, di rialzo o ribasso, di ricevere o dare una
somma corrispondente al rialzo o al ribasso che sarà
avvenuto nel termine stabilito: in questi giuochi i titoli
pubblici e i loro corsi in un dato giorno si designano
con simulate negoziazioni, unicamente qual termine di
paragone tra i corsi del giorno e le variazioni che saranno per accadere in più od in meno, e per determinare
il vero oggetto della convenzione, il guadagno futuro
dell'una o dell'altra parte, la differenza dei corsi. Che
importa adunque che i titoli, adoperati così in astratto
e come semplici segni, siano nominativi o al portatore?
Che importa che siano tassati o non tassati, che portino
l'annua rendita effettiva del cinque intero o del quattro
e mezzo, o anche solo del quattro o del tre per cento?
Abbiamo detto che l'uso dei titoli nominativi non reca
sensibile disagio a coloro i quali uniscono l'impiego del
denaro alla negoziazione dei titoli: l'esempio delle azioni
di banca e di altri effetti industriali correnti in commercio
per via di trasferimenti o di girate, l'esempio dell'Inghilterra, che ridusse a titoli nominativi la mole immane
del suo debito pubblico, c'insegnano chiaramente che la
necessità dei trasferimenti, agevolandone i modi come
farebbe un prudente legislatore nel caso nostro, non reca

danno alle negoziazioni sincere a cui abbiamo accennato,
le quali del resto non avvengono che a discreti intervalli. Il supposto disagio poi non riguarderebbe le cartelle appartenenti ai nazionali, che sono la massima parte,
e che rimarrebbero al portatore: non riguarderebbe neppure i titoli trapassati all'estero e tenuti dai giuocatori
di borsa, o da coloro che acquistano titoli di debito pubblico come impiego e non come merce: il disagio adunque
(forse immaginario) non riguarderebbe che la minima
parte dei titoli. E che? per un vano pretesto dovrà lo
Stato rinunziare alla tassazione del capitale nazionale,
rassegnarsi alle perturbazioni economiche prodotte da un
falso sistema d'imposte, compromettere le finanze, il
credito pubblico, la sicurezza e *la sostanza* di quella
stessa rendita, sulla *forma* di minima parte della quale
si vorrebbe sofisticare?

CAPO XX.

IMPOSTA DIRETTA SUL CAPITALE NAZIONALE
IMPIEGATO IN TITOLI DEL DEBITO PUBBLICO.

Tengo sott'occhio un vecchio libro, assai curioso, di
ignoto autore, nel quale la questione che ci occupa vien
trattata in forma di dialogo tra un banchiere ed un
agronomo. Il banchiere è uno dei primi capitalisti, possessore di moltissime azioni nelle banche pubbliche e
nelle compagnie industriali, e tiene parte della sua immensa ricchezza impiegata in rendita sullo Stato. L'agronomo è anch'esso un ricco signore, proprietario e am-
ministratore di latifondi, gravati però di un tributo prediale enorme, che gli toglie il terzo e forse anche la
metà del reddito netto delle sue terre. E l'autore riferisce
una disputa avvenuta tra questi due, *fingendo* (credo io)
di esservi stato presente: ma sotto una forma leggera,
che a taluno parrà poco adatta all'argomento, e che pare

a me sia stata proscelta per maggiore comodità e sveltezza della discussione; il nostro autore svolge sì ponderati e gravi riflessi, anzi esaurisce, a mio credere, la
questione sì pienamente, che io mi risolvo di trasportare
nel mio libro quel dialogo, modificandone solo a quando
a quando la forma e la disposizione per accomodare il
tenore della discussione alle maniere correnti. Siccome
però il dialogo è lunghissimo ed una parte di esso si
distende in cose, che io medesimo già esposi nei precedenti capi, così darò dapprima un brevissimo sunto di
questa prima parte per riferire di poi il resto distesamente.

Dico adunque che nel dialogo postomi sott'occhio uno
degli interlocutori (il proprietario di terre) declama con
irosa vivacità contro la Banca e contro la Borsa, dipingendole quali centri di uno spaventoso monopolio economico: accusa la Banca di lasciare senza sussidio anzi
di opprimere il commercio modesto, di proteggere ogni
sorta di aggiotaggio, anche partecipandovi, di favorire
unicamente i giuochi di borsa e le temerarie speculazioni, di contribuire con questi modi a preparare e a
ricondurre periodicamente quelle crisi tremende, quei
fatali sconvolgimenti del mondo commerciale che scuotono
la società intera, e costringono talvolta i governi a deplorabili e funesti provvedimenti, e singolarmente a versare sul paese quell'immensa calamità che è il corso
forzato dei biglietti di banca. E scendendo man mano a
discorrere di quel monopolio tristissimo, difeso con tanto
impegno dalla Banca e dalla Borsa, per cui una sì gran
parte della ricchezza mobiliare si sottrae all'imposta, il
nostro interlocutore grida immorale e scandaloso lo spettacolo di questa pubblica, enorme ingiustizia; e dimostra
come l'esenzione della rendita impedisca ogni equa tassazione delle altre forme d'impiego del capitale mobiliare,
arrechi gravi perturbazioni nella tassazione del capitale
fondiario, e insomma renda impossibile uno stabilimento

razionale ed equilibrato delle tasse pubbliche, aggravando
sempre più il dissesto finanziario e il rischio di un fallimento. Temperato da tante accuse l'altro interlocutore,
il banchiere, va riparandosi come può: dice che la Banca
e la Borsa sono strumenti e mezzo di circolazione: si
appella all'autorità di *Mirabeau*, il quale avrebbe lodato
tali istituti siccome utili allo sviluppo della ricchezza
pubblica: deride le teorie e le pretese perturbazioni economiche quali vane fisime, dicendo che l'economia sociale, perturbata da qualunque imposta anche specialissima a certe classi di persone o di cose, si riordina
presto da sè medesima a forza di *percussioni e ripercussioni:* e finalmente porta la discussione sugli stranieri,
possessori anch'essi di rendita pubblica nazionale, sfidando
l'avversario a provare come la giustizia, la legalità e la
convenienza politica ed economica possano permettere di
ritenere la tassa sopra tutta la rendita indistintamente
e così anche sopra quella posseduta dall'estero. Ma quando
ebbe sentito il sistema, pel quale il suo avversario giunge
a tassare la rendita, pur eccettuando i titoli appartenenti
ed inscritti realmente al nome di proprietarii stranieri,
allora il banchiere, mal dibattendosi sopra questo terreno,
scende poco a poco a trattare la cosa sotto un altro
aspetto, e la discussione tra i due interlocutori rivolta
al capitale nazionale continua nel modo seguente:

Agronomo. Or dimmi, signor banchiere, vuoi tu concedermi che l'uso del capitale ha un *prezzo locativo*
corrente, come l'uso di un podere e di un caseggiato?

Banchiere. E chi lo potria negare?

Agr. Sapresti indicarmi la legge economica che governa
il prezzo locativo dell'uso del capitale? in altre parole,
la legge che determina di tempo in tempo il tasso ordinario dell'interesse?

Banch. E non conosci tu questa legge? Non sai che
il valore locativo del capitale si determina economica-

mente come tutti gli altri valori, e cioé secondo il vario rapporto dell'offerta e della domanda?

Agr. Benissimo. Dunque tu confessi che il tasso dell'interesse è il portato necessario del rapporto dell'offerta e della domanda del capitale disponibile in una data situazione economica?

Banch. Si, certamente.

Agr. E per conseguenza mi concederai che il tasso dell'interesse si mantiene lo stesso, per quanto si mantengano nello stesso rapporto la domanda e l'offerta?

Banch. Si.

Agr. E per ulteriore conseguenza che quelle cause, le quali non abbiano influenza veruna su quel rapporto, non potranno neppure produrre alcun divario sul tasso dell'interesse?

Banch. Ciò parmi evidentissimo. Se la quantità del capitale disponibile rimane la stessa, e se rimangono pure le medesime di prima le quantità della domanda e dell'offerta, non avviene alcun divario nel prezzo locativo del capitale.

Agr. Ora ti prego di dirmi lealmente il tuo avviso ancora su questo punto. Credi tu che una tassa universale, ragguagliata ad una misura comune sopra tutti i proventi del capitale mobiliare ed immobiliare, abbia possanza di alterare il rapporto della offerta e della domanda del capitale disponibile?

Banch. Che cosi avvenga, io non ne dubito punto. E come no? Il capitale fugge davanti all'imposta, ed emigrando dallo Stato o certamente dagli impieghi tassati ai non tassati, scema la quantità dell'offerta ed aumenta il tasso dell'interesse.

Agr. Duolmi che forse non posi abbastanza chiari i termini della mia domanda. Primamente io suppongo che l'imposta non sia talmente grave e smodata da determinare l'emigrazione del capitale all'estero. Bada poi che io parlai espressamente di una tassa universale, ragguagliata ad una comune misura, sopra tutti i proventi del capitale mobiliare ed immobiliare. Io riconosco che le imposte speciali a certe maniere d'impieghi, determinando il passaggio del capitale agli impieghi immuni dalla tassa, ne rallentano le offerte nella cerchia tassata, e in questa per conseguenza ne aumentano l'interesse: non così se l'imposta si estende equabilmente nella stessa misura a tutte le maniere d'impieghi mobiliari ed immobiliari: allora i capitalisti, da qualunque parte si volgano, incontrano dappertutto la medesima tassa, epperò necessariamente mantengono le offerte di prima: perciocché quelli che le ritirassero, per cansare il tributo stabilito in ogni parte, dovrebbero lasciare ozioso il capitale, e perdere così il provento intero per non pagarne una piccola parte: ciò che ripugna alla natura umana e riesce moralmente impossibile. Adunque l'imposta universale, quale la supponiamo, non cangia i rapporti regolatori del tasso dell'interesse; e il solo divario, che nasce tra i due tempi, è questo, che prima della tassazione i capitalisti si godono il provento intero, e dopo la tassazione sono obbligati a cederne una parte allo Stato in quella stessa misura che vi contribuiscono tutti gli altri proventi.

Banch. Dunque pretendi tu che il tasso dell'interesse non si cambia mai?

Agr. Ohibò! Non torcere ad altro senso le mie parole. L'interesse oscilla e varia, secondo che oscillano o variano la quantità, l'offerta e la domanda del capitale disponibile; né ora mi faccio ad investigare le cause economiche di tali cambiamenti, ma dico, che tra queste cause non si dee annoverare l'imposta, quale la supponiamo.

Banch. Sia dunque come tu dici: ma tutte queste mi paiono divagazioni inutili, affatto estranee alla nostra questione.

Agr. Estranee! Che dici mai? Non senti che già scocca l'ultima conseguenza? Se l'imposta universale sul capitale non altera il tasso e il corso naturale dell'interesse, ne conséguita necessariamente, che lo Stato deve imporre la tassa sopra l'intiero capitale nazionale, compresa la parte impiegata in rendita, colla certezza che non sarà turbata l'economia comune, e che lo Stato anch'esso troverà, all'uopo, danaro giusta *le condizioni comuni*, e a un tasso non punto alterato. Potrebbe egli desiderare di più?

Banch. Chiedo perdono: ma io non saprei ammettere quest'ultima conseguenza del doversi imporre la tassa, come tu pretendi, anche sui titoli di debito pubblico: lo Stato vi dee rinunziare: le condizioni comuni saranno buone: ma rinunziando all'imposta lo Stato ne' suoi imprestiti passivi non ottiene forse condizioni tutto sue proprio, condizioni migliori? Non ottiene forse con la stessa quantità di rendita (liberandola da ogni tassa) un capitale maggiore? E precisamente il capitale corrispondente all'annualità del tributo, da cui lo Stato libera gli acquirenti?

Agr. E che! Tu credi opera buona, che lo Stato abbandoni le imposte per averne e consumarne ad un tratto il capitale? Orsù invitiamo le terre a riscattarsi dal tributo prediale, che mediante un capitale si estingua a perpetuità! E si consumi allo stesso modo il capitale dell'imposta sui fabbricati! Offriamo alle città di liberarle a perpetuità da ogni tassa sull'industria e sul commercio, purché s'inducano a pagarne il capitale corrispondente! Offriamo........

Banch. Ehi quante esagerazioni! Raffrena, amico mio, l'impeto inopportuno: io ti dico, che le esagerazioni non provano nulla.

Agr. Ed io ti dico, che il capitale cioè il diritto stesso dell'imposta è inalienabile, vuoi nella sua totalità, vuoi per parti: perocché l'imposta è una e indivisibile, dovendo sempre mantenersi universale per non diventare perturbativa. Io so bene, che voi, uomini della pratica, ponete i principii e ne ripudiate in parte le conseguenze, secondo una sapienza tutta vostra e misteriosa di cui non rendete conto a nessuno. Ma lasciamo pure il principio generale, e scendiamo alla specialità. Due sono le specie di alienazioni a cui nei bisogni straordinari suole ricorrer lo Stato: l'alienazione di rendita sul debito pubblico, e la vendita dei beni demaniali: nel tuo sistema, o banchiere, di alienare le cose dello Stato libere e franche da ogni tributo per trarne un prezzo maggiore, una quantità immensa di terre dovrebbe pervenire in possesso dei cittadini, affrancata a perpetuità dal tributo prediale. Che ne dici?

Banch. Dico, che non approverei. La quantità stragrande di terre, che le rendite demaniali gettano sul mercato, ne svilisce i prezzi, e lo Stato, affrancando le terre, non farebbe che sciupare colle terre anche il tributo.

Agr. Egregiamente: adunque tu pure conosci la verità, ma ne vorresti limitare l'applicazione! Io applaudo alle tue parole, e a mia volta dirò, che nelle moltiplicate alienazioni di rendita pubblica la quantità stragrande dei titoli, e per giunta il discredito dello Stato, che non cessa di ricorrere ai prestiti, ne avviliscono i prezzi, cui non bastano a rialzare le immunità ed i privilegi: lo Stato, rinunziando all'imposta sui titoli, ne sciupa il reddito senza profitto, apre un campo larghissimo all'immunità dei tributi, offende il senso della giustizia e la pubblica morale, e creando al capitale un impiego privilegiato perturba il corso naturale dell'economia sociale, rende impossibile una giusta tassazione della ricchezza mobile, e reca in tutto il sistema dei tributi un disordine irremediabile. Le quali cose considerando io reputo fermamente, che in qualunque ipotesi, anziché liberare la rendita dall'imposta comune per trarne un prezzo maggiore, tornerebbe più vantaggioso emettere della rendita stessa una quantità maggiore in corrispondenza al capitale maggiore che se ne vuole ricavare, riservando però sopra l'intiera rendita, che si crea, l'imposta comune. Perocché a volere anche supporre una parità di resultato pecuniario nell'uno e nell'altro metodo, supponendo cioè, che il prodotto dell'imposta riservata non serva che a pagare gli interessi della quantità maggiore di rendita che si crea, tuttavia il metodo di alienare la rendita pubblica come gli altri beni demaniali in conformità del diritto comune offrirebbe sopra il resultato pecuniario supposto eguale vantaggi politici ed economici della massima importanza. E primamente il metodo conforme al diritto comune non illude il paese, siccome fa il sistema contrario. In effetto quando lo Stato rinunzia alla tassa sui capitali che accorrono e che s'impiegano nella rendita da lui creata, assume in realtà un peso maggiore di quello che apparisce agli occhi delle popolazioni: il peso apparente è quello indicato dalla quantità della rendita emessa: il peso reale sta invece in corrispondenza di quella quantità maggiore di rendita che lo Stato avrebbe dovuto creare, qualora non avesse rinunziato contemporaneamente alla tassa sui capitali, *i quali versando in altri impieghi forse già la pagavano, e certamente la dovrebbero pagare.* All'opposto il metodo di alienare la rendita pubblica e di ritenere ad un tempo la tassa sui capitali, che vi accorrono, non illude nessuno sulla vera entità dei pesi, che assume lo Stato, e segna più chiaramente il limite, a cui un paese non affatto dissennato si dee finalmente arrestare nella via rovinosa dei prestiti. Ed ora aggiungerò, nè mi stancherò di ripetere, che il metodo conforme al diritto comune non offende il senso della giustizia, non offre alle popolazioni indignate lo spettacolo scandaloso della ricchezza immune in confronto dei meno abbienti, che gemono oppressi da gravezze insopportabili: non mi stancherò di ripetere, che il metodo di non interrompere in nessuna parte l'universalità della tassa è il solo compatibile con un razionale ed equo ordinamento dei tributi, cioè a dire con quell'ordinamento, che aggrava meno e produce di più.

Banch. Io sento tutto il vigore logico di questi ragionamenti, ma spiacemi dover replicare, che ne credo falsa la base: perocchè tu parli dell'imposta come di una quantità invariabile, quando è notoria pur troppo la continua sua tendenza all'aumento. Poniamo tassabili anche i titoli di debito pubblico: per qualche tempo forse si conterrà l'imposta in modestissimi limiti, ma poi crescerà... crescerà..... e non è impossibile, che finalmente le rendite si trovino tassate del 15, del 20 ed anche del 25 per cento. Non è dunque la tassa attuale che spaventi la borsa: i capitalisti si preoccupano del futuro, e i timori dei capitalisti, fondati o no, si scontano molto caramente dallo Stato, quando non sappia prevenirli, troncandone la radice, e concedendo ai titoli di debito pubblico l'esenzione assoluta da qualunque imposta.

Agr. Ti ringrazio, banchiere, di avere finalmente toccato il vero punto della questione: e spero in ricambio di poter risolvere pienamente questa tua ultima difficoltà. Ma innanzi tratto piacciati ricordare la dichiarazione che feci prima di addontrarmi in questo nostro dibattimento: io dichiarai nettamente, che nel sistema delle legislazioni empiriche, le quali non si sollevano al concetto dell'imposta universale commisurata ad una norma comune, e procacciano danaro a furia d'imposte speciali di tutte forme, tutte arbitrarie, senza un criterio determinato, io non oserei propugnare la tassabilità delle rendite pubbliche: ne sarei dissuaso da quelle ragioni appunto, che tu poc'anzi toccavi, le quali mi spiegano come sotto l'impero dispotico dell'empirismo e della specialità delle tasse, che avrebbe potuto ad ogni momento colpire i possessori della rendita in particolare, abbia forse avuto una legittima origine l'immunità delle rendite. Ma trasportiamoci col pensiero in più elevata sfera, e contempliamo una legislazione conformata ai principii della retta ragione, e all'ordine di natura il quale, come ti dissi altra volta, prescrive una norma comune per determinare il provento tassabile, qualunque ne sia la provenienza, e non riconosce (nella tassazione e nello accertamento diretto) che l'imposta universale con quattro applicazioni, servata sempre la stessa misura, e variati soltanto i metodi di accertamento secondo la diversa provenienza del reddito. L'universalità, l'esclusione di qualunque specialità, il pareggiamento di tutto il capitale nazionale dinanzi all'imposta, se vorrai considerarli per bene, ti faranno capire, che, ordinata con tali leggi la tassazione, il timore di aumenti possibili dell'imposta i quali colpirebbero ad un tempo e nella stessa misura la totalità del capitale nazionale, non potrà giammai esercitare una perniciosa influenza sui titoli di debito pubblico.

Banch. Non capisco affatto: il tuo discorso si allarga e vola sì alto, che io più non lo seguo.

Agr. Su via, ascoltami, e capirai ben tosto — L'imposta pubblica, quando si conformi all'ordine di ragione, non impedisce lo sviluppo sociale, il quale consiste principalmente nello sviluppo economico, val quanto dire nell'attività incessante della produzione, del risparmio, dell'incremento progressivo del capitale. È vero, banchiere?

Banch. Verissimo.

Agr. Ora il capitale, appena nato, cerca irresistibilmente un impiego, o rientrando nell'opera della riproduzione, ovvero offerendosi a chi ne abbisogna; e come l'acqua in superficie piana, si diffonde equabilmente in tutte le forme d'impieghi benchè universalmente tassato, purchè una varietà di tasse speciali e disuguali non abbia, per così dire, alterato il piano economico, creando prominenze e bassure. Me lo concedi, banchiere?

Banch. Anzi mi pare di avertelo già concesso. Il capitale, che prima della tassazione, cercava impiego e si offeriva, potrà egli starsene inoperoso sol perchè sopravviene una tassa che lo colpisce in tutte le sue forme? Esso capisce dopo la tassazione che una parte del suo

provento si devolve allo Stato: ma per questo non rinunzia
al provento intero, e continua necessariamente come
prima, offerendosi a tutte le specie d'impieghi. Questa
è verità, che già abbiamo riconosciuta, nè più accade
ritornarvi sopra.

Agr. Dunque, banchiere, la è cosa finita anche colla
tua ultima obbiezione. Se l'universalità dell'imposta attuale non altera il corso del capitale e il tasso naturale
dell'interesse rimpetto a chiunque ne faccia dimanda, e
così anche rimpetto allo Stato, ridotto nel nostro sistema
al diritto comune, alla condizione generale di chi domanda denaro con solide guarentigie, come vuoi che il
corso e il tasso naturale possano venire alterati *dall'universalità del solo timore* di aumento, cioè d'una imposta
che non esiste ancora? Se la minaccia, se la possibilità
di un aumento di tassa cadesse sopra una data specialità di titoli, si comprende, che il prezzo di questi in
confronto degli altri immuni da ogni rischio scapiterebbe:
se la legge ammette, che una tassa speciale possa cadere
sui titoli di debito pubblico, il capitale si allontana da
essi, e per ritornarvi impone condizioni più gravi: ma
proscritta ogni specialità, pareggiato in ogni parte, in
ogni forma d'impiego, *il gravame ed il rischio*, il capitale
divien di nuovo egualmente arrendevole per tutti, non
volendo per gravami o per timori dappertutto eguali,
rinunciare a utili impieghi, nascondersi, e starsene inoperoso.

Banch. Pareggiato il rischio, tu dici? Impossibile. Dai
mutui e da altri impieghi ordinarii consimili il capitale
si può ritirare: eppertanto si capisce, che consapevole
di questa facoltà di sottrarsi (ritirandosi) a un grave
aumento d'imposta che sopraggiunga, il capitale non tenga
conto, negli impieghi ordinarii, di un tale pericolo. Ma
nelle rendite del debito pubblico perpetuo i capitali si
impegnano a perpetuità: la vendita dei titoli non serve
all'uopo di cui si tratta: perocchè il sopraggiunto au-

mento di tassa ne avrà colpito e ribassato immediatamente il valore capitale, e il possessore li venderebbe con perdita, e così egli solo, anche vendendo i titoli, porterebbe il peso dell'accaduto aumento. Come si pretenderà adunque, che impegnandosi a perpetuità nelle rendite pubbliche il capitale non tenga un conto *speciale* dell'avvertito rischio, evitabile negli altri impieghi, inevitabile in questo?

Agr. T'inganni: il rischio, di cui mi parli, riesce inevitabile ed evitabile in tutti gli impieghi allo stesso modo. Perocché, essendo ogni maniera d'impiego fruttifero nell'interno dello Stato egualmente colpita dal supposto aumento, i capitali non hanno veramente facoltà di sottrarvisi, salvo riducendosi oziosi ed infruttiferi, ovvero *emigrando* ed *impiegandosi all'estero.*

Banch. Ebbene, *emigreranno* e s'impiegheranno all'estero, perchè capisco io pure, che l'abbandono d'ogni impiego sarebbe una perdita dieci volte più grave, e non si dee supporre, che i capitalisti rinuncino al tutto per non dare una parte.

Agr. Dunque tu mi concedi, che in caso di aumento di tassa, anche pei capitali addetti agli impieghi ed agli esercizi più ordinarii, il solo mezzo di salvezza sarebbe *l'emigrazione.*

Banch. Concedo questo punto perchè vero ed evidentissimo: stando all'interno, i capitali non si salverebbero se non alla condizione di nascondersi, rimanersene oziosi ed infruttuosi, val quanto dire, alla condizione di accettare un male maggiore per cansarne un minore. Ti ripeto dunque, che emigrerebbero e si salverebbero a questo modo.

Agr. Ebbene, questa via di salvezza, l'emigrazione, sta in ogni caso aperta anche ai titoli del debito pubblico. Sovvengati della dichiarazione che io feci prima di accettare la presente discussione: i titoli di rendita sullo Stato, appartenenti agli stranieri ed iscritti individual-

mento in loro nome vanno immuni da ogni tassa diretta
in qualunque tempo lo straniero ne abbia fatto l'acquisto.
Adunque i cittadini, possessori di questi titoli, avvenendo
l'aumento di tasse, li venderanno all'estero, liberati dal-
l'imposta pel solo fatto del loro passaggio, e così i capitali impiegati in rendite, emigrando, otterranno quel
medesimo effetto, che gli altri capitali, sottoponendosi
allo stesso disagio e non altrimenti, possono procacciarsi.
Ed eccoti pienamente effettuato quel pareggiamento, che
tu a primo aspetto dichiaravi impossibile. Vedi quanto
sia semplice e chiara la legge di natura! Il capitale
nazionale si esercita e s'impiega sotto diversissime forme
dai privati, presso i privati e presso lo Stato: ma pareggiato in tutte le sue specie dinanzi all'imposta, tassato
universalmente nella stessa misura si equilibra talmente
in tutte le sue forme e in ogni sua porzione, che ciascuna
parte e così ogni possessore di parti, ogni capitalista
sopporta il proprio peso senza il potere di riversarlo
sugli altri: ma l'imposta a sua volta debbe contenersi per
modo, che il disagio del suo peso non superi mai il disagio dell'emigrazione, altrimenti il capitale fugge il
maggior male, corre dietro al minore, ed emigra. Ora
all'insufficienza naturale dell'imposta diretta, costretta,
come dissi, a moderarsi, supplisce l'imposta indiretta: ed
ai bisogni straordinari e temporanei degli Stati si vuole
sopperire con mezzi di eguale natura, cioè temporanei
e straordinari ......

Ed avrebbe continuato: ma il vecchio autore sopra-
mentovato interrompe a questo punto il discorso, introducendo due altri personaggi, uno legista e l'altro economista, che sopraggiungono inaspettati, e che informandosi
della questione prendono tosto partito, il legista per l'agronomo, e l'economista per il banchiere; e la controversia,
che in breve si anima fra i due sopravvenuti assume un
nuovo aspetto, e continua a questo modo:

Economista. Ma almeno bisognerebbe prima sapere *quando e da chi* sarebbe pagata la tassa:

Legista. Stabiliamo da prima il giorno del pagamento delle cedole annesse ai titoli di debito pubblico.

Econ. Abbiamo dunque da stabilire anche fatti da gran tempo fissati e notori?

Leg. Io so bene ciò che a tutti è noto: gli interessi del debito pubblico si pagano a semestri al 1° gennaio. e al 1° luglio di ciascun anno: ma per la comodità della discussione io vorrei supporre, se tu mel consenti, che al 1° gennaio di ciascun anno si faccia il pagamento dell'intiera annata scaduta il 31 dicembre precedente.

Econ. Come ti piace: la questione non si cambia per questo.

Leg. Ebbene io rispondo alla tua prima domanda: che al 1°. gennaio di ciascun anno, in quel giorno medesimo, in cui si pagano gli interessi del debito pubblico, e nei giorni seguenti per quanto dura l'operazione, sarà dovuta e dovrà pagarsi la tassa dallo stesso portatore della cedola, e cioè dallo stesso riscotitore degli interessi.

Econ. Assurdo: impossibile. Nel corso dell'anno la cartella del debito pubblico, stromento di continue negoziazioni, passa in cento mani diverse, e forse il portatore. il riscotitore dell'interesse al 1° gennaio comperò la cartella al prezzo di corso il 31 dicembre precedente, spendendovi un capitale: vuoi tu che detentore del titolo da poche ore paghi egli solo la tassa gravitante sulla cartella per l'anno intiero? Evidentemente la tassa cadrebbe sul capitale, cioè torrebbe al portatore una parte di quel capitale speso da lui poche ore prima per l'acquisto del titolo.

Leg. Un qualche assurdo ci deve essere: ma da qual parte stia l'assurdo, mio caro economista, tel farò vedere. se tu ti compiaci di seguirmi per poco quietamente.

Econ. Cammina pure a tuo bell'agio.

Leg. Non mi negherai dapprima. che nel commercio

delle proprietà produttive i contraenti e singolarmente
il compratore considerano distintamente: 1° il valore della
proprietà in se stessa: 2° il valore dei frutti pendenti:
3° i carichi gravitanti sulla proprietà e sui frutti.

Econ. Non so dove vada a battere questo tuo discorso:
vorresti tu spiegarti un po' meglio?

Leg. Prendiamo ad esempio una proprietà fondiaria.
Il possessore la vendo a stagione innoltrata coi frutti
pendenti. Con quali calcoli procede il compratore? Egli
stima il valore della terra in se stessa (in ipotesi) a lire
diecimila: ma trovandola gravata di un canone annuo
di lire cinquanta, ne ritiene il capitale, ed offre il prezzo
di lire novemila: egli stima il valore netto dei frutti
pendenti e maturi (in ipotesi) a lire cinquecento, ma
deducendo l'annuità di lire cinquanta che dovrà in questo
anno ancora pagare al creditore del canone, restringe
il prezzo dei frutti a lire quattrocento e cinquanta: e
così nell'acquisto della terra coi frutti pendenti il nostro
compratore spende un capitale di lire novemila quattrocento e cinquanta, ritenendo a sue mani sul prezzo della
terra un capitale corrispondente al canone perpetuo, che
vi gravita sopra, e ritenendo pure sul prezzo dei frutti
ancora pendenti una somma eguale all'annuità che deve
pagarsi in quest'anno medesimo. Or dimmi, in grazia:
quando il compratore sborserà al direttario il canone
dovutogli, e ciò farà quasi come delegato dal suo autore,
e sui fondi lasciati a sue mani per questo effetto, credi
tu, che con questo pagamento il compratore intacchi il
proprio capitale? Credi tu cosa assurda che avendo ieri
soltanto comprato la terra coi frutti maturi, pure egli
solo soddisfaccia per intiero il canone dovuto al direttario
per l'annata trascorsa?

Econ. Disputiamo di terre, o disputiamo di cedole?

Leg. Disputiamo di titoli sul debito pubblico, che al
pari delle terre sono proprietà produttive di frutti a
perpetuità. Il compratore tien conto del valore della

proprietà in se stessa, dei frutti già prodotti e pendenti e dei carichi, ed assumendosi un carico ritiene sul prezzo una parte di capitale e di frutto corrispondente. Infatti poniamo: tu possiedi due rendite di annue lire cinque caduna, ma l'una di esse è immune da tassa, l'altra è tassata del decimo: tu le vendi ambedue nel 31 dicembre al medesimo compratore: credi tu di poter ritrarre il medesimo prezzo dall'una e dall'altra? Credi tu, che una rendita annua di lire tre, di quattro, o di quattro e mezzo si venda a un prezzo eguale a quello di una rendita di lire cinque? Ebbene, la rendita di lire cinque tassata del decimo equivale ad un quattro e mezzo, e il compratore apprezzandolo come tale ritiene appunto sul prezzo ciò che dovrà dare a titolo d'imposta. Se la rendita di lire cinque effettive vale cento di capitale, il compratore darà questa somma per il titolo immune, ma per l'altro (ritenendo il capitale corrispondente al carico) ne darà solamente novanta: quanto al frutto, darà per il primo titolo le cinque lire riscuotibili effettivamente all'indomani: per l'altro che porta un frutto nominale di lire cinque, in realtà ridotto al quattro e mezzo dalla ritenuta del decimo, il compratore non darà cinque ma quattro e mezzo. E dirsi ancora che la tassa intacca il capitale del compratore ?

Econ. Come? Tu parlasti di *ritenuta?* Ignori dunque la disposizione della legge, che prescrive la *denunzia* anche dei titoli di debito pubblico?

Leg. La disposizione della legge che tu rammenti è un assurdo. Nel corso dell'anno il carico dell'imposta passa in un colla cartella di mano in mano: tutti i venditori ne subiscono l'effetto in quanto subiscono una corrispondente diminuzione di prezzo (in confronto di quello che percepirebbero se vendessero una cartella immune da tassa): ma il pagamento reale della tassa si farà dall'ultimo compratore quasi delegato dai precedenti possessori a riscuotere effettivamente gli interessi mediante l'adempimento dell'annessovi peso. Adunque tutti coloro che comprano e rivendono cartelle nel corso dell'anno non devono nè denunzia nè tassa: non la tassa, perchè ne subiscono altrimenti l'effetto, ed altri in fin dell'anno la pagherà effettivamente per loro: non la denunzia che tolto il debito della tassa sarebbe senza scopo. Venuto poi il giorno del pagamento degli interessi, ogni portatore di cedole si trova nel medesimo punto creditore e debitore verso lo Stato: creditore di dieci decimi, debitore di un decimo (supponendo la tassa a un decimo del totale), e cioè creditore reale di nove decimi soltanto, operandosi la compensazione di pien diritto. Non sarebbe egli un assurdo manifestissimo, che lo Stato, debitore soltanto di nove decimi, ne pagasse dieci colla riserva di ripetere poi il decimo indebitamente pagato? Fingi per un momento, che lo Stato si rendesse affittuario di tutte le terre possedute dai cittadini. Fingi tassato di un decimo in favor dello Stato tutto il provento fondiario: venuto il giorno del pagamento dei fitti, questo si farebbe sotto deduzione, sotto la ritenuta del decimo dovuto allo Stato: il qual decimo si compensa di pien diritto, e si ha per pagato; perocchè, siccome è noto, la compensazione tien luogo di pagamento. Ora il capitale rappresentato dalla rendita pubblica che altro è se non una parte cospicua del capitale nazionale preso in affitto perpetuo dallo Stato? Non deducendo la tassa, pagando anche la parte già compensata del debito, lo Stato paga una parte già pagata, e quel che è peggio, trattandosi di cedole al portatore, paga l'indebito colla riserva di ripetere da persone incerte ed irreperibili. Or che diresti di un insensato, il quale gettasse dieci milioni di lire alle moltitudini, col pazzo disegno di ripeterle poi da ogni individuo, che ne abbia raccolto una parte? Adunque la legge, che applica il sistema della denunzia anche alla riscossione della tassa sulla rendita pubblica è un assurdo manifestissimo: prima del paga-

mento delle cedole, non è dovuta nè tassa nè denunzia:
nel giorno del pagamento delle cedole, il voler pagare
anche l'indebito è una vera stranezza, e la riserva di
una ripetizione, impossibile contro ignoti, una vera follia.

Econ. A quanto pare, tu vuoi a dirittura parificare i
titoli di debito pubblico alle terre, e l'imposta sui titoli
al tributo prediale.

Leg. In verità io non veggo negli uni e nelle altre.
che altrettante proprietà produttive di un dato provento,
di cui una porzione è devoluta allo Stato.

Econ. Allora tu mi snaturi la rendita pubblica, la quale
è strumento di continue e complicate negoziazioni, è una
merce, che si compra e si rivende ai prezzi di corso,
onde si ricava un guadagno, o s'incontra una perdita:
sui guadagni già si paga la tassa industriale e commerciale. a tal che la tua erronea assimilazione ti conduce
ad una vera duplicazione d'imposta.

Leg. Una merce? Si certamente: ma per questo non
cessa di essere nel medesimo tempo una proprietà produttiva per sè medesima di un frutto determinato. Anche
le terre si possono comperare per rivenderle e trarre un
guadagno dal loro commercio: ed una società che in-
traprendesse di comperare grandi masse di terreni, onde
rivenderli a pezzi, dovrebbe, credo io, in una bene ordinata
legislazione assoggettarsi anch'essa alla tassa industriale
e commerciale: ma intanto i terreni non cesserebbero
di produrre i loro frutti naturali o civili a vantaggio dei
possessori ed il tributo prediale a pro dello Stato. E così
dico dei titoli del debito pubblico: la cosa per sè produttiva, benchè si adoperi come stromento di negoziazione
speculando sulle variazioni dei prezzi, non perde la sua
produttività naturale, e i frutti prodotti dalla cosa rimangono indipendenti dal negozio della cosa stessa, dai
guadagni e dalle perdite commerciali che ne risultano.
La cosa stessa paga il tributo sui frutti suoi, il commercio
deve la tassa sui proventi netti del negozio: e la tua

pretesa duplicazione di tasse, mio caro economista, onde mi accusavi poc'anzi di gravare il medesimo oggetto, non è altro che una fisima od un sofisma.

Econ. Invano ti affatichi nella tua pretesa assimilazione della rendita pubblica alle altre proprietà produttive e persino alle terre. Non vedi la singolarità della rendita, e quanto mutabili ne siano i prezzi di corso? Come puoi conciliare colla mutabilità del capitale una tassa invariabile, come il sarebbe un'aliquota fissa dell'invariabile annualità del cinque per cento? Imposta immutabile, capitale mutabile, l'imposta cade necessariamente sul capitale.

Leg. Benché soverchiamente laconica ed anche oscura, piacemi considerare attentamente questa tua nuova obbiezione, cercando quello che per avventura vi si contenga di vero. Ti richiamo al sistema razionale, unico vero, a mio avviso, che mi sovvengo di averti già dimostrato in altra occasione, in riguardo alla determinazione del provento giuridicamente tassabile: questo si determina per ogni proprietà produttiva sulla doppia base del valore venale e dell'interesse ordinario, di guisa che, preso il valor venale come capitale, l'interesse legale di questo costituisca la misura del reddito tassabile. Te ne sovviene?

Econ. Me ne ricordo benissimo: e rammentando a te medesimo la piena approvazione che io allora manifestai in senso delle tue idee, ora ti chiederò, perché tu non voglia applicarle anche alla rendita pubblica, che tu stesso pur parifichi ad ogni altra proprietà produttiva.

Leg. Anzi le voglio applicare: a parer mio, anche l'imposta sui titoli del debito pubblico va regolata sulla doppia base del valore venale e dell'interesse ordinario. Ma le conseguenze di questo principio non sono per avventura quelle che tu immagini, almeno per una delle due possibili ipotesi. Vuoi tu intraprendere meco ancora quest'ultimo esame con un po' di pazienza?

Econ. Facciamolo.

Leg. Dimmi, ti prego, innanzi tratto, quante o quali sono le cause onde il prezzo di corso della rendita pubblica si alza o si abbassa? Lascia stare le oscillazioni momentanee, e tieniti alle variazioni essenziali procedenti da una causa consistente e determinabile.

Econ. Parmi che queste cause si riducano a due, o sono: 1° la variabilità economica del tasso generale dell'interesse; 2° la maggiore o minor fiducia dei capitalisti, il maggiore o minor credito dello Stato, vario essendo il prezzo di un impiego fruttifero ed irrevocabile secondo il vario grado della creduta sua solidità.

Leg. Egregiamente. Ed in ragione delle due cause generali di rialzo e di ribasso nei prezzi correnti della rendita pubblica, distinguiamo due casi. Fingi, per prima ipotesi, che per variazioni occorrenti nelle condizioni generali del mercato il tasso dell'interesse segni il sei per cento e in altro tempo discenda al tre, fermo restando nei due tempi al sommo grado il credito dello Stato. Nel primo tempo il valor venale di una rendita di lire sei sarebbe un capitale di lire cento, il quale allo stesso tasso d'interesse ordinario darebbe ancora lire sei come provento tassabile: nel secondo tempo, disceso l'interesse al tre per cento, il valor venale della rendita di lire sei sarebbe un capitale di lire duecento; ma questo, al tasso del tre, darebbe ancora né più né meno lo stesso provento tassabile di lire sei. Adunque, finché si suppone che il capitale della rendita cresce e decresce per variazioni occorrenti nel tasso generale dell'interesse, ella è cosa manifestissima che l'imposta rimane sempre la medesima aliquota della medesima rendita, *e per questo rispetto una tassa invariabile sopra una rendita fissa e perpetua risulta in perfetta armonia col capitale rappresentato dai prezzi venali comunque mutevoli della medesima rendita.*

Ma fingi ora per seconda ipotesi che, rimanendo sempre allo stesso punto il tasso generale dell'interesse, le va-

riazioni occorrano nel credito dello Stato, e che, ad
esempio, venendo meno la fiducia e presentandosi nel-
l'opinione generale siccome non affatto impossibile un
grave dissesto finanziario ed anche la bancarotta, il prezzo
della rendita, cinque per cento, discenda a sessanta: allora sarebbe giusto e conforme al nostro principio che,
seguendo sempre la doppia norma del valore venale e
dell'interesse ordinario, come per le altre proprietà, così
anche pei titoli di debito pubblico, il provento tassabile
si riducesse, per ogni rendita di cinque, a tre lire, interesse legale delle lire sessanta, che sarebbero ad un
tempo il valore di corso e il capitale tassabile.

Econ. Quand'è così, non ho più nulla da replicare.

<h2 style="text-align:center">CAPO XXI.</h2>

IMPOSTA DIRETTA SUI PROVENTI DEL CAPITALE MOBILIARE:
— CONTINUAZIONE — CENSIMENTO ED ACCERTAMENTO DI ESSO.

Il capitale mobiliare tassabile o si applica direttamente
dal possessore all'esercizio d'industrie e di commerci
sotto la duplice forma di capitale fisso e circolante, ovvero si colloca a frutto presso i privati, presso i corpi
morali o istituti pubblici, o presso lo Stato. Ora nulla
veramente si oppone all'esatto accertamento:

1° Del capitale impiegato con ipoteche iscritte nei
pubblici registri, e cioè di tutti i mutui e crediti ipotecarii;

2° Dei crediti verso le provincie, i comuni ed altri
istituti pubblici, i bilanci dei quali sono noti al governo:
perocché dai debiti iscritti nei bilanci il governo conoscerà
esattamente i correlativi crediti;

3° Dei crediti competenti agli stessi pubblici istituti
e iscritti nei loro bilanci;

4° Di tutto il capitale nazionale impiegato in rendita
pubblica: perocché col mezzo della ritenuta si effettua
nel medesimo atto l'accertamento e la tassazione;

5° E finalmente di tutto il capitale trasformato in meccanismi, ordigni e strumenti di produzione di qualunque specie, ossia di tutto il capitale fisso addetto all'esercizio delle industrie e dei commerci: perocché gli esercenti non hanno mezzo di sottrarli alla ricerca degli agenti governativi, i quali ne possono a loro bell'agio fare la descrizione e la stima per tradurne il valore in cifra, che, presa come capitale produttivo di un frutto ordinario, porga alla tassazione un provento determinato colla norma comune.

Adunque la vera difficoltà dell'accertamento si restringe ai mutui e crediti chirografarii tra privati e privati, al capitale *circolante* nelle industrie e nei commerci, e ai capitali nazionali impiegati in rendita sopra Stati esteri: perocché non tassandosi i capitali esteri (che si facciano conoscere con titoli nominativi), collocati in rendita sul nostro Stato, si debbono assoggettare all'imposta per la ragion dei contrarii i capitali, la ricchezza dei cittadini, collocata in rendita sopra Stati stranieri. Ora la difficoltà deve superarsi a qualunque costo: perché l'immunità dei mutui privati renderebbe inammessibile la tassazione della rendita pubblica, e, sottratta una si gran mole di capitale, sottratti per conseguenza anche i crediti ipotecarii. si dovrebbe rinunziare anche alla ricerca e alla tassazione del capitale addetto alle industrie ed ai commerci: e come infatti soffrire che si gravino i proventi, che il lavoro ricava dal capitale, quando si lascino intatti quelli dei capitalisti oziosi? Così, non superando la sopraindicata difficoltà, scompare man mano o si sottrae alla tassa l'universalità del capitale mobiliare: lo Stato perde una parte cospicua del provento che una giusta ripartizione del contributo comune gli dee apportare, vede scompigliarsi con false incidenze la stessa tassazione del capitale immobiliare, e rendersi impossibile il censimento e la tassazione delle industrie, per cui si richiede, come si è in altro luogo dimostrato, un previo e distinto censimento del capitale addetto ai singoli esercizi. Ripetiamo adunque *doversi indispensabilmente superare l'ostacolo*, adoperando provvedimenti efficaci, per conoscere i quali, per dimostrarne la natura e la giustizia basteranno, crediamo, le considerazioni seguenti.

Tra lo Stato e i cittadini corrono obbligazioni reciproche. Lo Stato deve conformare l'ordinamento delle imposte ai precetti della ragione e all'ordine di natura. Se con processi fortuiti ed arbitrarii lo Stato mette fuori una legislazione irrazionale, ingiusta, oppressiva, che aggrava gli uni ed esonera gli altri, si toglie da sè medesimo il diritto, dinanzi alla coscienza del paese, di reprimere fieramente, val quanto dire efficacemente i contravventori che si presentano quasi in aspetto di chi si difende contro gravami indebiti ed intollerabili. Ma se lo Stato adempie pel primo il dover suo, se coordina la sua legislazione secondo le leggi segnate dalla natura medesima delle cose, se questa legislazione risponde alla giustizia universale e pone in salvo gli interessi pubblici e quelli del cittadino, allora lo Stato acquista il diritto, che per lui suona come un secondo dovere, di difendere il suo ordinamento contro i perturbatori, di punire con tutto il rigore necessario all'uopo gli atti e le frodi che, passando impuniti, scompiglierebbero l'ordine generale. Nel sistema naturale (supponendolo tradotto in legge) lo Stato già percepisce in una comune misura un tanto per cento: 1° sul provento del capitale immobiliare (poderi e caseggiati) che certamente non gli sfugge; 2° sul provento delle industrie o dei commerci che pur non si possono sottrarre all'azione combinata del processo per classi e per denunzia e ricerca individuale; 3° del capitale mobiliare per quanto s'impiega in crediti ipotecarii od altrimenti iscritti in registri o bilanci pubblici, ovvero in rendita pubblica; 4° del capitale fisso addetto alle industrie ed ai commerci. Adunque la legge, che traduca siffattamente in pratica il sistema naturale, deve com-

piere l'opera, con tutta l'energia di cui è capace la legge,
in riguardo ai crediti fruttiferi occulti, al capitale circolante in commercio e a quello che i cittadini nascondano
per avventura in rendite estere. E innanzi tutto la legge
intimerà la denunzia di tutti i crediti fruttiferi, portati
da atti privati o da notarili ma non iscritti in registri
o bilanci pubblici, sotto pena che, *non fatta la denunzia
nel termine stabilito, sia in qualunque tempo ed in modo
assoluto denegata in giudizio ogni azione civile.* La qual
sanzione si chiarisce facilmente necessaria e giustissima.
Infatti, quando si crea *un ente fruttifero* non appartenente
ipso facto alla Società, perché occulto alla medesima,
l'autore, padrone dell'ente fruttifero novellamente creato,
lo deve introdurre nella comunione sociale, denunziandolo
e assoggettandolo alla sua quota di tassa annuale, cor-
rispettivo della protezione e del benefizio che l'ente ed
il suo padrone ritrarranno dalla comunione medesima:
non denunziato, non assoggettato alla legge comune,
privato, per così dire, del battesimo sociale, l'ente novellamente creato rimane *in stato di natura*, e non genera
tra il debitore ed il creditore che un *rapporto naturale
e morale non sanzionato né condannato* da quella Società
di cui si ripudiano i carichi, e con questi anche i benefizi
corrispondenti. Dovrà forse la legge ammettere che in
qualunque tempo sia lecito all'autore e padrone dell'ente
fruttifero denunziarlo, introdurlo nella Società, invocarne
la protezione *sotto la sola condizione di soddisfare anche
le tasse arretrate?* Mai no: imperocché una consimile facoltà equivale ad una protezione potenziale *immediata*,
la quale effettivamente consiste nella certezza continua
che, invocate all'uopo, l'autorità e la forza sociale in-
terverranno: e questa protezione continua e potenziale
suole essere di tanta efficacia da prevenire la resistenza
materiale, gli attentati al diritto altrui quando si conosce
in prevenzione la inutilità della resistenza. Dunque, non
consentendo la giustizia che si conceda una qualunque

protezione immediata a quell'ente che si tiene estraneo alla Società per non condividerne i carichi, ne conséguita che anche la suddetta facoltà deve essere denegata; val quanto dire che quando un ente fruttifero, di sua natura occulto, non sia denunziato o introdotto nella comunione sociale nel termine perentorio a tal uopo dalla legge prestabilito, l'ente medesimo vi dee rimanere perpetuamente straniero, privato irreparabilmente di ogni sanzione sociale, di qualunque azione civile; perocchè nel sistema contrario si dona immediatamente una protezione indebita, si dà gratuitamente agli. iniqui, ai fraudolenti ciò che si fa pagare agli onesti, si commette in una parola dalla Società un'evidente ingiustizia nei rapporti fra cittadini e cittadini: e un'altra ben più grave ingiustizia commetterebbe la Società contro sè medesima rassicurando i fraudolenti al suddetto modo: perocchè, ammessa la facoltà di denunziare più tardi e in qualunque tempo, intanto non si denunzia e si defrauda la Società.

Però dei ragionamenti che precedono, avvertiamo per bene quale sia il supposto fondamentale: si suppone che il legislatore abbia ordinata l'imposta universale con norma eguale per tutti nella determinazione del provento tassabile e con una misura comune di tassazione, diversificando solo l'imposizione nei metodi di accertamento: si suppone che in coerenza a questo principio sociale si imponga una tassa annuale diretta anche sui proventi del capitale mobiliare d'ogni specie e in qualunque forma di esercizio o di impiego: dai quali supposti realmente deriva, che per qualunque ente fruttifero la sottomissione alla tassa deve aversi come una condizione della sua ammissione alla comunione sociale, e al godimento degli annessi vantaggi. Ma se in quella vece il legislatore si appiglia a metodi arbitrarii di tassazione. se, ad esempio, egli introduce una folla confusa di tasse di registro, tasse secondarie, casuali, d'incidenza incerta, d'una giustizia problematica, quando non si contengano in limiti moderatissimi, in consimili casi non si può dire agli enti fruttiferi — *la sottomissione a questa tassa è la condizione essenziale della vostra ammissione alla Società* — e quindi venendo meno la base dei soprascritti ragionamenti, la legge che decretasse la privazione assoluta di ogni azione civile pel solo difetto di pagamento della tassa di registro nei termini stabiliti, non si saprebbe giustificare: sarebbe una pena sproporzionata in confronto del danno della Società, la quale non fa dipendere neppure essa da siffatti ordinamenti la propria conservazione. Adunque sta bene, che finora le leggi sul registro non abbiano pronunziato la nullità assoluta ed irreparabile del contratto per difetto di registrazione nel termine: ma non riesce meno evidente per questo, che la si deve pronunziare in quel sistema, che in ogni altra sua parte si conforma all'ordine razionale.

Già le leggi vigenti prescrivono l'iscrizione in registri pubblici di qualunque atto costitutivo di un esercizio industriale e commerciale, condotto da una società di due o di più. Si estenda questa disposizione: si prescriva la registrazione di qualunque impresa, di qualunque esercizio d'industria o di commercio (nella categoria dei tassabili) benchè appartenente ad un solo proprietario od esercente: e si stabilisca l'obbligo di denunziare il capitale dell'impresa nell'atto che si registra: e si sarà in questo modo iniziato il consimento del capitale circolante nelle industrie e nei commerci. Si aggiunga, che una commissione giudicatrice, instituita appositamente e composta con provalenza dell'elemento cittadinesco, quando abbia sufficienti motivi di credere infedele la denunzia del capitale possa ordinare l'esame degli inventari, a questo solo fine di rilevare il capitale dell'impresa: e che inoltre, avvenendo in caso di fallimento un giudizio penale per titolo di bancarotta semplice o fraudolenta, per tenuta irregolare o per falsificazione di registri, di libri, d'inventari non sia ammessa la scusa, che l'irregolarità o la falsificazione avessero il solo scopo di froudare l'orario: e si avrà un complesso di mezzi abbastanza officaci per accertare il capitale circolante nelle industrie o nei commerci, quando pure non si credesse accettabile anche un'altra sanzione, da aggiungersi alle precedenti, più rigorosa ma non ingiusta. E la sanzione da aggiungersi sarebbe questa: che l'anzidetta commissione giudicatrice avesse al caso estremo la facoltà di *rinviare d'ufficio* la questione ai tribunali, i quali poi sull'istanza della parte e concorrendo un principio di prova deferirebbero al denunziante il giuramento, come nelle cause civili ordinarie. La prevalenza che presupponiamo nelle anzidette commissioni dell'elemento cittadinesco guarentisce i cittadini da indebite vessazioni: e d'altra parte la moderazione della tassa che pur supponiamo (il sette per cento sul provento risultante *dall'interesse legale del capitale denunziato*) ci sia garante, che la speranza di risparmiare la tassa con fraudolente denunzie non reggerebbe davanti al timore delle sanzioni anzidette.

Se il principio di ragion naturale, che vuole tassate nella misura comune anche le rendite pubbliche, prevalesse in pratica presso le principali nazioni, e come già in Inghilterra, così in Francia, in Italia ed in Austria si adottasse il sistema della ritenuta con esenzione dei titoli nominativi appartenenti a stranieri, si potrebbe agevolmente per mezzo di convenzioni internazionali ottenere che ogni Stato (effettuandosi reciprocamente tra di loro la denunzia dei titoli che non sono di appartenenza propria) percepisse la tassa sull'intiero capitale nazionale compresa la parte impiegata in rendite estere. Ma infino a tanto che la ragione non vince universalmente l'abuso ed il privilegio, quello Stato che adottasse il sistema razionale che abbiamo descritto, avrebbe un solo mezzo di raggiungere la parte impiegata all'estero, mezzo non affatto inefficace quando vi si accompagni la moderazione della tassa: e il mezzo consisterebbe nell'obbligo imposto individualmente ai contribuenti di rispondere con affermazione o negazione *giurata* all' interrogazione specifica *di avere oppure no riscosso interessi per possesso di rendite estere*. Le module, le discipline legali, e i limiti di una siffatta interrogazione diretta a riscuotere una tassa posticipata, e da non estendersi colà dove manchi ogni probabilità del possesso che si ricerca, non hanno mestieri di essere particolarmente indicati: ognuno li concepisce da sé. Solo avvertiamo, che in fatto di tassazione delle pubbliche rendite non è il possesso del titolo, tenuto dal contribuente in qualunque parte dell'anno, che si debba denunziare, ma sì ed unicamente l'esazione degli interessi fatta da chi teneva il titolo allo scadere dei pagamenti: imperocchè su questo solo detentore e riscotitore degli interessi può cadere legittimamente la tassa, siccome risulta dalla discussione svolta nel precedente capo. Onde avviene: 1° che quanto alle cedole che si pagano dallo Stato, si debba sostituire alla denunzia la deduzione: 2° che in ordine alle cedole estere tenute dai nazionali si debba ingiungere per legge la denunzia non già del possesso solo, ma sì del possesso congiunto alla riscossione effettiva degli interessi dell'annata o del semestre scaduto.

La sintesi delle precedenti considerazioni dimostra quale sia il metodo naturale e necessario dell' accertamento o del censimento del capitale mobiliare in riguardo alla tassazione. La ritenuta della tassa all'atto del pagamento tien luogo simultaneamente di accertamento e di tassazione del capitale nazionale impiegato in rendite pubbliche. Per ogni altra forma d'impiego, per ogni altra specie di capitale la legge dovendo necessariamente procedere col metodo della ricerca diretta individuale, deve ingiungere ad ogni contribuente di dare una risposta distinta ed esplicita (e diciamo esplicita anche nel caso di negazione) per ogni capo, per ogni specie, per ogni forma di capitale e d' impiego: il che presup-

pone, che le module di denunzia contengano altrettante
e ben distinte domande. E pei capitali fruttiferi inscritti
in registri od in bilanci pubblici avendo il governo un
mezzo infallibile di verificare le risposte date dai contribuenti, la comminazione di una multa proporzionata in
caso di verificata infedeltà basterà di certo a disto-
gliere i contribuenti da ogni disegno di tentare la sorte
di una negligenza governativa. Riguardo agli enti fruttiferi naturalmente occulti e non denunziati alla comunione sociale, abbiamo dissopra dimostrato, essere quanto
necessaria, altrettanto giusta, logica e ragionevole la
sanzione della nullità assoluta, val quanto dire l'abbandono dell'ente fruttifero in quello stato di natura, in
cui si colloca e si tiene da sè medesimo. Anche pei
capitali fissi, e per quelli circolanti nelle industrie e nei
commerci la natura delle cose appresta efficaci mezzi di
verificazione, che pure già abbiamo divisati poc'anzi:
e solo per la parte del capitale nazionale impiegata in
rendite estere (finattantochè non prevale il sistema razionale presso le principali nazioni) saremmo ridotti alla
dichiarazione del contribuente senz'altra garantia possibile che la sanzione del giuramento. Nè crediamo, che,
ridotta ad un capo solo, si possa denegare alla Società
una indispensabile garantia: garantia efficace nella generalità dei casi: imperocchè, quando un cittadino in
posizione eminente, ricco proprietario, o membro dell'alta
industria e dell'alto commercio scrive, per così dire, in
presenza de' suoi colleghi un'affermazione giurata di
possedere oppure no, di avere o pur no, riscosso interessi
di rendite sopra debiti esteri, ripugna il credere che per
un tenue risparmio abbia voluto commettere, o conse-
gnare in documento perpetuo uno spergiuro, difficilmente
ignoto al presente, possibile a scoprirsi nell'avvenire.

A complemento della dottrina intorno all'accertamento
del capitale mobiliare in riguardo alla tassazione richia-
miamo alcune proposizioni già dimostrate in altri luoghi,

avvertendo primamente, che al pari del capitale addetto alla industria manifatturiera e commerciale deve tassarsi sulla doppia base del valore venale e dell'interesse ordinario anche il capitale fisso o circolante impiegato nelle industrie agrarie, val quanto dire, nelle imprese di coltivazione dei fondi, senza distinguere se l'assuntore dell'impresa di coltivazione sia un capitalista affittuario di poderi altrui, ovvero il proprietario medesimo. Soggiungiamo però, che la ricerca e la denunzia del capitale mobiliare non si estende agli artigiani, ai contadini, o in generale a quella popolazione inferiore, della quale abbiamo dimostrato non essere per legge di natura tassabile nè il lavoro nè il tenue capitale, stromento indispensabile del lavoro medesimo. La quale esenzione però non riguarda i crediti, le rendite, o nessuna specie insomma di enti fruttiferi mobiliari od immobiliari i quali, qualunque ne sia l'importare ed il possesso, debbono tutti tassarsi nella ragione comune.

Parlando di rendite, non abbiamo sinora considerato che quelle costituite a perpetuità. Le annualità dipendenti da una rendita vitalizia a capitale perduto come si tassano? Forse in ragione di quella medesima aliquota che si preleva sulle annuità perpetue? No per fermo: imperocchè l'annualità vitalizia si compone di due parti ben distinte, delle quali una rappresenta l'interesse ordinario del capitale, l'altra corrisponde ad una parte del capitale medesimo il quale per tal modo ritorna poco a poco nelle mani dell'alienante: e forse avverrà, col favor della Parca, che egli ricuperi anche più del capitale dato per l'acquisto del vitalizio, o forse ne ritrarrà meno, ingannato nella speranza di un lungo vivere; ma una sorte si compensa colla sorte contraria, e la differenza tra l'interesse ordinario e la maggiore annualità del vitalizio rappresenta *convensionalmente* il capitale del creditore: onde conséguita, che esigendosi annualmente l'interesse ordinario del capitale, ed una parte del capitale medesimo insino a che colla vita si estingua il credito, ed essendo dovuta la tassa sull'interesse, e non sulle parti del capitale che man mano si ritirano, i vitalizi non si debbono tassare che per la parte del reddito corrispondente all'interesse ordinario del capitale dato, e colla vita si estinguono ad un punto il credito e la tassa, a somiglianza di quanto accade ne' crediti ordinari, i quali estinguendosi per effetto della restituzione del capitale si dileguano anche dinanzi alla imposta. Diciamo, in una parola, che alienando un capitale per un vitalizio, l'uomo consuma ogni anno coll'interesse anche una parte del fondo, e per quanto l'uomo consuma il capitale, non deve sul medesimo nessuna tassa. Poniamo adunque, che un vitalizio di lire mille si sia acquistato al dieci per cento con un capitale di lire diecimila, il creditore pagherà la tassa sull'interesse ordinario del capitale dato, e cioè sulla sola metà dell'annualità vitalizia, l'altra metà è il capitale stesso che si va consumando. S'illudono però e grandemente s'ingannano coloro, i quali non riflettendo abbastanza sulle ragioni intime della cosa, estendono una consimile norma di tassazione a qualunque reddito che si estingua colla vita del contribuente. Chiunque tiene *in usufrutto* una rendita perpetua di altrui proprietà, deve certamente la tassa sul provento intiero della rendita: lo stesso si dica dell'usufrutto di qualunque proprietà produttiva, o del godimento vitalizio a titolo di fedecommesso, che passa di generazione in generazione. Ora l'attività umana colle sue facoltà native passa a guisa di fedecommesso perpetuo naturale dalla generazione che muore a quella che le succede, e l'individuo, che al suo passaggio ne gode, deve bensì reintegrare coi frutti il capitale speso nell'educazione e rappresentato nelle capacità aggiuntesi ed acquisite, ma non le facoltà native, non il dono della natura, lo quale lo riproduce spontaneamente, o a dir meglio, lo mantiene perpetuo, confidandone il godimento per una serie indefinita a quelle persone che vi sono chiamate secondo un ordine imperscrutabile. Ma di ció, e delle conseguenze che ne derivano in legislazione, abbiamo già detto abbastanza in altri luoghi.

CAPO XXII

IMPOSTA DIRETTA SUI PROVENTI DEL CAPITALE IMMOBILIZZATO IN FABBRICATI, ED IN QUALUNQUE STABILE COSTRUZIONE.

Le costruzioni stabili inservienti all'esercizio d'industrie o di commerci, i fabbricati ed i caseggiati soliti darsi in affitto sono proprietà produttive di un provento reale; ma i caseggiati, che il proprietario stesso tiene a uso di abitazione sua propria e della sua famiglia, prestano un servizio di consumazione immediata, apperciò sono da annoverarsi tra i valori improduttivi, i quali possono bensì dar materia ad una tassa sulla spesa, non mai ad una imposta diretta sul reddito. Imperocchè se tu spendi ventimila lire nella compera di una casa per abitarla, spendi in effetto per la tua abitazione l'interesse di venti mila lire, a somiglianza di chi impiegando altrimenti lo stesso capitale ne spendesse l'interesse nel fitto di abitazione consimile. Ed è grande errore tassare come provento reale il fitto che il proprietario non percepisce, mentre egli stesso consuma il servizio, che rende la casa: rinunziando a questo provento, egli in effetto lo spende, e il fitto possibile, o, come suol dirsi, presunto s'ha da tassare non come reddito ma come spesa. E se l'una e l'altra specie di tassazione tenessero la stessa ragione, non sarebbe da far differenza di denominazioni: ma in quella voce l'una e l'altra differiscono nella sostanza e seguono vie, se non opposte, grandemente distanti.

Infatti l'imposta sui proventi effettivi, ad esempio, quelli provenienti dall'affitto delle case destinate a uso di locazione, è una tassa rigorosamente proporzionale; e se da un fitto reale di lire cinquemila lo Stato preleva a titolo di tributo il vigesimo in lire duecento e cinquanta, ei terrà la stessa ragione in riguardo a un tenue fitto di lire cento, il quale per conseguenza verrebbe tassato in lire cinque: nè per altra parte potrebbe aversi riguardo alla condizione del possessore: perocchè abbiamo bensì già dimostrato e ripetuto più volte, che nelle classi infime il capitale in quanto sia strumento di lavoro, **non** va soggetto a tassazione diretta, ma abbiamo pur sempre soggiunto e dimostrato, che in quanto alla tassazione di enti fruttanti per sè medesimi la ragion naturale non consente immunità di sorta nemmeno alle classi più infime. e come il più piccolo pezzo di terra, così il fitto **reale** di una casupola tenuta da un popolano proprietario a uso di locazione dovrà pagare, al pari dei poderi e dei più cospicui caseggiati, il suo tributo immobiliare in proporzione del frutto.

Ma in riguardo alla **tassazione** sulla spesa **la legge** naturale segna ben diverse norme. Già delle **tasse sulla** spesa conosciamo la natura e gli uffici. La norma suprema di **tali** **tasse** consiste nel doversi coordinare in guisa, che ne risulti equabilmente gravata la spesa di tutte le classi sociali. Ora una distribuzione equabile di gravezza sulla spesa delle classi inferiori e superiori non resulta certamente dall'esercizio delle dogane e dei dazi interni, che pur sono i principali stromenti della tassazione di questo genere, e che gravando principalmente il reddito delle classi inferiori, toccando un po' meno quello delle medie, riescono appena sensibili alle superiori: imperocchè ciò che si spende in provviste di merci volgari e di universale consumo (le quali recano incorporati in se medesime i tributi indiretti testè accennati) non è che una minima parte del provento dei grandi patrimonii, una parte mediocre dei patrimonii medii, e assai maggiore e progressivamente crescente **dei** patrimonii inferiori, sino

ad assorbire tutto il disponibile negli infimi gradi: e così
scemando il peso quanto più sale il contribuente e s'innalza di grado nella gerarchia economica, ed aggravandosi
quanto più si discende, ne risulta una progressione in
diminuzione a vantaggio delle maggiori fortune, e una
progressione crescente a carico dei meno abbienti, e cioè
il rovescio del precetto morale, e certamente una flagrante
violaziono della proporzione legale. Già l'osservazione fu
fatta, e da noi in altro luogo fu detto che il legislatore,
introducendo altre tasse sulla spesa riferibili più specialmente alle fortune maggiori, può e deve ristabilire l'e-
quilibrio: ed ora, continuando lo stesso concetto, diciamo
che a questo servigio si presta mirabilmente la spesa
che gli uomini fanno per l'abitazione loro e delle loro
famiglie. Questa spesa serba un rapporto determinabile
colla fortuna del cittadino: eppertanto una tassa progressiva sulla medesima già ripara in parte all'avvertita
ingiustizia dei più volgari tributi indiretti: le imposte
sopra altre spese proprie delle classi medie e superiori,
ad esempio, sulle carrozze, sui cavalli di lusso, sulla
mobilia che abbia un determinato valsente, sulla spesa
dei famigli e simili forniranno il resto. Adunque si distribuisca primamente la spesa dell'abitazione in categorie,
avvertendo che questa spesa la fa anche l'abitatore della
casa propria, il quale rinuncia, e così spende un frutto
che potrebbe altrimenti ritrarre dal suo capitale: e nel
tassare questa spesa a tutti i gradi della gerarchia economica, si tenga quella ragion progressiva che è richiesta
dalla compensazione dovuta per altre gravezze progre-
dienti al rovescio, e ne risulterà, per modo di esempio,
una tassa, diversificata per categorie, del due, del quattro,
del sei, del nove, del dodici per cento sul valore locativo
delle abitazioni: la qual tassa, per gli abitatori di case
proprie, sarebbe quella che vuolsi ora chiamare imposta
sui fabbricati sulla base dei fitti presunti. Così la deduzione logica consenziente colla giustizia e morale e legale

ci conduce dirittamente a distinguere due specie d'imposta sui fabbricati: l'una colpisce i fabbricati realmente fruttanti per esercizio d'industrie e di commerci o per affitti, e questa si assomiglia affatto al tributo prediale e procede con rigore di proporzione in ragione del frutto; l'altra, benchè si dica assisa sul fitto presunto, non è altro che una tassa sulla spesa di abitazione, comune anche agli abitatori di case altrui: essa dunque, confondendosi in una tassa generale sul valore locativo delle abitazioni o proprie o prese in affitto, non trova luogo fra le imposte dirette sul reddito.

La legge italiana intese la cosa diversamente, e pareggiò i fabbricati improduttivi ai fabbricati fruttanti, e il provento possibile al frutto reale. *I fabbricati*, dice la legge, *ed ogni altra stabile costruzione saranno soggetti, in proporzione del loro reddito netto ad una imposta, la cui aliquota uniforme sarà determinata con apposita legge.* Poscia soggiunge: « Il reddito effettivo da denun- « ziarsi per le costruzioni soggette all'imposta sarà « quello risultante dagli affitti in corso all'atto della « denunzia. *Il reddito presunto sarà quello che il pro- « prietario potrebbe ricavare in via d'affitto comparativa- « mente ad altri fabbricati posti in consimili condizioni.* » Ma qual è (domandiamo noi) quel valore improduttivo che, dato in affitto o venduto, non si possa convertire in un capitale fruttante? Adunque in tema d'imposta sui fabbricati la legge italiana, forse senza avvedersene, fece una parziale applicazione di quella, che fu chiamata dottrina *dell'imposta sul capitale:* la qual dottrina tassando indistintamente con una sola e medesima aliquota tutti quanti i valori, siano essi produttivi, oppur no, assume anch'essa per pretesto la facoltà che sempre conserva il proprietario, cessando dall'usare improduttivamente il servizio di un valore qualunque, di renderlo produttivo — Sono però nella legge italiana esenti dall'imposta, « le costruzioni rurali destinate esclusivamente

« all'abitazione dei coltivatori, o al ricovero del bestiame,
« o alla conservazione e prima manipolazione dei pro-
« dotti agrarii, purché tali costruzioni appartengano ai
« proprietarii dei terreni, a cui servono. » Con tale
esenzione si affranca una buona parte dei fabbricati
componenti i villaggi, in quanto siano abitati esclusivamente da contadini proprietarî: e allora con qual giustizia si tasseranno nello stesso villaggio fabbricati consimili ed anche più poveri, solo perché siano posseduti
ed abitati da artigiani, o da esercenti bottega? Altri
però si oppone, e restringe l'esenzione alle costruzioni
isolate in mezzo ai poderi, e allora i villaggi interi colle
loro più povere case, casolari, abituri, o cioè i contadini,
e gli artigiani di qualunque condizione, sol perché si
ricovrano sotto un misero tetto, cadono sotto la grave
imposta del dodici per cento d'un reddito che non hanno,
di un provento fittizio!! La disposizione ambigua della
legge, e le ardenti controversie che nacquero nell'applicazione dell'esenzione soprammentovata, provano sempre
più, che si è sbagliato il principio. Si tassino dunque,
a somiglianza dei poderi, le costruzioni realmente produttive per esercizi fruttuosi o per affitti, o non incon-
trerete opposizione o difficoltà. Quanto agli altri fabbricati, *il cui servizio si consuma dal proprietario stesso
improduttivamente,* la natura delle cose non vi consente
che una tassa sulla consumazione da coordinarsi colle
altre tasse afficienti la consumazione delle varie classi
sociali. E voi, obbedendo alla natura delle cose, troverete
appunto quel risultato, che sta nei desiderii istintivi
dell'universale, o cioè l'esenzione dei casolari d'infima
classe, un'imposta moderatissima sulle abitazioni rurali,
ed un'altra maggiore sulle case urbane; con quella progressione che è richiesta a ristabilire, nelle tasse sulla
consumazione, la vera proporzione e l'equilibrio universale.

CAPO XXIII

IMPOSTA DIRETTA SULLA RENDITA DELLE TERRE:
CENSIMENTO TERRITORIALE.

Prendiamo a trattare d'un problema, che da gran
tempo affatica la dottrina e la legislazione, la pratica e
la teorica, lontano ancora da una soddisfacente risoluzione. Ed io sentendo più che mai il bisogno di ricon-
fortarmi in quel pensiero onde si rassicura chi abbia
esplorato con tutte le potenze dell'animo suo le vie del
vero, invocherò nel difficile passo l'indipendenza di una
convinzione sincera, dicendole: Ora conviene mostrarti
in tutta la tua fermezza:

> *Qui si parrà la tua nobilitate.*

E si dia innanzi tratto uno sguardo all'incertezza, alla
confusione che regnano nelle leggi, nelle dottrine, nella
pratica del tributo prediale.

Nella pratica più generale prevalgono i contingenti
decretati *ab alto*, *a priori*, poco meno che affatto arbitrarii, senza un pensiero al mondo di pareggiare possibilmente dinanzi all'imposta il capitale fondiario alle
altre proprietà produttive.

Nella ripartizione dei contingenti fra i singoli contribuenti, mentre da una parte si usa il fallace riguardo
di prendere per misura il reddito agrario effettivo, d'altra
parte isolando il tributo prediale da ogni altra tassa, lo
si rende sconfinato e lo si spinge sino all'assurdo, e talvolta (mancando ogni limite) anche fino ad assorbire
ed anche oltrepassare il reddito intero.

E come poi si determina il reddito netto? Cogli estimi
catastrali, i quali in origine, e considerati nel loro
metodo generale non erano altro, che procedimenti e
stime per classi e per medie, condotti però con mezzi

imperfetti, e con particolarità pratiche talmente varianti
da luogo a luogo, sino a non potersi più riconoscere
talvolta nei diversi catastri l'attuazione di uno stesso
principio: i quali catastri, rimasti immobili per secoli in
mezzo al movimento generale, in mezzo alle vicissitudini dello Stato e delle migliorie dei terreni, della loro
rendita e dei loro valori si dilungarono man mano dalla
realtà delle cose, e molti di essi assai più che alla verità si rassomigliano ad una finzione legale.

Epperò si proclama universalmente la necessità di
riforme, di conguagli, di riordinamenti. E quà s'intraprende
la costruzione di un nuovo catastro stabile, là si propone
di fare intanto un censimento sommario e provvisorio:
altra volta ma più di rado si vorrebbe tentare il processo della quotità, della denunzia e della ricerca individuale: e così la pratica e la teoria si aggirano ancora
incerte ed affannose nello stadio dei progetti controversi
e degli esperimenti che non riescono.

Intanto si avanza anche l'idea di abbandonare l'impresa, come se si fosse chiarito impossibile un censimento
territoriale, conforme o prossimo al vero: si propone di
accettare come fatto compiuto quello che ci fu trasmesso
dai secoli, di dichiarare immutabile il tributo prediale
nello stato in cui si trova, di rassomigliarlo ad un
canone enfiteutico, di convertire un debito a titolo pubblico in un debito privato e civile, che passando di
mano in mano si sconta nei prezzi: il qual sistema però
introduce sottomano l'imposta sull'entrata fondiaria col
processo della denunzia e della ricerca diretta individuale, e si smentisce per siffatta maniera da sé medesimo.

Da questo cozzo di sistemi e di pratiche infauste una
prima conseguenza si dee trarre ed è questa, che l'accertamento della rendita territoriale tassabile incontra
difficoltà talmente gravi, che si disputa ancora se e con
quali mezzi si possano superare. La seconda conseguenza

è quest'altra, che siccome *in rebus difficilioris probationis*
la logica vuole che si adoprino uniti tutti i mezzi di
prova, tutti gli amminicoli idonei ad aiutare in qualche
modo lo scoprimento del vero, così nell'intrapresa di
scoprire o provare l'esistenza o la quantità della rendita
territoriale si debbono combinare tutti i procedimenti
probatorii appropriati a questo genere di ricerca, val
quanto dire che si debbono coordinare il processo per
classi o per medie con quello della denunzia e della ricerca individuale, e il sistema dei contingenti con quello
di quotità: vis unita fortior. E vediamo senz'altro, come
ciò si effettui in pratica, premettendo solo che non il
reddito netto, ma il valore venale si dee ricercare direttamente nella stima dei fondi, avendo noi in altro
luogo lungamente dimostrato, che l'interesse normale
del capitale fondiario rappresentato dal valore venale
del fondo determina giustamente e legalmente il provento tassabile delle terre.

Noi dunque diciamo, che dividendo il territorio dello
Stato in compartimenti catastrali (più o meno estesi
secondo la varia natura delle regioni) il processo per
classi ci darà il valore territoriale complessivo di ogni
compartimento, e il processo per denunzia o ricerca
diretta individuale ripartirà assai bene il valore complessivo del compartimento fra i singoli poderi o pezzi
di terra che lo compongono.

Il processo per classi e per medie rivolto ad accertare
il valore territoriale complessivo di un dato compartimento adempie l'ufficio suo colle operazioni seguenti:

1° Si distinguono i terreni produttivi del compartimento in categorie per generi di coltura, e cioè si distinguono le categorie dei prati, dei campi, delle vigne,
dei boschi, dei pascoli, delle risaie e via dicendo;

2° In ogni categoria si stabiliscono le classi per
gradi di valore, comprendendo in ogni classe un prezzo
indefinito sì, ma circoscritto da due limiti, massimo e

minimo: e così, ad esempio, in un dato compartimento, presa cognizione della natura speciale de' suoi terreni, la categoria dei prati sarà divisa in quattro classi con questo disegno, che si debbano poi assegnare alla prima i prati (diciamo per modo d'esempio) di un valore venale di lire settanta a cento per ogni *ara;* alla seconda i prati del valore di lire cinquanta a settanta in ragione della stessa misura; alla terza, da quaranta a cinquanta; alla quarta da trenta a quaranta;

3° Stabilite le classi in via di massima, si procede alla ripartizione reale dei.terreni di una data categoria nelle varie classi, in cui la medesima si suddivise in astratto; si procede, in una parola, alla classazione dei fondi. A questo fine si sceglie per ogni classe un pezzo di terra che abbia il valore medio della classe medesima. E così (ritenendo l'esempio poc'anzi posto) si designeranno a'rappresentanti delle quattro classi, in cui si divide in ipotesi la categoria dei prati, quattro prati, presi come modelli, dei quali il primo (stimato individualmente e accuratissimamente coll'uso di tutti i mezzi di cui l'arte delle stime fondiarie dispone) si riconosca avere *un valore medio* tra le lire settanta e cento per ogni ara, (classe 1ª); il secondo rappresenti il valore medio tra le cinquanta e settanta (classe 2ª); il terzo tra le quaranta e cinquanta (classe 3ª): il quarto tra le trenta e quaranta (classe 4ª). Ciò fatto, la classazione reale di tutti i prati, e similmente di ogni altra categoria dei terreni del compartimento, si effettua agevolmente riferendo ogni terreno di una data categoria alla prima, seconda, terza o quarta classe, secondochè il medesimo per bontà e valore si rassomigli e si avvicini di più al fondo modello di questa o di. quella classe. A questo modo il numero *delle terre di paragone* corrisponde esattamente al numero delle categorie moltiplicato per quello delle classi, val quanto dire, che in ogni compartimento cadastrale il numero delle stime individuali da farsi in via assoluta non sarà mai eccessivo e tale che non si possa intorno alle stime adoprare la massima accuratezza. E siccome le classi e conseguentemente *le terre di paragone* in ogni categoria non supereranno per avventura giammai il numero di cinque o sei (1), la classazione dei terreni che si effettua in via di paragone non può incontrare un'estrema difficoltà, non trattandosi mai d'altro, che di giudicare comparativamente tra quattro o cinque terre-modello, quale di loro si rassomigli per bontà e valore e si avvicini di più al pezzo di terra della cui classazione si tratta;

4° Ultima viene, più facile o più sicura di tutte, l'operazione aritmetica, che raccoglie i valori parziali in un valore complessivo del territorio dell'intero compartimento. Ogni terreno (nel processo per medie) ha il valore medio della classe a cui appartiene: moltiplicando questo valore per la quantità dei terreni, si ottiene il valore complessivo di tutti i terreni appartenenti alla classe: e così procedendo di classe in classe o sommando in uno i loro valori, si ottiene quello della categoria; la somma dei valori delle categorie darà in ultimo il medio valore complessivo del territorio compartimentale.

Applicando ai singoli pezzi di terra il valore medio della classe, si pecca certamente in relazione ai singoli ora in più ora in meno: epperciò il processo per classi non darà mai tali risultati, che possano servire di norma immediata per una tassazione dei singoli; ma in un risultato complessivo compensandosi il meno col più, il processo per medie si palesa idoneo a darci un complesso non molto lontano dal vero, val quanto dire, nel tema di cui si tratta, un *contingente di valore* applicabile in

(1) Le leggi regolatrici del catastro francese dichiarano che per ogni natura di terreno le classi non debbano giammai distinguersi in numero maggiore di cinque.

massa al territorio compartimentale. Il qual contingente dovendosi poi ripartire secondo la verità reale del fatto sopra i singoli pezzi di terra, il legislatore potrà, in questo secondo ordine di operazioni, aver piena fiducia nel processo per denunzia e ricerca diretta individuale, purché imponga l'inesorabile condizione, che la somma dei valori ritrovati in questo secondo processo riproduca il contingente intiero portato dal primo.

Il vero valore dei singoli fondi indarno si cercherebbe direttamente col solo processo della denunzia e della ricerca individuale, chiedendo una *quota* senza contingente prestabilito; a quest'uopo si richiederebbe un volenteroso ed efficace concorso *dell'opinione locale:* e questa essendo interessata a celare i valori, non è sperabile che contraddica al suo interesse, e il contribuente aiuti volontariamente il fisco, che si presenta inerme: il nostro paese ne fece un esperimento recente: altre nazioni ne avevano già pur fatto l'inutile tentativo; e la Francia in particolare, che intrapreso nel 1801 il conguaglio del tributo prediale richiedendo ai cittadini direttamente la denunzia del valore o del reddito netto delle loro terre, rimaso dal fatto stesso duramente convinta dell'insufficiénza di questo processo « *procédé* (scrive « Coquelin) dont l'insuffisance avait déjà été reconnue « en d'autres circonstances, et qui ne devait pas mieux « réussir cette fois » (1).

Ma quel procedimento, che per la natura stessa delle cose chiarita dal raziocinio e dall'esperienza si dimostra inetto o insufficientissimo nel ricercare direttamente presso gli individui la quantità dei valori e dei redditi, e che fallisce certamente nell'impresa di accertarli in via di *quotità* assoluta, si dimostra al contrario efficacissimo *nella ripartizione di un contingente invariabilmente prestabilito.* Gli è che allora l'interesse e l'impulso del-

(1) COQUELIN, nel *Dictionnaire d'économie politique.* V° Cadastre.

l'opinione locale la rivolge in contraria parte; e se prima
si avvantaggiava dissimulando la verità da lei sola co-
nosciuta, sotto la pressione del contingente invariabile
nel suo complesso sente la necessità di un'equa ripartizione conforme alla realtà delle cose, facendosi organi
e denunziatori del vero coloro, che temono (e tutti lo
debbono temere) un ingiusto aggravio da un ingiusto
discarico.

Ed astenendoci da ogni maggiore discorso intorno ad
una verità già dimostrata ed applicata da noi nel tema
della tassazione dei proventi industriali, ripeteremo
senz'altro, che combinati e coordinati logicamente il sistema del contingente e quello di *quotità*, il procedimento
per classi e per medie con quello della ricerca diretta
individuale, si ottiene un censimento fondiario tanto
prossimo al vero quanto i bisogni della pratica lo richiedono: l'un processo prestabilisce il *contingente*, cioè il
valore complessivo del territorio, l'altro ricevendo impulso e un retto indirizzo dal contingente prestabilito
ripartisce secondo verità il valore complessivo del territorio sopra i singoli possessi fondiarii, assegnando a
ciascuno il valore che gli compete in relazione al totale.
I valori siffattamente assegnati ai singoli fondi rappresentano altrettanti capitali fondiarii: l'interesse legale
di questi capitali è il provento tassabile; l'aliquota da
prelevarsi a titolo di tributo fondiario è quella medesima che si preleva da ogni altra specie di proventi.

CAPO XXIV.

IMPOSTA DIRETTA SULLA RENDITA DELLE TERRE:
CENSIMENTO TERRITORIALE (CONTINUAZIONE).

L'impresa di un catasto censuario non ebbe sinora
(è d'uopo confessarlo) in veruno Stato un successo soddisfacente e durevole. Or di questa mala riuscita quali
sono le cause e quali le possibili maniere di ripararvi?

Il primo difetto, il vizio capitale dei tentativi sinora fatti consiste, a parer nostro, nello aver sempre disgiunto ciò che la natura delle cose congiunse. Si procedette il più delle volte col solo metodo della stima per classi e per medie: anche restringendo le classi e ravvicinando i due estremi delle medie, onde si accresce e si rende più malagevole il lavoro, si ottiene pur sempre un estimo catastrale troppo diverso nei singoli predii dal loro valore individuale. Altra volta si pose in opera il solo procedimento per denunzia e ricerca diretta individuale senza contingente prestabilito. Qual meraviglia che nè l'uno nè l'altro di questi due metodi, adoprati disgiuntamente, abbia giammai condotto l'impresa a buon fine, se la natura delle cose ha voluto che si adoprino congiuntamente e coordinati?

Il secondo vizio, che per nostro avviso nocque finora al censimento catastrale, deriva dal volersi ricercare il reddito netto in luogo del valore venale dei fondi.

Infatti il contratto di compra e vendita anche delle possessioni rurali è un fatto economico generale: non vi ha provincia, non circondario o distretto in cui le proprietà non si mutino da venditore a compratore a periodi talmente regolari nel loro complesso da dimostrar chiaramente che una generale e perseverante causa economico-morale produce sempre e dappertutto il medesimo effetto: non così il contratto di locazione, il quale non è frequentato nelle provincie, nei circondarii o in quei distretti dove per la natura e le abitudini della popolazione o pel modo di distribuzione delle proprietà prevalga il sistema di coltivazione o di amministrazione personale o delle colonie parziarie. Adunque se nel censimento fondiario si ricerca il valore venale dei fondi, siccome rappresentante il capitale tassabile, l'operatore incontra ad ogni passo documenti certi che lo istruiscono, cioè una serie di atti di vendita per ogni categoria di terreni. Se, all'opposto, si vuol ricercare, non il valore

venale ma il reddito netto, in molti casi l'operatore
manca di documenti e si trova impacciato nelle penose
inestricabili indagini del reddito lordo e delle spese di
coltivazione, di amministrazione, di riparazioni ordinarie
e straordinarie che tutte si vogliono dedurre per convertire
il provento lordo in reddito netto, cioè nel reddito locativo che è il solo tassabile: dove poi s'introduca l'uso
degli affittamenti, l'indagine del reddito locativo viene
tuttavia circondata da molte difficoltà e cause di errore.
Imperocchè, appressandosi le operazioni catastrali, le
locazioni in corso si sciolgono, ne nascono delle altre
poco sincere o sospette, ed anche gli affittamenti reali
e sicuri sogliono accompagnarsi con tante specialità di
durata o di stipulazioni diverse che difficilmente se ne
desume un reddito locativo normale per terreni consimili. In conclusione diciamo che la ricerca del valore
venale abbonda di documenti e di criterii che la indi-
rizzano per vie piane e sicure al fine che si propone:
non così la ricerca del reddito netto effettivo: la norma
del valore venale quanto si dimostra più vera razionalmente, altrettanto in pratica riesce più utile, di più sicura e facile attuazione. Sventuratamente i censimenti
usuali disconobbero sinora la verità di principio e resero
in pratica sempre più malagevole ed intricata la loro
impresa.

E come se tutto ciò non bastasse, l'errore sobillato
dal perfido egoismo dei non censiti, a cui giova allon-
tanare il censimento con qualunque pretesto, pose innanzi una pretesa necessità di operazioni trigonometriche
generali e di una tal perfezione geometrica della parte
descrittiva del censimento da ritardarne il compimento
indefinitamente, anzi da renderlo impossibile a furia di
spese che opprimono il paese e divorano in provenzione
il vantaggio sperato dall'intrapresa.

Pare a noi che l'esecuzione della parte descrittiva del

catasto spetti naturalmente ai comuni nella loro qualità
di rappresentanti l'universalità dei proprietarii delle terre
nei rispettivi territorii. Infatti la formazione delle mappe
comunali, in cui siano stabilmente distinte ed accertate
per situazione e per quantità le proprietà fondiarie di
ciascheduno, è innanzi tutto un interesse primario e diretto dei proprietarii, i quali nelle molteplici transazioni
civili, nelle successioni e divisioni concernenti i possessi
fondiarii sarebbero costretti di procedere alla formaziono
di cabrei ed a misurazioni particolari dei loro poderi,
se non vi supplisse la mappa e la misurazione generale
in ogni comune: anzi la mappa comunale, per l'effetto
di distinguere i siti e procacciare ai poderi una desi-
gnazione stabile e certa, sorpassa di gran lunga l'utilità
dei cabrei, se pure non è il solo mezzo idoneo a raggiungere tale scopo. Che se la carta descrittiva dei possessi fondiarii in ogni comune giova anche allo Stato per
lo stabilimento del tributo prediale, tuttavia prevale
anche per questo riguardo l'interesse dei proprietarii, i
quali, sottoposti attualmente a un sistema di tributi iso-
lato e necessariamente arbitrario, non altrimenti che per
la via di un nuovo conguaglio dell'imposta universalizzata
sopra ogni specie di capitale mobile ed immobile, potranno
finalmente impetrare che, come ogni persona, così ogni
proprietà diventi eguale dinanzi alla legge. Adunque crediamo che, riservate allo Stato tutte le operazioni di
stima catastrale, della parte descrittiva si debbano in-
caricare i singoli comuni come rappresentanti nei rispettivi territorii l'universalità dei proprietarii di terre: essi
si prevarranno delle carte e delle mappe già esistenti,
le rivedranno sotto la vigilanza del governo, formandole
di pianta, dove mancano affatto: e quando ogni preten-
denza di perfezione geometrica sia condannata alla pratica, a cui basta approssimarsi al vero, crediamo che
sarà vinto il terzo ostacolo che sinora si oppose al pieno

successo delle catastrali intraprese. Ma resta ancora un
ultimo ostacolo.

Il progresso economico apporta continuo aumento del
capitale nazionale, del quale progressivo incremento una
parte si distribuisce sulle terre sotto la forma di migliorie
generali e speciali. La costruzione di nuove strade, l'a-
pertura di nuovi canali d'irrigazione ed ogni sorta di
lavori pubblici diretti a promuovere l'agricoltura e il più
facile smercio de'suoi prodotti sono migliorie generali
di un'intera regione, sono un'aggiunta al suo capitale
territoriale; e le singole proprietà comprese nella regione
medesima crescono di valore, perché in effetto il capitale
fondiario rappresentato da ciascuna di esse si è di tanto
accresciuto, quanto è il beneficio risultante a ciascuna
di esse dal riverbero della miglioria generale avvenuta
nella regione. Nulla diciamo delle migliorie speciali che
ogni proprietario suole operare attorno alla sua proprietà,
incorporandovi nuovi capitali: avvenendo queste migliorie,
l'aggiunta di un nuovo capitale fondiario a quello che
già prima esisteva è un fatto evidente per se medesimo.
Se dunque il tributo prediale non è altro che una tassa
sul provento del capitale fondiario, e se questo si muove
e progredisce, chi potrebbe ragionevolmente volere l'im-
mobilità del tributo? Anzi il tributo veramente immobile
è quello che serba immutabilmente la stessa ragione col
valore tassato, e se questo si muove in aumento, il tributo movendosi allo stesso modo e nella stessa misura
sarà in verità un tributo essenzialmente immutabile: ed
è questa la sola immutabilità di che abbisogna la sicurezza delle contrattazioni civili. Datemi un tributo prediale arbitrario, suscettivo di essere aggravato senza
relazione alcuna ad altri tributi, senza regola, senza
limite: dico che ne rimane offesa la certezza delle civili
contrattazioni: ma datemi in quella vece un tributo prediale, che sia l'espressione di una sola e medesima imposta universalizzata sopra ogni specie di capitale mobile

od immobile, e che sempre si mantenga nella stessa ragione col capitale rappresentato dal valore del fondo, e di cui non si possa mai, per una disposizione speciale alle terre, elevare la quota: e allora dico che la sicurezza delle contrattazioni, anzi di tutto l'ordine economico della Società civile sarà raffermata sopra quell'unica base che abbia fondamento nella natura medesima delle cose.

Quando pertanto si propone di accettare come un fatto compiuto e fermo a perpetuità le stime catastrali avvenute da secoli, e si vuol giustificare cotale immutabilità allogando la sicurezza delle contrattazioni civili, una simile allegazione si ha a riguardare qual mero pretesto. La vera, l'intima ragione di simili opinioni muove da un sentimento d'impotenza, quasichè mancasse ogni mezzo praticabile di tenere il censimento in corrispondenza coll'incremento continuo del capitale territoriale. Ma ci pare che il mezzo non manchi, e che quest'ultima difficoltà del sistema catastrale si possa vincere, quando si rifletta per bene al rapporto che corre naturalmente tra l'accertamento del tributo prediale e quello delle tasse di registro e di successione: sopra di che chiariremo il nostro concetto con breve discorso.

E primamente avrai già osservato, accorto lettore, che nel sistema catastrale a doppio processo, di cui discorriamo, si distribuisce sulle singole terre non un contingente di tassa ma il contingente del valore territoriale dell'intero compartimento: a questo modo i due processi si aiutano, e il valore delle singole terre rimane fissato anche in riguardo allo Stato, che misura da esso la tassa appartenente alle singole proprietà. Che se all'incontro dal contingente del valore si deducesse immediatamente un contingente di tributo da imporsi in massa sull'intero compartimento, i distributori del contingente di tributo potrebbero adottare per termine di paragone valori convenzionali, fittizi, disformi affatto dal vero, che servirebbero egualmente ad una giusta distribuzione, ma non accerterebbero punto in via assoluta il valore reale delle singole proprietà. Epperciò nel sistema catastrale, di cui si discorre, riteniamo siccome essenzialissimo il principio di eliminare ogni idea di contingente di tassa, e di distribuire direttamente col secondo processo sulle singole terre quel totale e complessivo valore del compartimento territoriale che deve resultare dal primo processo per classi.

Accertato cosi in via assoluta il valore reale delle singole proprietà fondiarie, ne nasce immediatamente tra il censo e il registro un rapporto intimo, una specie di azione e di reazione. Infatti avvenendo la mutazione del proprietario per alienazione o per successione il registro trova nel censimento la base sicura della tassa di mutazione, e reciprocamente, aperta una volta l'indagine sul valore di determinati poderi caduti in vendita od in eredità, il registro (ampliato e regolato dalla legge appositamente siccome instituzione sussidiaria del censo e della sua conservazione) si troverebbe in grado di accertare quegli incrementi di capitale o di valore che fossero avvenuti in quei determinati poderi, e di promuovere l'instanza, secondo certe e determinate discipline legali, acciocchè il nuovo stato e il nuovo valore del fondo sia inscritto nei libri del censo, e tassato secondo la vigente misura. Così nel giro di una generazione, mutandosi di possessore, tutte le proprietà fondiarie subirebbero di mano in mano (e tutte in ciò perfettamente eguali dinanzi alla legge) una revisione particolare nei loro rapporti col censo: e allora, venuto il tempo di una revisione generale e simultanea, lo Stato vi procederebbe con pieno ed assicurato successo, avendo a sua disposizione i moltiplici documenti delle primitive operazioni di stima a doppio processo, e delle successive revisioni particolari, che avrebbe di tempo in tempo operato il registro. Al pericolo poi, che una tassazione immediata o troppo vicina impedisca le migliorie dei fondi, si ri-

para agevolmente concedendosi per legge alle aggiunte
di capitale fondiario una temporanea esenzione, colla sola
condizione di denunziarle preventivamente al registro.

CAPO XXV

SPOSIZIONE E CONFUTAZIONE DEL SISTEMA,
CHE FU' DETTO CONSOLIDAMENTO DEL TRIBUTO PREDIALE.

Il governo di un paese vergine di tributi intraprende
il censimento territoriale col disegno di tassare le terre
al decimo del loro provento. L'operazione mal condotta
non corrisponde al disegno: e mentre parecchie terre
sfuggono completamente e rimangono non censite, altre
ricevono l'imposta di un solo vigesimo, altre all'incontro
si trovano aggravate di tre vigesimi, e solo una parte
del territorio risulta in fatto tassata conformemente alla
idea preconcetta, cioè di due vigesimi, ossia di un decimo del provento.

E tu già comprendi, o saggio lettore, che ora noi met-
tiamo innanzi un'ipotesi: ipotesi necessaria a ben chiarire *il sistema del consolidamento*. Proseguiamo adunque
e poniamo, che nel giro di parecchie generazioni tutte
le terre, così, come si suppose, inegualmente censite,
siano state man mano vendute dai primi proprietari o
dai loro eredi: *il sistema del consolidamento* ci dice, che
le primitive ineguaglianze di tassazione si compenserebb-
bero in detta ipotesi colle disuguaglianze dei prezzi, e
che perció nella persona dei nuovi possessori a titolo di
compra le condizioni sarebbero pareggiate. Infatti (prosegue *il sistema*) le terre che rimasero non censite dovettero vendersi ad un prezzo corrispondente affatto
alla pienezza del loro naturale valore e del loro provento
reale non diminuito da tassa, doveché l'onere tributario
di un vigesimo del provento capitalizzato nel vigesimo
del valore si dovette certamente calcolare e detrarre dal

prezzo pieno nella compra delle terre tassate di un vigesimo, e così via via il prezzo di compra si dovette scemare colla detrazione di due o di tre vigesimi in riguardo alle altre terre onerate nel censimento, e tassate quale di due e quale di tre vigesimi della rendita. Di che dunque si lagnerebbe il possessore di una terra tassata al quindici per cento del reddito? Se egli nell'acquistarla detrasse dal prezzo pieno un capitale corrispondente al carico, mentre il possessore della terra non censita ne diede il prezzo completo senza detrazione, egli deve sentirsi in condizione affatto pari a quest'ultimo. E in che si vorrebbe invidiare la sorte del possessore che paga all'erario un solo vigesimo? Se egli comperando la terra detrasse un solo vigesimo, mentre il compratore della terra gravata del decimo dedusse il decimo, la sorte dell'uno non si saprebbe veramente considerare come migliore della sorte dell'altro. Dicasi adunque, che la tassazione disuguale colpisce realmente i proprietari contemporanei, nelle mani dei quali le proprietà scemano di valore e di prezzo in proporzione del carico: ma nei successori per titolo di compra le disuguaglianze spariscono, le condizioni tornano a pareggiarsi, e pagatasi da ciascuno la rispettiva imposta maggiore o men grave, od anche non pagandone alcuna, perchè la terra non fu censita, ognuno finalmente ritrova un reddito corrispondente al capitale sborsato nell'atto d'acquisto.

Corretta a questo modo la primitiva ingiustizia dalla legge economica determinativa dei prezzi, supponiamo (prosegue *il sistema*) che lo Stato, cresciuti i bisogni, debba chiedere alle terre un nuovo decimo della rendita: come procederà? Raddoppiando le quote attuali che sono ancora le primitive, si ripeterebbe a carico dei proprietari attuali quella medesima ingiustizia, che soffersero i possessori contemporanei al censimento originario, e a ripurgarla colla legge compensativa dei prezzi bisognerebbe nuovamente attendere il passaggio di parecchie

generazioni, e una nuova vendita di tutte le terre. Che
fare pertanto? Consolidare lo stato attuale, poichè in
esso pur si è finalmente consolidato l'equilibrio del diritto — dichiarare immutabile e fermo a perpetuità il
tributo prediale quale ci fu trasmesso dai secoli, e che
disuguale in origine si fece giuridicamente eguale nelle
persone dei successori, ed eguale si mantiene alla sola condizione di non alterarlo nè in più nè in meno; — e il
nuovo decimo della rendita fondiaria, che abbisogna allo
Stato, cercarlo in un'altra maniera di tassazione prediale,
a mo'di esempio, coll'applicazione del metodo per denunzia
e ricerca individuale dell'entrata fondiaria, chiedendone
un decimo a ciaschedun possessore sulla base della fatta
denunzia e della susseguita verificazione. Questo dice *il
sistema del consolidamento del tributo prediale;* ma non ci
pare, che i suoi dettati possano menomamente reggere
a fronte delle considerazioni seguenti.

Il sistema pone per primo principio, che i compratori
delle terre non censite o segnate solo d'una tassa inferiore alla tassa normale non debbano essere inquietati
ulteriormente. Questo principio è falsissimo. Il conguaglio
è un dovere ed un diritto perpetuo, inalienabile e im-
prescrittile dello Stato: le terre non censite secondo la
norma comune, benchè esenti di fatto in tutto od in
parte, portavano però inerenti a se medesime e giuridicamente inseparabile il carico del tributo normale in
attesa della legge, che procedendo al conguaglio tradu-
cesse in atto il principio e conformasse anche il fatto
al diritto. Adunque i compratori acquistarono le terre
con questo carico naturale: conoscevano e dovevano conoscere l'obbligo perpetuo dello Stato: previdero o dovettero prevedere che lo Stato sarebbe tardi o tosto
addivenuto al compimento del suo dovere: e tennero
per conseguenza, o dovevano tener conto del conguaglio
futuro nella valutazione del prezzo d'acquisto: nè i primi
proprietari vendendo, nè i compratori sostituendosi ai

loro autori pregiudicarono i diritti del pubblico: il fondo passa *cum omni causa*, e rispetto alla cosa venduta la persona del compratore s'identifica con quella del venditore: e così anche dopo il trascorso di secoli la legge non vede che il primo proprietario non stato in origine debitamente censito, e tanto più strettamente obbligato di accettare la condizione di diritto comune, quanto più lungamente ha goduto di un indebito privilegio. E se gli antichi privilegi di esenzione dal tributo prediale, benché allegassero consuetudini inveterate o concessioni del principe, ed altri consimili titoli legali di vecchia stampa, e benché questi titoli avessero per avventura esercitato un'influenza non affatto illegittima sui prezzi dati dai compratori, tuttavia dovettero scomparire dinanzi al raggio potente del diritto comune, con qual fronte resisterebbero quelle esenzioni di puro fatto, senz'altro titolo, che gli errori d'un censimento? Tu dici, che non avresti applicato il tuo capitale alla compra di una terra debitamente tassata. Ma che? Non ha forse lo Stato il diritto, anzi strettissimo obbligo di ricercare il tuo capitale, dovunque si nasconda, ed imporgli la tassa normale? Ed ora che il tuo capitale si produsse incorporandosi in una terra, lo Stato potrà graziarlo, e soprapporre agli altri già gravati la quota che spetta a lui? Tu speravi cotesta graziosa esenzione, e ne tenesti conto (ne dici) nella valutazione del prezzo: ma qual era il titolo della supposta speranza per farne la base di un *diritto acquisito?* Riconosci piuttosto, che profittando per il presente dell'esenzione di fatto, tu affidasti l'avvenire ai decreti della legislazione confessando nella tua coscienza la legittimità del conguaglio che fosse in avvenire per operarsi. Tale è il fatto che ti riguarda, o certamente tale è il solo supposto legittimo che si possa fare sul tuo conto.

Dall'altra parte i compratori delle terre, che nel censimento generale furono aggravate oltre la misura normale, rappresentano anch'essi i primi proprietari, essendo succeduti in tutti i loro diritti riguardanti la cosa, epperò anche nel diritto al conguaglio. Si obbietta, è vero, non senza apparenza di ragione, che questi in confronto dei compratori di terre più leggermente tassate sborsarono un capitale minore, e che perciò il conguaglio sarebbe per essi un vantaggio affatto gratuito, insperato, e quasi si direbbe un regalo. Per vero, nel comperare due terre una vicina all'altra eguali per quantità, per situazione, per fertilità o stato di coltura, ma diversamente censite, essendo l'una aggravata di un tributo enorme, l'altra leggermente tassata, tu certamente non daresti un prezzo eguale per l'una e per l'altra. E nondimeno ben considerata l'obbiezione, per quanto essa sia speciosa, apparirà non reggere nè in fatto, nè in diritto, nè in equità.

Nel fatto la sproporzione del censo suole verificarsi non già da fondo a fondo nel medesimo luogo, ma sì da provincia a provincia, da regione a regione. Sta ancora in fatto, che risalendo un mezzo secolo addietro, la moltiplicità degli Stati, le barriere politiche e commerciali tra Stato e Stato, la minore attività economica, la maggiore difficoltà delle comunicazioni e della diffusione del capitale mobile da provincia a provincie, i gravi pericoli, a cui nel regime delle ipoteche generali ed occulte andavano esposti gli impieghi del capitale, e la debolezza del credito in generale, tutte queste cause congiunte all'influenza del pregio speciale, che l'opinione comune, il costume, ed anche gli istituti politici solevano attribuire al possesso della terra, potevano indurre, nelle diverse provincie, speciali e svariati rapporti tra il capitale mobile offerentesi all'acquisto delle terre, e la quantità delle terre offerentisi in vendita: val quanto dire, che per le accennate cause il rapporto tra l'offerta e la domanda nella compra e vendita delle terre poteva grandemente diversificarsi da provincia a provincia: eppertanto supponendo, che in una regione, dove il censo

fondiario si fosse soverchiamente aggravato, la domanda
delle terre superasse l'offerta, e al contrario, nella regione
più favorita e benignamente trattata dal censimento,
l'offerta in un dato tempo superasse la domanda, od anche
solo l'una e l'altra si mantenessero in un certo equilibrio,
ne sarebbe evidentemente addivenuto l'effetto, che non
ostante il diverso censimento delle due provincie, i prezzi
delle terre si sarebbero pareggiati, od anche fatti per
avventura più gravi in quella regione appunto, in cui
fosse più grave il tributo. Tant'è: il supposto divario
del prezzo d'acquisto tra terre e terre appare bensì ve-
risimile raffrontando l'acquisto di due terre nel medesimo
sito e nel medesimo tempo: ma nei rapporti tra tempi
e tempi, tra regioni e regioni, e particolarmente dovendo
fare il raffronto in riguardo alle compre di terre avvenute
nelle tristi condizioni economiche e politiche già domi-
nanti nel trascorso secolo, quel supposto divario perde
il valore di una pratica verità, assume il carattere di una
idea astratta ed arrischiata, soggetta ad essere smentita
dal fatto.

Ritorna dunque come unica norma razionale e possibile il criterio giuridico. A che istituire una ricerca sul-
l'origine dei possessi, sulla varia condizione dei titoli
antichi, sulla prevalenza del bisogno di vendere o del
bisogno di comprare, che necessariamente si diversifica
e genera varietà di prezzi nei luoghi e tempi diversi,
quando l'identità giuridica del primo proprietario e dei
successori porge un più vero e più certo criterio? Il diritto al conguaglio che avevano dirimpetto al pubblico
ed allo Stato i primi proprietari lesi dal censimento ine-
guale, si trasmise agli eredi ed agli aventi causa a qualunque titolo: i compratori assunsero col grave tributo
anche la ragione ad un futuro conguaglio, per quanto
essa si fosse eventuale ed incerta, più o meno sperabile
secondo le varie vicende, le diverse disposizioni delle
opinioni e dei tempi: che se il possessore attuale di una

terra soverchiamente aggravata ne possiede pure un'altra non censita o troppo leggermente tassata, non dovrebbe, egli per questa terra assoggettarsi al conguaglio e ricevere un tributo normale? E se egli possedesse inoltre un capitale mobile sotto diverse forme, sopravvenendo un conguaglio più generale, non dovrebbe egli ricevere anche le nuove tasse sul capitale mobile? Adunque le ragioni di fatto, di diritto e di equità concludono e riescono tutte alla gran legge del conguaglio universale che sollevi gli uni, imponga gli altri, e riduca tutte le proprietà produttive alla condizione di un contributo normale.

Ma proseguiamo ancora per poco: perocché la questione vuol essere considerata sotto un ultimo aspetto.

L'idea del consolidamento del tributo antico nasce dalla necessità d'imporre alle terre un tributo addizionale: « Intimiamo (così gli autori di quel disegno) ad « ogni cittadino l'obbligo di denunziare la sua entrata « fondiaria: verifichiamo le denunzie, ed accertato il « reddito netto, preleviamone un vigesimo: e ricaveremo « così dal provento fondiario un tributo addizionale equa- « bilmente ripartito, che a volerlo distribuire coi censi- « menti attuali pieni di errori e d'ineguaglianze riusci- « rebbe ingiusto, oppressivo ed insopportabile. » Egli è manifesto che in tal disegno si presuppone che il processo per denunzia e ricerca diretta possa dare nel riparto della tassa un resultato abbastanza giusto, più appagante dei censimenti in vigore. Accettiamo per un istante la supposizione, e per darle maggior fondamento aggiungiamo l'ipotesi, che la legge prescriva la denunzia e la verificazione dei valori venali anziché del reddito netto delle terre, essendo questo il solo mezzo di rendere più efficace il procedimento. E tutto ciò presupposto, si tratta di ricercare, se non converrebbe rifondere anche il tributo antico nel nuovo, effettuando il conguaglio nell'atto e con quel metodo stesso, con cui si aumenta il tributo.

I valori delle terre sono denunziati e verificati: voi mi dite ed io vi concedo, che colla misura di questi valori si possa effettuare una giusta ripartizione sopra le terre dei cinquanta milioni che (in ipotesi) volete aggiungere al tributo prediale antico, il quale ingiustissimamente distribuito già produce in massa all'erario, poniamo, un centinaio di milioni. Ma in grazia (vi dirò io): se il nuovo processo è idoneo a ripartire equamente cinquanta milioni addizionali, non potrebbe similmente distribuire anche l'antica mal distribuita imposta prediale di cento milioni? Ed avvertite che le operazioni dirette all'accertamento dei valori delle terre riuscirebbero anche meglio: imperocchè alla vastità dell'operazione (se vogliamo un serio concorso di tutte le forze necessarie all'uopo) conviene far corrispondere l'importanza dello scopo e dei resultati: e la gigantesca impresa del censimento dei redditi e dei valori delle terre di tutto lo Stato allora soltanto si potrà promuovere con tutti i mezzi richiesti, quando si proponga un fine corrispondente, il conguaglio del tributo intiero, abrogando le vecchie gravezze, anzichè di una parte minima, lasciando pesare sul paese le antiche ingiustizie. Adunque se il procedimento a parer vostro riesce a bene, estendetelo, fatelo strumento di conguaglio, che apporti nel medesimo tempo giustizia al paese e un aumento di tributo all'erario: e rendete a questo modo più seria e più accettabile la vastissima operazione.

Vi dirò ancora, che senza il conguaglio il tributo addizionale comunque ripartito riesce intollerabile a tutti coloro che siano più aggravati dal censimento vigente. Vedete quell'agricoltore, che possedendo un modesto podere paga ogni anno allo Stato, alla provincia, al comune oltre il terzo e forse la metà della rendita: egli attendeva il conguaglio, un sollievo: ed ecco sopraggiunge il fisco con una imposta addizionale, dicendogli: *Non lagnarti; che forse i tuoi maggiori comperarono il fondo a minor prezzo!* Non vi pare che costui abbia diritto di maledire un si barbaro trattamento ?

Ma considerate ancora gli effetti economici della troppa disuguaglianza nel censo delle terre. I capitali disponibili per le migliorie delle terre accorrono naturalmente colà dove manchi o men pesi il tributo, lasciando in abbandono quei fondi , che producano più all'erario che al possessore. Ora ogni capitale che si aggiunga a terreni non censiti o privilegiati di una lieve ed imperfetta tassa equivalente ad una parziale immunità non è forse un capitale che sfugge al tributo normale? E che direte delle migliorie generali, delle costruzioni di ferrovie, di canali, del miglioramento economico di un'intera regione? Se il tributo principale è consolidato, fermo a perpetuità, il tributo addizionale non tasserà che in parte i nuovi valori. E si certamente: nel sistema che consolida il tributo antico, aggiungendovi solo un'imposta addizionale *minore*, i progressivi aumenti del capitale fondiario sfuggono alla tassazione normale : perocché la sola che li possa colpire è l'imposta addizionale, che appunto come tale non può da se sola costituire una tassazione completa.

Bene si può prevedere, che a quest'ultimo vizio il *sistema* tiene in serbo un rimedio, efficace ma violento. Esso s'introduce con una imposta addizionale modesta, la quale però crescerà pian piano dal cinque al sette, al dieci, al quindici per cento, *sino al punto di formare per se sola una tassazione completa dell'entrata fondiaria.* Quanto al tributo antico (di cui il nuovo siffattamente accresciuto non sarebbe che una violenta duplicazione) non è più (ci si dice dai fautori del *sistema*) da farne verun caso: il vecchio tributo, scontato nei prezzi, e finalmente consolidato per legge, diviene affatto simile ad un canone enfiteotico, e con questa similitudine s'invitano i possessori a redimerne le loro terre mediante il pagamento del capitale prezzo: ed eccovi purgate e affatto sgombrate le terre dalle vecchie gravezze mediante l'ingegnosa conversione del tributo pubblico in un debito civile, in un canone livellario, che il riscatto torrà di mezzo: eccovi le terre vergini di tributo, e rese suscettive di una imposta principale sulla rendita fondiaria, di una tassazione nuova, in suo genere perfetta e completa.

Io suppongo, saggio lettore, che tu sentirai al pari di me tutta l'odiosità del sofisma. Finché si dice che le terre più gravate poterono, in date circostanze di luogo e di tempo, essere vendute a prezzo minore che le men gravate, l'asserzione si può discutere; ma quando *per breves quasdam mutationes* (in che consiste l'essenza della cavillazione (1)) si passa a dire che il compratore considerò il tributo come un canone, che ne dedusse il capitale, e che egli insomma si trova possessore di un fondo vergine di tributo, come se avesse comperata una terra enfiteotica sfuggita al censimento e non ancora tassata, allora l'asserzione assume il carattere di una menzogna manifestissima. Chi compra una terra gravata di un debito puramente civile, quale si è un canone enfiteotico, ma sfuggita al censimento e non ancora assoggettata al tributo prediale, costui conosce il diritto dello Stato, sa che presto o tardi il tributo dovrà riceversi e conseguentemente nella valutazione del prezzo tien conto anche di questa circostanza, né gli cade in pensiero che il canone dovuto al direttario abbia menomamente a guarentirlo in avvenire da quel tributo pubblico, che pur già pagano le altre terre, benché similmente gravate di canoni e di livelli privati. Quegli, all'incontro, che compra una terra già censita e gravemente tassata, spererà legittimamente un conguaglio futuro, ma innanzi tutto sa che il tributo, ch'egli paga e continuerà a pagare annualmente allo Stato, non è un debito né un pagamento

(1) Dig. *De verborum significatione*, fr. 177.

che egli faccia a un privato: sa che il tributo può essere
conguagliato ed anche proporzionalmente accresciuto, ma
non mai che le terre censite debbano considerarsi come
le non censite e confondersi tutte in una nuova tassazione, eliminato e ritenuto ad un tempo l'antico tributo,
cioè eliminandolo dal cómputo e ritenendolo per continuare a riscuoterlo. Per vero, che tutto ad un tratto
quasi per incanto *restando il carico, scompaia il tributo;*
che ciò che si dava a titolo di contribuzione alle spese
pubbliche si trasformi in un pagamento a titolo di debito
e livello civile, onde poter dire alla terra: « *Tu non*
« *contribuisci più nulla alle spese pubbliche, t'impongo*
« *il tributo;* » questo sarebbe, non un ragionamento
degno di questo nome, ma un bugiardo, un insolente
travisamento del vero.

Ora noi non prenderemo a investigare quali necessità
straordinarie o quali specialità di situazione possano spiegare il fatto di una trasformazione consimile avvenuta
per legge in Inghilterra. Colà il tributo prediale (*landtax*)
fu per legge dichiarato fermo a perpetuità nello stato in
cui si trovava al tempo della legge, fatta facoltà ai proprietarii delle terre di riscattarle dal tributo, come da un
canone enfiteotico, mediante il pagamento del capitale:
e molti infatti affrancarono i loro poderi: e dove il proprietario non chiede l'affrancamento, il governo stesso
vende il tributo, come una rendita fondiaria, a chiunque
offra il capitale corrispondente. Ma questa conversione e
queste vendite della *landtax* (scrive il dottissimo e as-
sennatissimo Jacob) non sono altra cosa che una semplice
operazione finanziaria: «Laquelle on ne saurait que dif-
« ficilement approuver, et qui a pour but de tirer des
« propriétaires fonciers une certaine somme (1). » Il Ricardo insegnava che, a malgrado di questa legge e dei
già operati riscatti, lo Stato in Inghilterra avesse il di-

(1) JACOB. *Science des finances.*

ritto d'imporre nuovo tributo alle terre, alla sola condizione *di cambiar la forma della tassazione*. Ma questa interpretazione, soggiunge il Jacob, mi pare un sofisma: « Le vrai de la chose est, qu'aucun gouvernement ne peut « s'engager à ne jamais hausser un impôt, parcequ'il « ne peut pas savoir si un pareil engagement ne l'em- « pêchera pas à l'avenir de répartir équitablement les « taxes. Une pareille promesse est donc nulle en elle- « même; *et si par malheur elle a été une fois donnée, il* « *ne reste sans doute* qu'à l'interpréter de la manière « voulue par Ricardo » (1). E quasi prenunziando quello che doveva accadere, lo stesso autore scriveva: « Si Ja- « mais en Angleterre on adoptait le sistême de répartir « les impôts en totalité, ou du moins en partie *suivant* « *la base du revenu net* (che è il processo della denunzia « e ricerca diretta individuale), la rente foncière ne « pourrait nullement rester exempte de taille, et la « *landtax* reparaîtrait de nouveau, quoique *sous une forme* « *différente* et améliorée » (2). E così avvenne di fatto. Ripetiamo e concludiamo che il consolidamento della *landtax* non ha il valore di un principio e non è nemmeno un'operazione finanziaria da proporsi a modello.

CAPO XXVI.

IMPOSTA DIRETTA SULLA RENDITA DELLE TERRE; CONCLUSIONE.

Escluso il consolidamento, non rimane che il conguaglio co' suoi tre procedimenti possibili, che sono il processo per classi, quello per denunzia e ricerca diretta individuale, e l'unione dei due metodi. Il primo serve a stabilire il valore complessivo del territorio compartimentale, non

(1) *Science des finances*, § 1167.
(2) JACOB, *ibid.*

il valore delle singole proprietà; il secondo si adopra
con successo nella ripartizione fra le singole proprietà
di un valore complessivo prestabilito, e riuscirebbe man-
chevole senza l'impulso e l'indirizzo del contingente:
resta dunque l'unione dei due metodi, i quali, coordinati
in modo che l'uno fornisca il contingente e l'altro ne
faccia il riparto, raggiungono pienamente lo scopo.

Si ha però da sostituire alla norma del reddito netto
la doppia base del valore venale, come rappresentante
un capitale, e dell'interesse normale del capitale medesimo: e ciò s'ha da fare, non tanto per agevolare le
operazioni del censimento e trovar modo di mantenere
poi le stime censuarie in corrispondenza colle vicende e
col naturale e progressivo incremento del valore e del
capitale fondiario, quanto per obbedire ai principii razionali della materia e alle leggi dell'ordine di natura.
Solo ricorderemo quanto abbiamo altrove dimostrato",
che dovendo essere censiti e tassati distintamente: 1° il
lavoro impiegato nelle industrie e nei commerci; 2° il
capitale mobiliare che vi sia addetto sotto qualunque
forma, non è però per le leggi dell'ordine naturale tassabile direttamente nè il lavoro delle classi più infime,
nè il capitale mobile in quanto si adopra nelle classi
medesime come stromento di lavoro. Senza la contemporanea osservanza di questo secondo principio abbiamo
già pur dimostrato che la base del valore venale, nel
censimento fondiario, recherebbe grave pregiudicio alle
provincie dove abbondino i contadini proprietarii, a carico
dei quali ne sarebbero avvantaggiati i distretti in cui
prevalesse il sistema della grande proprietà. Nell'ordine
naturale le leggi si corrispondono, si sorreggono, si completano a vicenda o si limitano equilibrandosi, ed anche
gli effetti delle une compensano i contrari effetti delle
altre; già lo dicemmo più volte: l'ordine naturale è uno
e indivisibile: rotta una parte, le altre cadono, il tutto
ne rimane sconvolto.

CAPO XXVII.

La successione del figlio al padre è di ragion naturale: la facoltà di testare, anche in favore di estranei, nasce dal diritto di proprietà e dalle leggi immutabili dell'economia sociale, che è pure il vero ordine di natura: la parentela è un'estensione della famiglia e la successione legittima un testamento presunto. Adunque lo Stato non ha un diritto suo proprio di partecipare alle eredità dei morenti: e il giustificare la tassa sulle eredità, quasi come una consuccessione dello Stato, ovvero qual premio dovuto al medesimo perchè non usurpa le eredità dei privati, sarebbe a nostro avviso un errore: all'infuori dell'imposta, lo Stato non ha diritto alcuno sulla proprietà dei cittadini, la persona dei quali, identificata sempre per legge di natura con quella dei successori, è *giuridicamente* immortale: e per conseguenza la tassa di successione o si giustifica coi principii regolatori delle pubbliche imposte, o deve essere rigettata.

Noi crediamo che si possa giustificare, e che anzi la si debba ritenere qual supplemento necessario dell'imposta diretta sul capitale mobile ed immobile. Infatti già si è in altro luogo da noi ampiamente dimostrato, come l'imperfezione dei metodi da una parte e la tenace resistenza dall'altra impongano nella tassazione diretta la necessità di tale moderazione, da non poterne ricavare un prodotto sufficiente ai pubblici bisogni. Eppertanto, dove si offra un'occasione periodica, comune a tutti i contribuenti, di riscuotere un supplemento con più agevolezza e senza offesa dell'eguaglianza, la si debbe questa opportunità afferrare senza esitazione: imperocchè le tasse sulla spesa a cui, come ad altro metodo egualmente principale, le naturali imperfezioni della tassazione diretta ci costringono di ricorrere, recano anch'esse con molti pregi gravissimi difetti. Or bene, l'occasione d'imporre direttamente un supplemento di tassa al capitale si appresenta opportunissima nel momento del passaggio dei beni dal morente all'erede, quando già la persona del possessore si stacca dalle proprietà, e questi non giunsero ancora a quella del successore: il peso impostivi dalla legge in quell'atto ed in quel momento perde la sua qualità di gravezza mescolandosi ad un beneficio, e l'eredità siffattamente gravata si raccoglie sempre dal successore come un dono gratuito della fortuna, in quella guisa che una vera donazione non cessa per aggiuntevi modalità di essere pel donatario una fortuna ed un beneficio.

Il testatore che non ha figli nè altri prossimi parenti instituisce e lascia erede un amico: il pagamento della gravissima tassa, corrispondente alla decima parte non già del provento ma del capitale stesso, e cioè *ad un cumulo di venti imposte ordinarie*, non torna increscioso a colui, che non si aspettava un tale incremento di patrimonio. Nell'animo degli eredi chiamati dal diritto di parentela, estensione della famiglia e della comproprietà e comunione domestica, già il sentimento del diritto affievolisce più o meno (secondo il grado) l'idea ed il sentimento di un beneficio puramente gratuito: epperciò la legge misura giustamente le sue domande dal grado di parentela, graduando la tassa, e discendendo dal decimo al vigesimo del capitale, ed anche al quarantesimo, cioè ad una somma eguale ora a dieci ora a cinque volte l'imposta ordinaria, supplemento sempre ragguardevole, anche quando si circoscrive in cotali limiti.

In linea discendentale però la successione nasce più direttamente dal condominio e dalla comunione domestica: il figlio succedendo al padre acquista più veramente la libera amministrazione dei beni, che la famiglia raccolta sotto la potestà paterna tiene per conto di tutti i suoi membri; e poichè nelle classi infime la morte del capo suole essere per la povera famiglia anche un disastro economico, conviene confessare, che manca nelle successioni povere quella opportunità d'imporre un supplemento di tassa diretta sul capitale, nella quale opportunità risiede l'unica ragione giustificativa della tassa di successione. Ma salendo a gradi superiori la tassa medesima, tenue da principio, dovrà mano mano progredire e crescere. Questo punto si collega con un altro, di cui si discorrerà in uno dei seguenti capi, e basti per ora averlo accennato.

I corpi morali non muoiono: sui loro beni non si apre mai successione: se dunque la tassa di successione è un supplemento all'imposta diretta sul capitale, i beni dei corpi morali debbono assoggettarsi ad una tassa speciale che presuntivamente equivalga nei risultati a quella di successione, onde sono gravate le eredità dei cittadini. La detta imposta speciale (tassa di manomorta), mancando affatto una qualunque occasione di concentrarla, si distribuisce per necessità in un'annua prestazione per parte dei corpi contribuenti, ed assume la forma di un'imposta diretta ordinaria. Qualche scrittore propose distribuire allo stesso modo anche il pagamento dell'imposta sopra le eredità, credendo di renderle con questo temperamento men dure, più accettevoli e più agevoli a percepirsi. Errore manifestissimo: perocchè distribuite in forma d'imposta diretta ordinaria le tasse di successione si confonderebbero, aumentandola, nella imposta diretta sul capitale mobile ed immobile, e così smentirebbero la ragione stessa della loro esistenza. Infatti a che introdurre un supplemento speciale con titolo suo proprio alla imposta diretta, se si giudica possibile un equivalente aumento di questa senza cangiamento di forma nell'occasione e nel modo di percepirla? Il vero è, che l'essenziale vantaggio delle tasse di successione ri-

siede tutto nella opportunità, che abbiamo dianzi
descritta, e della quale bisogna valersi esigendo l'imposta
mentre dura il sentimento del fatto acquisto e sotto la
forma di un prezzo di successione; perocchè più tardi,
assimilato per assuefazione nel sentimento dell'erede
l'antico e il nuovo patrimonio, la tassa di successione
distribuita in annue prestazioni tornerebbe incomporta-
bile come una raddoppiata imposta diretta sul provento
del capitale mobiliare ed immobiliare. I quali riflessi
non escludono certamente una congrua dilazione, e solo
tendono a dimostrare che il pagamento della tassa dovuta
dall'eredità deve prescriversi dalla legge e promuoversi
come se si trattasse di un debito ereditario, diminuente
la sostanza trasmessa.

Non neghiamo doversi dalla legge disporre le tasse
in modo, che i contribuenti siano invitati ed abbiano
facoltà di pagarle sui proventi, dacchè la tassa di successione regolata e percepita, come si disse, riesce a
consumare una parte della sostanza ereditaria; ciò che
fornisce a qualche scrittore un motivo di condanna contro
ogni imposizione sopra le eredità: ma non conviene
esagerare l'avvertito inconveniente, perocchè il consumarsi
oppur no una parte della sostanza ereditaria dipende
dalle abitudini personali dell'erede anziché dal tempo e
dal modo di percepire la tassa. Soddisfatta questa con
un capitale ereditario, un buon massaio impiegherà a
reintegrare il capitale quella medesima parte dei proventi che avrebbe spesa a soddisfare il tributo diviso in
più anni: ed al contrario un largo spenditore, tenendosi
dispensato per l'acquisto dell'eredità da ogni riguardo
di rigida economia, impiegherebbe la sostanza capitale
nel pagamento della tassa comunque distribuita in più
comode prestazioni.

[illegible]

[illegible]LLA SPESA:

[illegible]DIRETTE: IMPOSTE COMPLETIVE.

[illegible]elle imposte dirette e in[illegible], il nome d'imposte dirette [illegible]ano *a priori* a seconda di [illegible] di tutti e singoli i citta[illegible]o presunto nelle rispettivo [illegible]ddito, e si riscuotono per [illegible]minativi, portanti, coi nomi [illegible]ota stabilita per ciascheduna: [illegible] nome d'imposte indirette, [illegible]sultano bensi dall'applica[illegible], ma non si avverano, non [illegible]ntribuente, se non in con[illegible]terminato; tali sono: [illegible]ognuno): essi risultano dall'ap[illegible]nale, e si realizzano a carico [illegible]fini dello Stato una merce daziata;

2° I dazi interni di consumo sulle bevande e sui comestibili: i quali dazi stabiliti anch'essi per tariffa generale cadono *sopra il fatto* di chi importa dentro comuni chiusi, di chi fabbrica, di chi espone in vendita una determinata qualità di prodotti;

3° Le privative demaniali, il cui esercizio consiste nel proibire ai cittadini e affidare esclusivamente ad agenti demaniali la produzione ed il commercio di certi generi detti per questo generi di privativa (tabacchi, sali, polveri), e nello stabilire per tali prodotti un prezzo di monopolio, eccedente di gran lunga il loro valore reale, e includente per conseguenza una tassa, la quale si realizza e cade *sul fatto* dei compratori dei generi stessi:

4° Il lotto, gravezza cadente *sopra il fatto* dei giuocatori;

5° Le tasse sugli affari civili (registro, bollo, tasse ipotecarie): i quali affari presuppongono *il fatto* di una o più parti civili, per opera delle quali si compie quell'atto giuridico che è colpito da tassa. Tra questi affari primeggiano le alienazioni, per cui si effettua un trapasso di proprietà; e siccome coll'accettazione di una eredità o di un legato si compie pure una mutazione di proprietà, facendosene acquisto dall'erede o dal legatario, quindi avviene, che la classificazione volgare comprende nella categoria delle tasse sugli affari e sul trapasso di proprietà anche l'imposta sulle successioni ereditarie, e le tasse sui redditi delle mani-morte, in quanto sono un surrogato di quella;

6° Le tasse giudiziarie e del pubblico insegnamento, delle poste, dei telegrafi, le tasse marittime ed altre minori di genere svariatissimo: che tutte però concordano in questo di essere stabilite e applicate *al fatto* di coloro che domandano un servizio speciale al governo;

7° Le tasse sulle vetture pubbliche, sull'esercizio delle ferrovie, sulle vetture private e sui domestici;

8° L'imposta sulle società commerciali e industriali.

Noi non rigetteremo affatto la classificazione volgare in quanto possa servire talvolta alla comodità del linguaggio: ma ricordando, che nella descrizione delle cose naturali apparvero due maniere di classificazione, una artificiale, che si appiglia a note ed a caratteri accidentali, e raccogliendo in una specie cose disparatissime non aiuta ma confonde la scienza, e l'altra, che fu chiamata il metodo naturale perchè desume il carattere distintivo delle diverse specie dall'organismo essenziale e dalla natura intima delle cose che si classificano, ed avvertendo, che la duplice maniera ricorre nelle scienze morali, noi diremo, che la sopra divisata classificazione delle imposte corrisponde a quel metodo che fu detto artificiale, o non aiuta, anzi turba e confonde la ricerca delle condizioni di un'equa distribuzione, perchè trascurando, nel classificare, l'essenza di ciascuna specie d'imposta, congiunge ciò che dovrebbe disgiungere, e divide in più generi quello che essenzialmente costituiscono una medesima specie.

E dovendosi classificare le imposte a seconda dei diversi principii, ai quali s'informano, ponendo sotto una classe quelle che dipendono dallo stesso principio, noi distinguiamo come classe principalissima le tasse sulla spesa: le quali si fondano tutte sulla considerazione, che la spesa di ogni cittadino suole proporzionarsi al reddito: onde conséguita, che la prelevazione di un tanto per cento sulle somme che il cittadino spende per soddisfare ai bisogni materiali e morali della vita, si può ritenere anche proporzionata al reddito. Ora la spesa si può tassare in due modi: direttamente, o indirettamente. Le imposte di un tanto per cento sulle pigioni (spese per l'abitazione); — d'un tanto per cento sulla spesa presunta in ragione del numero dei domestici, o della qualità e del numero delle vetture private (tassa sui domestici e sulle carrozze); — di un tanto per cento sull'interesse normale del capitale rappresentato dal valore di una ricca mobilia; — queste ed altre consimili sono tasse *dirette* sulla spesa: infatti esse ricercano individualmente la spesa, la consumazione del contribuente, e gliene chiedono apertamente, direttamente una quota. Le indirette s'impongono sulla merce nell'atto che s'importa nello Stato, o s'introduce in città, ovvero si espone venale. Sono anticipate dal commerciante, ma rincarando il prezzo della merce ricadono sulla consumazione: i prezzi artificialmente rincariti dei generi di privativa demaniale operano assolutamente il medesimo effetto. Sono adunque tasse indirette sulla spesa:

1° I dazi interni, detti per l'appunto di consumo, sulle bevande e sui comestibili;

2° I dazi di confine (dogane) i quali tassano le merci straniere destinate alla consumazione interna, e in quanto rincarano i prezzi delle medesime, o *di altre formate* da esse, e *di similari* prodotte all'interno , ricadono anche essi sulla consumazione improduttiva, togliendo talvolta ai cittadini assai più che non guadagna l'erario quando le dogane siano men saggiamento stabilite;

3° Il monopolio governativo dei tabacchi, dei sali e delle polveri.

La legislazione empirica e la pratica dominante non tennero finora in gran conto le imposte *dirette* sulla spesa: ma *alle indirette* diedero uno sviluppo grandissimo. Nei bilanci dei principali Stati d'Europa il prodotto delle tasse indirette supera quello delle imposte dirette sul reddito dei beni rurali ed urbani, del capitale mobile e delle professioni : e alla pratica dominante pur si conforma il bilancio del regno italiano : il quale stabilisce per l'esercizio del 1867 il prodotto presunto delle tasse indirette sulla spesa in ducento e settantadue milioni , e il provento delle dirette in milioni ducento e quarantacinque (1).

(1) Ecco le cifre distinte e più precise :

INDIRETTE

Dogane . . . . L.	64,000,000
Dazi interni	54,000,000
Tabacchi	90,000,000
Sali	62,000,000
Polveri	2,900,000
	L. 272,900,000

DIRETTE

Tassa sui fondi stabili rustici . . L.	87,879,477
Id. sui fabbricati.	34,146,250
Supplemento alle precedenti in forma di tassa sull'entrata netta dei fondi rustici e urbani (denunzia e verifica) .	25,217,680
Imposta sui redditi delle professioni, e del capitale mobile, colla denominazione d'imposta sui redditi della ricchezza mobile	97,124,631
Totale . . . L.	245,768,038

Noi non diremo, che questo stato di cose non debba essere modificato: anzi di questo punto avremo a ragionare in uno dei seguenti capi. Ma intanto il fatto per se stesso già prova, che come in teoria (della quale abbiamo già detto in altri luoghi) così in pratica le due principalissime forme d'imposta sono l'imposta diretta sul reddito in quanto esiste e si possa direttamente accertare, e le tasse sulla spesa, cioè ancora sul reddito in quanto si spende: delle quali ultime, alcune assumono ancora una forma diretta, le altre appartengono a quella categoria di tasse d'indole svariatissima, che la classificazione volgare e meramente artificiale comprese sotto il nome generico d'imposte indirette.

E detratte così dalla categoria artificiale delle indirette tutte quelle, che il metodo razionale caratterizza e classifica quali tasse sulla spesa, le rimanenti rivestono la natura generale d'imposte *completive*, non hanno e non possono avere per loro natura un'importanza principale, e volendo classificarle razionalmente secondo il principio intimo, a cui ciascuna specie s'informa, si distribuiscono in tre altre categorie.

1)   Nella prima categoria delle imposte completive considerate nell'intima loro essenza collocheremo quelle che corrispondono ad un servizio speciale reso dallo Stato al contribuente, e principalmente:

a) I proventi delle poste;

b) I proventi dei telegrafi, in quanto servono a richieste private;

c) Le tasse che si percepiscono per passaporti, per legalizzazione d'atti, per verificazione di pesi e misure, per saggio di metalli preziosi e in occasione di concessioni governative diverse;

d) Le tasse del pubblico insegnamento, il quale profitta in generale alla nazione intera ed in particolare a quelli che lo ricevono: onde conséguita che a sostenerne le spese debbono concorrere simultaneamente le imposte

generali e tasse suppletive speciali a carico di coloro che
accorrono alle scuole;

r) Le tasse che si percepiscono a carico di coloro
che ricorrono all'autorità giudiziaria. Imperocché se l'autorità giudiziaria, *pel solo fatto della sua esistenza*, protegge le persone, le proprietà di tutti i cittadini, la
sicurezza pubblica in generale, essa però rende indubitabilmente un servizio speciale a coloro che vi ricorrono,
e presta un'opera laboriosa sovente volte determinata da
imprudenza o da malafede del litigante: onde avviene
che a sostenere le spese dell'autorità giudiziaria debbono
ancora contribuire e le imposte generali e tasse speciali;
e quei sistemi che rendessero gratuita l'amministrazione
della giustizia anche a favore degli abbienti, ovvero in
senso contrario la aggravassero di tali tasse particolari
da ricavarne tutta intiera la spesa dell'amministrazione
giudiziaria, sarebbero del pari condannabili agli occhi
della ragione e della giustizia: e tanto più apparirebbe
riprovevole quel sistema che, oltre all'intiera spesa, ritraesse, in eccedenza, dall'amministrazione della giustizia
un prodotto erariale in discarico delle imposte comuni.

II) Nella seconda classe delle tasse completive comprenderemo quelle che furon chiamate tasse sugli affari, e si
impongono ai contratti e generalmente a tutti e singoli
gli affari della vita civile, coll'intendimento di colpire la
circolazione dei valori a carico di chi facendoli circolare
ne dimostra il possesso precedente e ritrae dalla loro
circolazione un profitto. Questa specie d'imposizione giustificabile in teoria, a condizione che si contenga in limiti
moderatissimi, perderebbe molto della sua opportunità,
quando la legislazione accettasse e mettesse in opera
quei severi provvedimenti che soli valgono a sottoporre
efficacemente all'imposta diretta annua il provento del
capitale mobile occulto. Oltrecché la tassa sovente volte
fallisce quel segno a cui mirava il legislatore: così la
tassa sulle compre di stabili vorrebbe colpire principal-

mente il compratore e invece cade quasi sempre sul venditore stretto dal bisogno di vendere, più che non sia spinto il compratore dal bisogno di comperare: e così insomma negli infiniti particolari in cui si ramifica la tassa, di cui parliamo, detta di registro e bollo, rimangono bene spesso gravati gli affari passivi, nei quali la circolazione di valori tassabili si riduce ad una finzione o ad una ripetizione arbitraria d'imposta. Tuttavia in generale e nell'esercizio dei commerci, in particolare sussiste la presunzione che i profitti corrispondano al numero degli affari, e la tassa percepita all'occasione di un profitto riesce meno sensibile: epperò crediamo che le tasse di registro e bollo ed ipotecarie, benché soggette ad incidenza molto incerta ed eventuale, siano da contenersi in ristretti limiti ma non affatto da rigettarsi. La legislazione empirica suole riferire, nella categoria di cui ragioniamo, anche le tasse giudiziarie e quelle di successione, perché le prime si percepiscono col mezzo della registrazione e le seconde riguardano la mutazione di proprietà per causa di morte. Ma noi già sappiamo che le une e le altre dipendono da un principio affatto diverso da quello che si desume dalla circolazione dei valori, epperò non si governano colle medesime norme. Talvolta si finge di credere che le tasse sugli affari corrispondano ad un servizio speciale che si rende dallo Stato colla registrazione degli atti: ma la registrazione è di sì tenue spesa e di sì poco valore, massimamente nel modo in cui si opera, e la tassa all'incontro è così grave e sproporzionata, che il qualificarla premio di un servigio sarebbe un travisamento aperto del vero.

L'ultima classe, della quale ci rimane a parlare, comprende le tasse di carattere misto, e cioè quelle che rappresentano, non già un solo dei principii che abbiamo svolti, ma due ed anche tre nel medesimo tempo. Sono esempi di questo genere:

1° Le tasse sui redditi delle mani-morte. Già sappiamo che l'imposta sulle eredità non si dee altrimenti considerare che come imposizione diretta, e cioè qual supplemento alla tassazione dei proventi direttamente accertabili del capitale mobile ed immobile: abbiamo pure già detto che la tassa di mano-morta sui redditi dei corpi morali è un surrogato dell'imposta comune di successione: ora dobbiamo aggiungere che la medesima tassa di mano-morta è pur destinata in parte a rappresentare quelle tasse di registro, e principalmente di alienazione, alle quali sfuggono i beni regolarmente inalienabili delle mani-morte;

2° Le tasse sulle vetture pubbliche, le quali ricadono sui viaggiatori, aumentando la spesa del viaggio: ed essendo le spese dei viaggi di doppio genere, cioè improduttive ovvero correlative ad affari, ne conseguita che le tasse sulle vetture pubbliche, ossia sulle spese dei viaggi, partecipano al doppio carattere di tasse sulla spesa e di tasse sugli affari;

3° Le tasse sui prodotti delle ferrovie, le quali indirettamente aumentano anch'esse la spesa dei viaggi improduttivi o correlativi ad affari, ed assumono per conseguenza quel medesimo doppio carattere che si è detto poc'anzi;

4° I proventi delle poste e dei telegrafi, in quanto la tassa percepita superi il *valore commerciale* del servizio reso dallo Stato. E diciamo prezzo commerciale quello che si stabilirebbe per effetto della libera concorrenza, se l'impresa delle poste e dei telegrafi fosse abbandonata alla privata industria: la tassa eccedente, che s'imponga dallo Stato qual prezzo di monopolio si risolve effettivamente in una tassa sulla spesa delle corrispondenze private per lettera o per telegrafo, le quali corrispondenze essendo o economicamente improduttive o correlative ad affari, ne risulta quel medesimo doppio carattere della tassa che si è detto nei due numeri precedenti,

in aggiunta al carattere primitivo di pagare un servizio
speciale;

5° I proventi erariali, che si ricavano dall'amministrazione della giustizia, per la parte eccedente il valore
del servizio speciale reso dallo Stato (1). Per caratterizzare
giustamente la detta eccedenza di tassa, avvertiremo che
i dispendii delle liti s'incontrano ora per necessità inevitabile, ora per imprudenza od anche ingiustizia propria,
ora per imprudenza o ingiustizia altrui. E siccome le tasse
giudiziali aumentano la spesa della lite, e questa spesa
del cittadino, pel testè fatto avvertimento, ora è necessaria e legittima, ora è determinata da colpa o da vizio,
così chiara cosa è che le tasse giudiziarie, rappresentanti
in parte il prezzo di un servizio speciale reso dallo Stato,
si risolvono, per la parte eccedente, in una tassa sopra
due qualità di spesa del cittadino, una necessaria, l'altra
viziosa: e in quanto cade sopra la spesa di un vizio
l'imposta giova certamente a reprimerlo. In conclusione
le tasse giudiziali rivestono anch'esse un doppio carattere
di prezzo di servizio e di tassa sulla spesa;

6° I proventi del lotto. Il giuoco è la spesa del vizio.
Lo Stato s'incarica (oh! vituperio) di servire al vizio
dei più sciagurati e specialmente delle classi più mise-
rabili: e colla imposta indiretta del lotto riscuote ad un
tempo il prezzo del triste servizio ed una tassa gravissima sopra una spesa viziosa (2): onde ricorre anche in
questo, sempre condannato e sempre mantenuto balzello,
il doppio carattere di prezzo di servizio e di tassa sulla
spesa;

(1) L'eccesso si avvera quando il prodotto erariale delle tasse
giudiziarie, unito a quello delle cancellerie, pareggi la spesa totale
occorrente per l'amministrazione della giustizia ed anche quando
ne rimandi solo una minima parte a carico delle imposte generali.

(2) Nel bilancio italiano per l'esercizio del 1867 il provento presuntivo del lotto è stabilito in cinquantacinque milioni!!

7° Le tasse speciali sulle Società commerciali ed industriali. Esse sono l'equivalente delle tasse di registro e di bollo, ed anche talora un modo speciale di percepire l'imposta ordinaria sul capitale mobile, sull'industria e sul commercio.

Riassumendo ora tutto questo discorso di classificazione diciamo, che quattro e non più sono le forme semplici e primitive di tutte quante le pubbliche imposte, cioè: 1° quota di provento direttamente accertabile; 2° quota di provento in quanto si traduce in una spesa; 3° prezzo di servizio speciale reso dallo Stato; 4° tasse sugli affari o quota dei valori posti in circolazione. Le moltiplici e svariatissime imposte, che siamo venuti accennando non sono altro che l'espressione semplice o composta delle quattro forme anzidette. Ma l'imposta sul provento direttamente accertabile del lavoro, del capitale mobile ed immobile e del capitale fondiario da una parte, e le tasse sulla spesa dall'altra sono, per così dire, il corpo dell'edifizio; le altre minori s'hanno da riguardare come parti complementari: dobbiamo dunque *delle tasse sulla spesa* ragionare più largamente.

CAPO XXIX

DELLE TASSE SULLA SPESA: CONTINUAZIONE: INEGUAGLIANZE E COMPENSAZIONI.

Le tasse indirette sulla spesa, per essere praticabili e produttive, gravano le cose di universale e più o meno volgare consumazione, e singolarmente le sostanze che servono ad alimentare e a vestire la persona. I dazi interni di consumo tassano le sostanze alimentari le più comuni: la privativa del sale si risolve in una capitazione ed anche in peggio: la *lodata* privativa dei tabacchi somiglia molto ad *una capitazione* sul vizio, e per certe

classi sopra un bisogno legittimo di primo ordine (1):
le dogane tassano principalmente sostanze alimentari
di qualità men volgare (zuccaro, caffè, generi coloniali),
e i tessuti: ma i tessuti ed altre merci di qualità superiore non si possono (si dice) tassare precisamente *ad
valorem*, come sarebbe necessario per elevare l'imposta in
proporziono che si eleva la spesa rappresentata dal prezzo.
Risulta dunque da tutto questo una verità confessata
dagli scrittori e dagli stessi legislatori universalmente,
che le tasse indiretto sulla spesa offendono gravemente
quella proporzione che l'imposta dee serbare cogli averi
dei cittadini. Dovremo perciò rigettarle? Impossibile. Ma
riflettendo, che la proporzione deve emergere dal complesso di tutte le parti onde si compone l'imposta, ne
deduciamo, che la legislazione razionale ammettendo
anch'essa i dazi, le dogane, le privative della legislazione
empirica vi deve però aggiungere *le imposte compensative*. Nel che la tassazione del reddito in quanto si spende
differisce grandemente, nell'ordine invariabile della natura
delle cose, dalla tassazione del reddito in quanto sia
direttamente accertabile. Imperocchè quest'ultima si compone anch'essa di più parti (imposta sui proventi industriali e commerciali, sul capitale mobile ed immobile,
sul capitale fondiario): ma ciascuna parte, presa singolarmente, riesce da sè ad una tassa proporzionale: al-
l'incontro le varie parti, concorrenti a formare la tassazione sul reddito in quanto si spende, non riescono
altrimenti ad un risultato proporzionale, se non comple-
tandolo e coordinandole con giusto criterio in un tal
complesso, che per mezzo di compensazioni approssima-

___

(1) " Utile aux marins contre le scorbut, aux militaires contre les
" souffrances du bivac, le tabac n'est chez les habitants paisibles
" de nos cités qu'un vice, un vice peu élégant, peu digne de faveur,
" mais digne d'encouragement dans l'intérêt des finances. „ (THIERS,
De la propriété). " L'encouragement nous paraît de trop. „ (GARNIER,
Traité des finances).

tivo adempia presuntivamente il voto della giustizia distributiva.

Prima però di portare il ragionamento sulle imposte compensative speciali, rammenteremo, che il riordinamento razionale (caso che si effettuasse) della tassazione diretta del lavoro, del capitale o della terra, darebbe infallantemente con minor carico dei contribuenti un maggior provento all'erario, e così fornirebbe il mezzo di alleggerire le tasse sulla consumazione dei generi più volgari. Rammenteremo ancora che nell'ordinamento razionale della tassazione diretta il lavoro, e il capitale mobile in quanto sia strumento del lavoro delle classi infime si esentano dall'imposizione, in ragione appunto dell'equivalente che si ottiene da loro col magistero saggiamente ordinato delle tasse sulla spesa. Ed è questa una prima compensazione, però insufficientissima, perchè limitata alle classi infime: e anche nel ceto infimo, affatto inadeguata, avvegnachè i prodotti erariali delle privative demaniali, dei dazi di consumo e delle dogane rendano manifesto, che con questi mezzi si toglie anche alla plebe assai più di quello che essa dovrebbe a titolo d'imposta diretta sul povero prodotto del suo faticoso lavoro.

Ciò premesso, e incominciando *da cose minori* debbo richiamare, o giusto e assennato lettore, la tua attenzione sul principio generatore delle tasse sulla spesa, il quale esige siano tassate possibilmente nella stessa ragione tutte le specie di spesa, ogni maniera di spendere, val quanto dire tutto il reddito, che si spende nelle varie classi sociali, inferiori, medie e superiori. Eppertanto poniamo che l'effetto delle imposte indirette sulla consumazione volgare sia quello (calcolato in via di approssimazione) di prelevare non meno del decimo sulla spesa di quelle classi, che non tengono carrozze, nè cavalli, nè suppellettili preziose, nè famigli di lusso corrispondente, nè parchi, nè castelli, nè ville grandiose;

chiara cosa è, che in nome della giustizia distributiva la tassazione si deve estendere nella stessa ragione del decimo anche alle dette spese tuttochè speciali e proprie delle classi superiori. Conseguentemente il salario complessivo dei domestici d'una famiglia computabile (ad esempio) in ragione del loro numero in lire seicento, dovrebbe sostenere la tassa di lire sessanta; — la spesa della carrozza e dei cavalli computabile (poniamo) in annue lire tremila importerebbe la tassa di lire trecento; — la preziosa suppellettile d'un valsente (in ipotesi) di lire trentamila, valore improduttivo, e rappresentante una spesa di lire mille e cinquecento si dimostrerebbe tassabile nell'annua somma di lire cento e cinquanta; — il parco rappresentante un capitale di lire centomila dovrebbe imporsi nell'annua somma di lire cinquecento; — il castello, la villa egualmente apprezzabili sarebbero egualmente imponibili a titolo di tassa sulla spesa: perocchè, come abbiamo più volte osservato, l'interesse normale che si potrebbe ricavare da un valore che si tiene improduttivo per uso e godimento personale si ha da considerare come una spesa effettiva (1).

Non ignoriamo l'opposizione accanita, che il sofisma e l'interesse mossero in ogni tempo contro le testè accennate imposte compensative. Si stimatizzano come tasse *sontuarie*, come tasse arbitrarie, sciolte da ogni criterio moderatore, come tasse spogliatrici dei ricchi a disposizione del socialismo e del comunismo: si accusano le medesime di nuocere alle arti che servono al lusso, restringendo la consumazione dei loro prodotti e dei loro servizi; si accusano finalmente di produrre all'erario con grande perturbazione un nonnulla.

Ma tutte queste accuse ci paiono calunniose.

____

(1) Avverti che il vitto non è spesa computabile nella tassa sui famigli, perchè le sostanze alimentari fornite dal padrone alla consumazione dei famigli sono già materia daziata.

Lo Stato non dee ingerirsi nel regolamento delle spese private: lo confesso: ma se tu, o ricco signore e legislatore in Parlamento, respingi con tal pretesto la tassa del dieci per cento sulle consumazioni più sontuose, perchè poi ammetti con tanta facilità la medesima tassa sulle consumazioni del ceto medio, e delle classi più povere? Il proposito di regolare le spese private, quà non lo vedi, e là pretendi vederlo: e il fatto sta, che una tassazione equilibrata sopra ogni maniera di spendere non si propone di frenare la spesa, ma sì di prelevarne una giusta parte dovuta allo Stato. Tu esclami, che la tassa sulle consumazioni più sontuose non avrebbe un criterio moderatore: dimmi in grazia: qual è il criterio moderatore delle imposte sulle consumazioni del ceto medio o del povero? E quando si serba per tutti *la stessa ragione*, quando si estende alle spese più ricche quel solo decimo, a cui già risultino assoggettato le altre consumazioni, perchè ti lagni? E se si procede in via di presunzioni fallibili, se nell'applicazione della norma comune una disuguaglianza involontaria, un qualche errore fossero inevitabili, giudica ancora tu stesso, se *nel dubbio* la possibilità dell'errore debba cadere sul ricco o sul povero. Ma eccoti infiammato da spiriti generosi per la causa del povero: ed è la difesa delle classi disagiate che ti muove a respingere l'imposta sulle spese più ricche: perocché l'imposta le restringe naturalmente, e limitando la consumazione nuoce per indiretto a quelle industrie, che vi provvedono: l'imposta sulle carrozze nuoce ai carrozzai; — sulle ricche mobilie, ai fabbricanti di mobili; — sui famigli di lusso, a quelli che intraprendono la onoranda carriera, e così via via. E tu hai, o ricco signore e legislatore acutissimo, pienamente ragione: solo dovresti insegnarmi, quale sia quella tassa sopra una spesa che non tenda naturalmente a restringere la spesa medesima; e non trovandone alcuna, che abbia il miracoloso privilegio di gravare una spesa senza *comprimerla,* tu allora dovresti pronunciare l'abolizione assoluta delle dogane, dei dazi di consumo e delle privative demaniali, per non limitare *le consumazioni*, e non pregiudicare alle industrie che vi provvedono. Tu replichi alla mia osservazione, che nelle consumazioni ordinarie si evita il danno moderando la tassa, la quale effettivamente, quando si *aggrava troppo, produce meno*, facendo cessare il consumo, onde si disse spiritosamente, che in questa materia *due e due non fanno quattro*. E tu così replicando, ragioni ancora benissimo: egli è verissimo, che in queste vie il fatto stesso segna il limite naturale, e quando all'aumento del dazio non corrisponde un proporzionato prodotto, il legislatore è avvertito, che la tassa su quel genere di spesa ha oltrepassato il giusto confine. Questa è la tua buona teorica intorno al consumo ordinario: or perchè non la insegni egualmente intorno alle consumazioni di qualità superiore? Ed è pur manifesto, che le spese più ricche sono meno cedevoli, resistono maggiormente all'azione repressiva della tassa, per quella tenacità particolare che è loro impressa dalla vanità e dall'agiatezza: serbando dunque riguardo a loro la stessa ragione, la stessa moderazione dei dazi comuni, non senti forse dileguarsi dal tuo animo il declamato timore di annullare o pregiudicare le industrie?

Gli è vero, che la legislazione empirica, a quanto pare, non ha ancora avvertito questa legge comune — che domina tutte le imposte indirette e dirette sulla spesa — che stabilisce fra di esse un intimo rapporto in corrispondenza a quell'identico principio, da cui tutte dipendono — che infine le assoggetta tutte quante ad una stessa ragione e misura; ed avendo in quella vece considerate siccome *affatto singolari ed arbitrarie*, siccome *imposte sul lusso*, dette *sontuarie*, quelle di cui abbiamo finora discorso, riguardanti le consumazioni più sontuose, la legislazione empirica ebbe finora a privilegiare queste medesime consumazioni, ovvero le toccò leggermente, timidamente *senza correlazione ai pesi imposti sulle consumazioni inferiori*. E così procedendo, qual meraviglia che ne abbia finora ritratto un prodotto assai tenue (1)?

Confessiamo tuttavia, che quelle di cui abbiamo finora discorso, sono imposte compensative *minori:* e cercandone altre di maggior rilevanza, ne ritroviamo una principalissima senza uscir dalla cerchia delle tasse sulla spesa: e questa è l'imposta sulle pigioni, o a meglio dire sul valor locativo delle abitazioni tenute dai singoli cittadini, perocchè tassandosi il reddito che si spende per alimentare e vestir la persona, per qual ragione si dovrebbe privilegiare quello che si spende per alloggiarla?

Qui noi poniamo un principio d'una verità incontrastabile, d'una giustizia evidente. Quando s'impone una tassa non proporzionale al reddito dei contribuenti, ma con progressione invertita, cioè di tal natura che progredisca in ragione inversa della ricchezza o del reddito, la ragione e la giustizia reclamano un'altra tassa con progressione contraria e naturale, tale cioè che progredisca in ragione diretta della ricchezza o del reddito: e quando le due imposte di contraria maniera diano lo stesso pro-

(1) " La consommation, dite de luxe, n'est pas la matière exclusivement imposable. On se fait illusion en pensant, que c'est là une riche branche de revenu pour le fisc; car c'est la minorité des contribuables, qui fait des dépenses de cette nature. Mais elle est une matière essentiellement imposable, et c'est par suite d'abus que le fisc l'a épargnée dans le sistéme actuel de l'impôt multiple et des taxes variées sur les consommations. Que si on disait, que l'impôt sur les objets de luxe est contraire aux beaux-arts, il y aurait lieu de répondre, que toute taxe nuit à une branche de production, et que c'est pour cela qu'il la faut modérer. " (GARNIER, *Traité de finances*, pag. 166). Ivi lo stesso autore aggiunge la nota seguente:

" En 1855, le Corps législatif de France a repoussé fort à tort une taxe sur les voitures de maître, sous prétexte, que c'était un impôt somptuaire, socialiste, quand déjà les voitures ordinaires étaient soumises à la taxe. "

dotto (ricavandosi, a mo' di esempio, così dall'una come dall'altra il provento erariale di cinquanta milioni), compensata allora la progressione inversa colla progressione diretta, sarà nel resultato complessivo ristabilita veramente l'eguaglianza proporzionale. Ora il dazio interno di consumo, che secondo i calcoli del bilancio dovrà gettare non meno di cinquanta milioni, è una tassa evidentemente operativa in ragione inversa del reddito: certamente il dazio è *proporzionale alla materia daziata*, ma posta in correlazione cogli averi del cittadino, in riguardo ai quali la ragione, la giustizia, lo Statuto gridano doversi ogni tributo proporzionare, torniamo a dire, che la tassa, dazio-consumo, progredisce in ragione inversa delle facoltà, degli averi dei contribuenti. Infatti la spesa del vitto col consumo di sostanze alimentari le più comuni esaurisce la quasi totalità del reddito delle classi più infime, poniamo i nove decimi del loro provento: un grado più in su basteranno otto decimi, e così da otto a sette, da sette a sei, a cinque, a quattro, a tre, a due, ad un decimo, a misura che si sale a miglior condizione, a ricchezza maggiore, troveremo, che ferma sempre rimanendo la stessa ragione o misura del dazio, poniamo il decimo della spesa daziata, non soggiace però alla tassa in tutte le classi *la medesima aliquota del provento patrimoniale*, ma sì veramente un'aliquota progressivamente decrescente in ragione dell'aumento progressivo della ricchezza; e mentre alla tassa del decimo nei contribuenti del ceto più basso sottostanno i nove decimi del loro provento patrimoniale, e più in su gli otto, i sette, i sei decimi, arriviamo finalmente a quei gradi superiori, in cui al tributo del decimo sulla spesa tassata dal dazio-consumo non rimane sottoposto che un decimo del loro ricchissimo reddito (1).

Questa sì onerosa progressione in ragione inversa sì

(1) Quadro della progressione inversa. (vedi p. 200)

compenserà in parte coll'imposta progressiva in ragione
diretta sui valori locativi delle abitazioni, che pur sono
una spesa, e diciamo così, una consumazione universale. La forma *diretta* di codesta tassazione permette
appunto l'ordinamento dei valori locativi, che distinti
in categorie saranno tassati nella ragion progressiva, assegnata ad ogni categoria, del due, del tre, del quattro,
e successivamente sino al dodici o quindici per cento,
arrestando la progressione a quel limite oltre il quale
l'aumento esagerato restringerebbe la consumazione e il
prodotto erariale. Avvertiamo, che la progressione della
tassa sui valori locativi delle abitazioni già venne accolta
dalla legislazione empirica per una ragione che abbiamo
altrove accennata (1), nascente del rapporto naturale del
fitto di casa col presunto reddito dell'abitatore di essa:
attalché sino ad un certo punto la progressione *apparente* risponderebbe nel fatto ad una proporzione reale
della tassa col reddito del contribuente. Ed essendo per
dippiù dimostrata la necessità di una *progressione reale*
(non apparente soltanto e nominale) a titolo di compen-

Progressione in aumento degli averi e dei proventi patrimoniali	Aliquota del provento patrimoniale gravata dalla tassa, e decrescente in ragione dell'aumento progressivo degli averi e dei proventi medesimi.
Provento patrimoniale minimo 1 . . . . . $9/10$ aliquota massima.	
2 . . . . . $8/10$	
3 . . . . . $7/10$	
4 . . . . . $6/10$	
5 . . . . . $5/10$	
6 . . . . . $4/10$	
7 . . . . . $3/10$	
8 . . . . . $2/10$	
Provento patrimoniale massimo 9 . . . . . $1/10$ aliquota minima.	

    « L'impôt indirect est donc de sa nature *très-improportionnel*, bien
« qu'il soit *proportionnellement perçu*, puisqu'il charge davantage
« les pauvres, que les riches *relativement à leurs facultés*. » (GAR
NIER, *Traité des finances*, pag. 116).

    (1) Vedasi il Capo quarto.

sazione, non è a dubitarsi, che un'imposta progressiva sui valori locativi delle abitazioni o prese in affitto, o tenute dal proprietario medesimo della casa, non faccia parte integrante dell'ordinamento razionale dei pubblici tributi (1).

CAPO XXX

TASSE SULLA SPESA: DISUGUAGLIANZE E COMPENSAZIONI: CONTINUAZIONE.

Benchè l'imposta sui valori locativi delle abitazioni universale o progressiva sarebbe per dare un prodotto cospicuo, tuttavia essa non basterebbe certamente a pareggiare il prodotto dei dazi sul consumo volgare e della privativa del sale, cioè le tasse che progrediscono incontrastabilmente in ragione inversa del reddito: epperò a completare la giusta e necessaria compensazione, gli è mestieri aggiungere ancora un'altra imposta progressiva. Or quale sarà? Nissuna certamente delle imposte indirette, alle quali il metodo progressivo non si saprebbe guari accomodare nè anche materialmente; e nissuna ancora delle imposte normali dirette: perocchè queste si identificano in una sola ragguagliata ad una stessa ragione benchè con tre applicazioni e con tre metodi di accertamento diversi, epperò l'imposta nella sua applicazione ai proventi mobiliari non si saprebbe rendere progressiva senza estendere la medesima progressione alla medesima imposta diretta nell'altre sue applicazioni ai proventi immobiliari: ciò trasformerebbe l'eccezione in regola generale, risultato inammessibile per le ragioni altrove dimostrate. Se adunque una tassa progressiva, oltre quella sui fitti è necessaria, e non si trova modo di stabilirla

(1) Congiungere le cose dette qui con quelle discorse nel capo ventesimosecondo in proposito dell'imposta sui fabbricati.

sulle tasse indirette, nè sopra la triplice applicazione
alle tre specie di proventi della imposta diretta normale,
null'altra rimane da ordinarsi col detto metodo fuorché
l'imposta sulle successioni, che è un balzello occasionale
e straordinario.

Sappiamo le obbiezioni: i finanzieri e gli uomini di
Stato rigettano la progressione, ancorché puramente compensativa e destinata a ristabilire la proporzione, facen-
done una questione di principio, essendo falso ed estremamente pericoloso il principio della progressione, che
una volta introdotto per una graziosa eccezione potrebbe
allargarsi (secondo che temono), eccitare disordini, agi-
tazioni, rivoluzioni ed inghiottirsi la Società; bisogna re-
spingerlo in modo assoluto e sempre, e sotto qualunque
aspetto esso si attenti di presentarsi. Ma che? vogliamo
forse noi far riconoscere in qualche modo il principio,
la teoria della vera progressione? Ne vogliamo noi forse
un'applicazione qualunque? No, per fermo: la progressione è inconciliabile colla proporzione, e noi reclamia-
mo soltanto quest'ultima: « N'est-ce pas condamner
« en théorie l'impôt progressif que l'admettre seulement
« comme un moyen de retour à la loi de la proportion-
« nalité? » (1): o quando avrete concesso un'imposta progressiva a titolo di giusta e reale compensazione, col
solo intendimento e col solo effetto di raffermare la proporzione offesa da altre tasse, non risulterà forse raffer-
mato, anziché scosso, il principio della proporzionalità?
Ma le compensazioni (si dice) sono incerte, arbitrarie e
potrebbero più tardi prendersi a pretesto: dove può tro-
varsi la prova sicura, che una tassa progressiva non of-
fenda ma ristabilisca la proporzione? E noi rispondiamo,
che la prova certa esiste, e senza questo riscontro noi
non crederemmo che le due imposte progressive sui va-

----

(1) Così scrisse lo stesso ESQUIROU DE PARIEU, nel suo *Traité
des impôts*, vol. II, pag. 146.

lori locativi e sulle eredità abbiano a far parte dell'ordinamento razionale dei pubblici tributi. Infatti questa prova, impossibile *a priori*, emergerà limpidissima dal raffronto dei risultati. Avremo da una parte il prodotto complessivo dei dazi di consumo volgare, compreso il sale, cioè di due tasse eminentemente progressive in ragione inversa; e dall'altra starà il prodotto di due imposte ordinate con progressione diretta, sui valori locativi delle abitazioni, e sulle eredità: il pareggio di questi due prodotti, provenienti da due progressioni contrarie, sarebbe documento certo di una giusta compensazione, o del ristabilimento in complesso della proporzione, che tutti vogliamo: dove fosse maggiore il prodotto dall'una o dall'altra parte, il legislatore ne trarrebbe la prova sicura di doversi diminuire la tassa da un lato, o aumentarla dall'altro. Così sarebbe imposto un limite certo alla progressione delle due imposte dichiarate compensative, e (ciò che pure importa assai grandemente) la facile esagerazione dei dazi volgari troverebbe un ostacolo nel criterio *pareggiatore:* l'istinto aristocratico che facilmente abusa dei dazi volgari, e l'istinto democratico che invoca volentieri la progressione sarebbero aggiogati ad una legge comune, e reciprocamente si frenerebbero (1).

(1) Per essere giusti, bisogna dedurre dal prodotto del dazio di consumo e del sale quella parte che tiene luogo dell'imposta diretta da cui si esentano il lavoro e il capitale strumento di lavoro delle classi infime. Un calcolo approssimativo di ciò che darebbe la testè accennata imposta non riesce troppo difficile prendendo a norma la media dei salarii del lavoro manuale, e moltiplicandola pel numero dei lavoratori: il decimo della somma dei salarii rappresenterebbe il prodotto della supposta tassa diretta sul lavoro più infimo in ragione del dieci per cento, e sottraendo questo supposto prodotto dal provento erariale complessivo dei dazi di consumo e della privativa del sale, il residuo sarebbe propriamente quello da pareggiarsi con eguale provento da ricavarsi dalle due imposte compensative.

L'idea della progressione compensativa non è nuova:
ma in Francia i democratici ebbero il torto di proporla
in appoggio del loro sistema, inammessibile, di volere
ordinare a progressione tutti universalmente i tributi.
Però, a nostro avviso, il torto maggiore fu quello della
commissione parlamentare francese, la quale, pur avendo
a deliberare unicamente sul progetto, che proponeva il
governo, di una imposizione progressiva sulle eredità
non tenne quell'idea nel conto che si doveva, la di-
spregiò, ed ebbe il coraggio di ragionare così: « Certains
« impôts, suivant l'observation de la minorité, pèsent
« plus lourdement sur le pauvre que sur le riche.... *Il
« est facile d'en trouver d'autres, qui ont un résultat in-
« verse, et qui, comme le produit des douanes, par exemple,
« frappent surtout les consommations de l'opulence!* (1) »
A questa osservazione (dettata probabilmente da quello
spirito, da quell'irragionevole esagerato timore che più
tardi in Francia doveva introdurre una tassa sulle vetture comuni *con esenzione delle carrozze signorili!!*) noi
contrapporremo gli insegnamenti di uno dei primari
fra gli economisti moderni (2), il quale, ragionando del
postulato di giustizia, che le tasse sulla spesa siano ordinate in modo da farle pesare proporzionalmente « (Aussi
« proportionnellement que possible sur les revenus *gros*,
« *moyens* et *petits*) » soggiunge « ce n'est pas facile, par
« ce que les objets sur les quels l'impôt produit le plus
« sont ceux, dont le pauvre consomme une quantité plus
« grande que le riche. On pourrait remédier jusqu'à un
« certain point à cela, en établissant sur les qualités
« supérieures, réservées à l'usage des consommateurs
« riches, un impôt plus fort en proportion de la valeur
« de l'objet. Mais dans un certain nombre de cas on
« dit, à tort ou à raison, qu'il est impossible de propor-

(1) Esquirou de Parieu, loc. cit.
(2) Stuart Mill.

« tionner l'impôt à la valeur de l'objet de manière à
« empêcher la fraude, de telle façon qu'on juge néces-
« saire de percevoir également le même impôt sur toutes
« les qualités. C'est une flagrante injustice au détriment
« des contribuables les plus pauvres, à moins qu'ils en
« soient indemnisés par l'existence d'autres impôts, tels
« que celui du revenu, dont ils soient exempts. (1) »

Tant'è: il principio della compensazione è legge organica nel congegno delle imposte sulla spesa. Le men gravi
disuguaglianze risultanti dalle tasse doganali a carico
degli ordini sociali inferiori e mezzani possono compensarsi
colle tasse *dirette* sulle consumazioni più sontuose delle
classi superiori (cavalli, carrozze, famigli di lusso corrispondente, valori mobiliari o immobiliari goduti improduttivamente, e consimili): le disuguaglianze più gravi
risultanti dai dazi di consumo ordinario, compreso il sale,
si debbono compensare colle due imposte ordinate a progressione sui valori locativi delle abitazioni (altra tassa
sulla spesa), e sulle eredità (tassa diretta sussidiaria),
col limite però, e col criterio certo del pareggiamento
dei rispettivi prodotti. E così una completa analisi degli elementi del problema ci dimostra, colla legge di
compensazione insita alla natura stessa delle imposte
sulla spesa, anche i due più eminenti caratteri delle due
specie del genere, apparendo dall'analisi fatta in questo
e nei precedenti capi, che le tasse *indirette* sulla spesa
sono eminentemente *produttive*, e le *dirette*, pure sulla
spesa, debbono ordinarsi e adoperarsi specialmente come
imposte compensative.

In uno dei precedenti capi trattando dell'imposta sopra
le successioni abbiamo toccato il punto delle eredità e
delle famiglie poverissime, le quali perdendo col padre
forse il precipuo mezzo del loro sostentamento non po-

(1) *Principes d'économie politique*, trad. DUSSARD et COURCELLE-
SENEUIL, 3me édit, vol. 2, pag. 411.

trebbero sopportare in tanto disastro una tassa sul capitale. Vero è, che poco più in su una tenue imposizione (dell'un per mille a mo' di esempio) già diviene tollerabile, e così via, via crescendo la ragione dell'imposta coll'entità delle successioni, salirebbe nei gradi medii sino al 6, 7 ed 8 per mille, e dai gradi superiori sino ai supremi dal dieci per mille (uno per cento) anche sino al quindici (uno e mezzo per cento). In questi limiti l'esenzione assoluta delle eredità poverissime, e la successiva progressione della tassa anche per le eredità deferite in linea discendente non incontrerebbero gravi difficoltà : ed avendo dimostrato come la progressione derivi dalla necessità delle compensazioni nell'ordine delle imposte indirette, rimane con ciò definito e dimostrato quel punto, del quale nel sopraccennato luogo avevamo riservato la dimostrazione, pur accennando sin d'allora, che l'imposta progressiva (non inventata all'opportunità di un passo difficile, ma determinata da ragioni d'ordine affatto normale in un'altra sfera), avrebbe risoluto il problema.

Il Parlamento italiano, chiamato a deliberare sulla *questione isolata* della tassa di successione, non vide la legge di progressione nascente dall'organismo del sistema, cioè dal rapporto della tassa di successione coll'universale ordinamento dei tributi; epperò, ridotto ad applicare la norma comune della proporzione, esonerò dalla tassa tutte le eredità anche del ceto mezzano e degli ordini superiori in considerazione delle classi infime. Dico che esonerò le successioni in linea retta, che sono le più frequenti e per conseguenza immensamente più produttive che le eredità trasversali: e per vero la tassa di dieci centesimi per cento lire (uno per mille) è balzello ai tenue, in riguardo alle successioni mezzane e alle classi più doviziose, da ben potersi chiamare un discarico (1).

(1) La legge impone venti centesimi sulla disponibile: e vuol dire

E le conseguenze di questo perpetuo empirismo della
legislazione non si fanno lungamente attendere. Stretto
dai bisogni il governo già mette mano di nuovo alle imposte indirette sulla spesa e sulla circolazione dei valori,
aggravando con quelle il ceto povero o con queste il
commercio; e per questo secondo non sarebbe gran male
se l'incidenza delle tasse sulla circolazione dei valori,
in riguardo al reddito dei contribuenti, non fosse così
incerta ed eventuale.

CAPO XXXI.

TASSE SULLA SPESA (CONTINUAZIONE):
CONSIDERAZIONI SPECIALI INTORNO ALLA TASSA SULLA SPESA
(VALORE LOCATIVO) DELLE ABITAZIONI.

L'economista inglese, di cui già abbiamo invocato la
grande autorità, tesse l'elogio della tassa sulle abitazioni
nei seguenti termini:

« L'impôt sur les maisons, s'il est bien proportionné
« à leur valeur, est un des impôts les plus justes et les
« plus irréprochables qu'on puisse imaginer. Aucun ar-
« ticle de la dépense d'un particulier n'indique mieux
« son revenu et n'y est, à tout prendre, plus exactement
« proportionné. L'impôt sur les maisons se rapproche
« donc plus d'un équitable impôt du revenu, qu'il n'est
« possible de s'en rapprocher en imposant les revenus
« directement: il présente cet avantage, qu'il fait natu-
« rellement toutes les déductions, qu'il est si difficile de
« faire avec un impôt assis directement sur les revenus:
« en effet, si l'importance du loyer, que chacun paye,
« prouve quelque chose, ce n'est pas la somme de son
« revenu, mais celle qu'il lui convient de dépenser (1). »

dieci centesimi sull'anno intiero: la deduzione dei debiti e le frodi
che la accompagnano insoparabilmente ridurranno il prodotto di
questa tassa a ben poco.

(1) MILL, *Principes d'économie politique*, vol. 2, pag. 369.

Una grave obbiezione, solita farsi dagli oppositori, consiste a dire che un cittadino può abbisognare di un appartamento più vasto e più dispendioso, non perché sia più ricco, ma perché tiene una famiglia più numerosa. Al quale argomento deve rispondere non già lo scrittore, ma più presto il legislatore. Gli istituti naturali, quelli che pure essenzialmente si fondano sui rapporti necessari delle cose, chiedono quasi sempre una qualche parte di complemento alla legislazione positiva: intervenga dunque il legislatore, e a questo difetto della natura, la quale non segna quasi mai le linee secondarie, supplisca prendendo a norma la media delle famiglie, e ritenuto l'*intiero fitto* come materia tassabile quando i membri componenti la famiglia (genitori e figli) non eccedano il numero di sei; per ogni figlio eccedente il numero normale deduca il decimo dalla pigione, riducendo la materia tassabile al fitto residuo: e così la legge toccherà, nell'applicazione di un principio d'ordine naturale, quel punto approssimativo che è la sola verità della pratica (1).

Rimangono i celibi, che, non avendo in Società una *rappresentanza domestica*, non sogliono mettere le loro abitazioni in corrispondenza col loro reddito: essi dunque dovranno pagare, a titolo di pareggiamento, quella tassa che si paghi da altri ammogliato e posto in condizione consimile di fortuna, desumendo la simiglianza dal complesso delle imposte dirette accertate in riguardo al celibe in quantità pari o approssimantesi a quella dell'altro preso qual termine di paragone: criterio irrecusabile, quando le imposte dirette siano razionalmente e completamente distribuite.

(1) La deduzione del *decimo* suppone il numero di dieci, qual limite massimo anche delle famiglie più numerose: portando il limite a dodici, si dedurrebbe un solo dodicesimo per ogni membro eccedente la media normale. Trattasi di un punto pienamente devoluto all'arbitrato legislativo.

Un illustre economista italiano risolve in altro modo la questione dei celibi: « È stato ripetuto (così scrisse egli) sino alla sazietà dagli economisti aritmetici, che l'imposta sulle pigioni è eminentemente ingiusta, perchè un padre di famiglia, carico di sette figliuoli, è costretto a spendere più di un celibe, quantunque egualmente o meno agiato di lui.

« Sì: ma questo padre di sette figliuoli trova nella Società in cui vive i mezzi d'istruirli, di educarli, trova in essa la via aperta al loro collocamento futuro: ed usa per sette persone, nelle quali egli s'immedesima e si riproduce, i vantaggi che gli offre la Società e che per sette vie riescono a trasfondergli nell'animo la soddisfazione che gliene risulta, l'onore che gliene torna e forse anche più tardi a procacciargli un benefizio materiale ne' suoi giorni cadenti. È giusto quindi che, per la condizione in cui volontariamente si è posto, egli *paghi un'imposta in proporzione più larga del celibe.* » Tutto questo è ben detto, ma, a nostro avviso, molto mal ragionato. Vestito di bella forma e animato da un calore, che par naturale, farà a primo aspetto una certa impressione: ma denudato e freddato il ragionamento si riduce a dire che il padre carico di sette figli *gode* di più che il celibe, anche avente lo stesso reddito, e riceve dalla Società certi aiuti per istruire ed educare la figliuolanza, dei quali aiuti il celibe non ha bisogno: dunque, a parità di reddito, il padre di famiglia deve pagare di più che il celibe: tanto più, che, se il padre è carico di numerosa famiglia, egli si è posto volontariamente in tal condizione. Io risponderei, quanto ai godimenti, che, se il padre di famiglia spende il suo provento nell'istruzione e nell'educazione della figliuolanza, il celibe impiega il suo reddito o deliziandosi in capitalizzarlo, ovvero spendendolo in godimenti di altro genere: l'*intensità* dei rispettivi godimenti è incommensurabile: o se nei godimenti dell'uno è maggior purezza, non mi pare che un godimento, solo perché più puro, debba essere gravato di un tributo maggiore. Il padre di famiglia riceve aiuti dalla Società per l'istruzione, per l'educazione, pel collocamento dei figli: ma non ti sembra, o saggio lettore, che procacciando difensori alla patria, magistrati alla giustizia, amministratori alla cosa pubblica, e lavoratori indefessi all'agricoltura all'industria ed al commercio, il padre di famiglia non compensi abbastanza la Società degli aiuti che ne riceve? Mi si dice che i padri si riproducono nei loro figli: e la Società non si riproduce e non si perpetua essa pure nei figli medesimi? Lo stato del padre di famiglia è volontario: e quello del celibe non è volontario egualmente? Non facciamo dunque differenze personali nello esigere da tutti i cittadini l'imposta *in proporzione del reddito:* respingiamo qualunque tassa *speciale* sui celibi, ma nell'applicazione di un principio all'universalità dei cittadini procediamo, all'uopo, per assimilazione: l'imposta sulle abitazioni si fonda sopra un criterio dimostrativo del reddito, ma valevole solo per gli ammogliati che hanno una rappresentanza domestica, nullo e falsissimo per i celibi, ai quali per conseguenza nella distribuzione di questa, che è imposta indiziaria sul reddito, si dovrà non già concedere un'esenzione, quanto ingiusta altrettanto immorale, ma applicare *per assimilazione* la tassa comune. Voi mi dite che il padre negli anni cadenti riceverà forse aiuto dai figli: sì, rispondo io: perché educando la famiglia, forse non ha potuto, come il celibe, tesoreggiare, ossia (permettetemi il paragone) la figliuolanza educata ò il capitale prezioso e vivente che il padre ha nobilmente accumulato. Voi insistete ancora facendomi osservare che il celibe tesoreggiando accumula un capitale, il cui provento più tardi pagherà una tassa: e se il celibe non accumulasse quei proventi che intanto volete esimere dalla tassa? Se li dissipasse, netti dal tributo, in lussurie? Vi ripeto poi che anche la figliuolanza educata rappresenta economi-

camente un capitale produttivo, un' attività lavoratrice
e produttrice di frutti, che pagheranno a loro volta i
tributi.

Il legislatore però sappia guardarsi dalle esagerazioni,
dalle incongruenze. Il celibe non dee esser vittima del
lusso altrui: tra le abitazioni delle famiglie dimoranti nel
circondario, in condizione di fortuna simile alla sua, il
celibe avrebbe incontrastabile diritto di scegliere, a misura della propria tassa, l'abitazione la più modesta,
val quanto dire, la minima delle quote nella cerchia dei
contribuenti a cui egli appartiene.

Oltre quelle che abbiamo discusse, e, crediamo, risolute,
si fanno contro la tassa sulle abitazioni altre obbiezioni
minori, riassunte e vittoriosamente confutate da Mill,
che ricopieremo ancora. Eccone le parole: « On objecte
« aussi fréquemment, qu'un local considérable et dispen-
« dieux est souvent exigé, non pour l'habitation, mais
« pour les affaires. C'est un principe reconnu, que les
« bâtimens ou portions de bâtimens exclusivement desti-
« nés aux affaires, tels que boutiques, magasins, usines,
« *doivent être exempts de l'impôt sur les maisons:* je ne
« crois pas qu'on doive s'arrêter à ce qu'on dit souvent,
« que des personnes engagées dans les affaires sont
« forcées d'habiter dans les quartiers, dans lesquels,
« comme dans les grandes rues de Londres, les loyers
« sont à des prix de monopole. En effet, on n'habite ces
« quartiers qu'en considération de l'avantage exceptionnel
« qu'on y trouve, et cet avantage est plus qu'un équi-
« valent du loyer plus élevé que l'on paye.

« On a objecté aussi, que dans les campagnes les lo-
« yers sont bien moins élevés que dans les villes, et
« moins élevés dans quelques villes et dans quelques
« cantons ruraux que dans d'autres, de telle sorte, qu'un
« impôt proportionné au loyer pèserait sur le contribuable
« d'un poids très-inégal. A ceci, toutefois, on peut ré-
« pondre, que dans les localités où les loyers sont à bon

« marché, les personnes, qui jouissent du même revenu,
« vivent habituellement dans des maisons plus vastes et
« meilleures, et dépensent par conséquent en loyer une
« somme plus exactement proportionnelle à leur revenu,
« qu'on ne le croirait au premier abord. Autrement, il
« est probable que la plus part d'entr'eux habitent ces
« localités justement parcequ'ils sont trop pauvres pour
« vivre ailleurs, et ont par conséquent tout droit à être
« moins imposés que d'autres. Dans bien de cas c'est
« précisément parceque la population est pauvre que les
« loyers sont à bon marché » (1).

Non porremo fine a questo discorso senza ricordare
che l'imposta sulle abitazioni colpisce egualmente gl'inquilini e i proprietarii, in quanto questi ultimi tengano
a uso di abitazione la casa propria o parte di essa: per
essi adunque la materia tassabile sarà il fitto presunto,
considerato non come reddito ma come spesa, estimata
dal fitto reale che si ricava da altre case tenute da inquilini e poste in simile condizione. Or come si procederà
in riguardo ai castelli e ai palagi più sontuosi che non
si affittano mai? Si prenderà il valore venale, siccome
rappresentante un capitale tenuto improduttivo a uso
personale del proprietario: l'interesse normale di questo
valore sarà la materia tassabile. Vero che se il fitto dei
castelli e dei palagi più sontuosi, che non si affittano
mai, è affatto indeterminabile, il loro prezzo venale riesce
grandemente incerto, attesa l'infrequenza del vendersi
di tali proprietà: ma nel dubbio s'inclinerà verso il massimo anziché verso il minimo della stima, perché, *nel
dubbio,* la distribuzione dei pubblici carichi dee portarsi
verso i più abbienti, anziché correre il rischio di aggravare oltre il debito i meno agiati. Mill riferisce, che, nel-
l'applicare la tassa inglese sulle abitazioni, il fitto presunto dei monumentali, storici castelli di *Belvoir* e di

<hr>

(1) MILL, *Principes d'économie politique*, vol. 2, pag. 369 in nota.

Chatsworth (1) fu stimato in lire ducento annue! Forse
lo scandalo universale e i gridi di sdegno che simili fatti
dovettero sollevare, risuonavano ancora nell'anima del-
l'illustro scrittore quando dettava le parole seguenti:
« On devrait estimer non la valeur vénale, *mais ce que*
« *coûterait sa construction*. Cette estimation fournirait
« un capital, dont l'intérêt représenterait la base, sur
« laquelle l'impôt devrait être assis » (2).

CAPO XXXII.

CONSIDERAZIONI SINTETICHE SULLA INCIDENZA DELLE TASSE.

Primo principio: la tassa universale sopra tutte le forme
dell'attività produttrice è sopportata, senza incidenza sui
consumatori, dalla medesima attività produttrice in complesso e da ognuna delle forze che la rappresentano per
le rispettive porzioni senza alcuna ripercussione fra loro.

Secondo principio: qualunque tassa speciale sopra una
sola sfera di produzione ricade per naturale tendenza sui
consumatori del prodotto.

Terzo principio: la tassa universale, inegualmente distribuita sopra le diverse sfere di produzione, in parte resta
alle forze produttive, in parte ricade sui consumatori
dopo una serie di oscillazioni e di perturbazioni che l'a-
nalisi mal saprebbe descrivere. Infatti la tassa universale.
ma disuguale, in riguardo alle produzioni maggiormente
gravate, si risolve, per l'eccedente, in una tassa speciale.

Quarto principio, che è un'eccezione al primo: benché
universale ed egualmente distribuita, la tassa sul lavoro
e sul capitale ricade per naturale tendenza sui consuma-

(1) Il parco dipendente da quest'ultimo castello è traversato da
un fiume: i giardini sono d'una magnificenza principesca: Maria
Stuarda vi fu detenuta per sedici anni.

(2) *Principes*, loco cit.

tori, nella ipotesi che il lavoro ed il capitale già fossero caduti nel *minimum* economico dei guadagni o salarii, e dei profitti.

Quinto principio, conseguenza del precedente: la tassa anche generalissima sulle produzioni volgari, cui la concorrenza illimitata trae facilmente al *minimum* economico del salario, si riversa facilmente sul consumo.

Sesto principio, che è un'eccezione al secondo: il lavoro volgare, colpito per incidenza da una tassa sul consumo, la respinge talvolta sul capitale.

Nè fia necessario un lungo discorso per dichiarare, colle ragioni loro proprie e con qualche applicazione, i premessi principii.

Quando una sola o poche sfere di produzione siano specialmente tassate, l'attività produttrice si ritira man mano verso le sfere libere da imposta: tantochè nella cerchia tassata si diminuisce la produzione, pur rimanendo nei medesimi termini la consumazione: ed alterato siffattamente il rapporto tra l'offerta (diminuita) e la domanda, che conserva la medesima intensità, il prezzo del prodotto rincarisce: si aumenta il guadagno di quella attività produttrice che rimane nella cerchia tassata, e che risolve di rimanervi stabilmente, trovando nell'avvenuto aumento del profitto un compenso della tassa speciale; ed è manifesto che il compenso della tassa, consistente nell'accrescimento del guadagno proveniente dall'aumento dei prezzi, viene in definitiva fornito dai consumatori del prodotto. Che se la tassa s'impone universalmente ed equabilmente sopra tutte le sfere di produzione, l'attività produttrice, essendo in ogni parte diffusa la medesima gravezza, non si sente attratta artificialmente in direzioni diverse dall'indirizzo economico generale: il rapporto tra l'offerta e la domanda, in ogni sfera di produzione, resta qual era prima o quale deve essere naturalmente: non avviene in nessuna parte per l'effetto della tassa un artificiale aumento dei prezzi: e l'attività produttrice, non avendo mezzo di risarcirsi sui consumatori, sopporta la tassa senza alcuna incidenza possibile.

Se la legge chiedesse ad ogni cittadino la medesima aliquota del suo provento d'ogni specie, non esigendo altro che le denunzie, e queste fossero esatte ovvero fosse possibile verificarle e correggerle, egli è manifesto, che ognuno porterebbe il suo peso senza il potere di rovesciarlo a carico altrui. Eppertanto diremo, passando dall'ideale alla pratica, che anche ordinata l'imposta universale diretta con diversi metodi di accertamento accomodati alle tre specie di proventi, una essendo la ragione e comune la misura di tassazione pei redditi d'ogni qualità, non ha luogo tra i contribuenti ripercussione, discarico, incidenza di tassa: ognuno sopporta la parte sua. Vero è, che nella ripartizione dei contingenti possono bene avverarsi molte disuguaglianze tra contribuente e contribuente: ma queste sono ingiustizie personali ed accidentali, non *tasse differenziali e permanenti* sopra determinate categorie: ora non vi ha, che le differenze permanenti di classe, che possano imprimere un movimento artificiale all'attività produttiva suspingendola da una ad altra classe: epperò non alterandosi in nessuna sfera di produzione il rapporto naturale dell'offerta e della domanda, non alterandosi i prezzi, il discarico della tassa dal produttore sul consumatore diventa impossibile.

Ma cessa l'universalità, e incomincia la specialità, e con essa la ripercussione delle imposte:

1° Se la legge impone la tassa sopra una sola maniera d'impiego del capitale (ad esempio sui mutui ipotecarii), esentandone le altre màniere. Perocchè allora l'imposta che intendeva colpire il proprietario dell'attività produttrice (il capitalista mutuante) si rovescia facilmente sul mutuatario debitore, che è il *consumatore* del servizio che si rende dal capitale imprestato o locato: in più brevi

termini la tassa speciale ricade dall'attività produttrice
sul consumatore del servizio prodotto da essa;

2° Se la legge impone il capitale immobilizzato in
case produttive di un fitto, esentando da ogni contributo
il capitale mobile, comunque fruttifero. Imperocchè allora
l'imposta, che intende colpire il proprietario delle case
(dell'attività produttrice) ricade facilmente sugli inquilini
(consumatori del servizio rappresentato dal fitto) (1);

3° Se la legge impone un tributo sopra l'esercizio
di una professione particolare, lasciandone immuni le
altre industrie e gli altri commerci (2);

4° Se l'imposta particolare è stabilita sopra la produzione d'una merce determinata: e qui la produzione
va intesa in larghissimo senso, comprendendo sotto questa
parola la fabbricazione propriamente detta, l'importazione
nello Stato, la circolazione e l'introduzione in città, e
persino il deposito e l'esposizione in vendita, tutto
quello insomma che si richiede a creare e portare la
merce sino al consumatore: la tassa specialmente imposta
sopra una merce particolare a qualunque momento della
sua produzione siffattamente intesa accresce la spesa di
produzione e il prezzo della merce, e col prezzo accresciuto si paga dal consumatore della merce medesima.

Avverti però, o attento lettore, la differenza essenzia-
lissima che corre tra l'incidenza mentovata ai numeri 1°,
2° e 3°, e le altre notate nel numero 4°. Quelle sono
l'effetto di una legislazione viziosa e avvengono contro
l'intenzione del legislatore: queste al contrario sono considerate e volute dalla legge, e nel magistero delle imposte sulla spesa si adoprano come una forza atta a dare
a tali imposte l'indirizzo che si desidera.

E parendoci coi precedenti riflessi abbastanza dichia-
rati il primo ed il secondo dei sopra divisati principii

(1) Capo decimottavo.
(2) Capo decimoquarto.

regolatori delle incidenze, di cui è discorso, passiamo a considerare il terzo a tenor del quale l'imposta universale, inegualmente distribuita sopra le diverse sfere di produzione, resta in parte alle forze produttive, in parte ricade sui consumatori dopo una serie di oscillazioni che l'analisi mal saprebbe descrivere. Un'applicazione ideale di questo principio ci viene presentata da Mill, il quale, fatta l'ipotesi di una imposta universale sopra i prodotti di tutte le industrie commisurata al valore delle merci comincia con dire, che essa sarebbe sopportata dai guadagni delle professioni a guisa di tassa diretta sopra l'universalità degli esercizi professionali (1): ma poi prosegue dimostrando, che l'imposta *ad valorem* sopra tutte le merci non riesce proporzionale ai profitti. E per vero, di due produttori, che entrambi ritraggano dal loro esercizio un guadagno netto di mille lire, uno dovrà per la natura della sua industria e pel diverso rapporto tra il capitale fisso e circolante *produrre e vendere merci per un valore lordo di dieci mila*, l'altro otterrà lo stesso guadagno producendone e vendendone soltanto per cinque mila, e così porterà soltanto una tassa sul valore di cinque mila, doveché l'altro sarebbe tassato, non ostante la parità dei profitti, sopra un valore di dieci mila. La quantità del prodotto lordo non corrisponde nelle diverse industrie alla quantità del guadagno netto: dunque l'imposta *ad valorem* di quello, non riesce generalmente proporzionale a questo: ne nascerebbe dunque, prosegue Mill ripetendo un'osservazione di Mac-Culloch, una generale perturbazione di prezzi e d'incidenze, che sfugge a qualunque analisi.

L'empirismo finanziario, che domina nelle leggi, ci presenta un caso reale, analogo al supposto dottrinale dei lodati autori. Perocchè il complesso delle tasse moltiplici,

---

(1) « Un impôt sur tous les objets de consommation retomberait sur les profits ». (MILL, *Principes*, vol. 2, pag. 872).

speciali, incoerenti dell'empirismo dominante si risolve
effettivamente in una tassa universale con capi e modi
diversi, per cui l'imposta si distribuisce disugualmente
nelle diverse sfere di produzione, come sarebbe un tributo
universale *ad valorem* sul prodotto lordo di qualunque
attività produttrice. Epperò rivolgendosi ed aggravandosi
di continuo questo ammasso informe di tasse, perchè
cresce il bisogno e si suppone anche progredita la ricchezza nazionale, ne nasce un disordine di oscillazioni,
un moto incomposto, un tale urto di ripercussioni e di
incidenze contrarie, sorgenti da tutte parti, da generare
un malessere universale che si sente e non si descrive,
e che poi si traduce nel malcontento pubblico, in un
generale imbarazzo delle industrie e dei commerci, e in
uno scarso, insufficiente prodotto erariale delle imposte
medesime.

Torniamo a dire, che la tassa universale, equabilmente
distribuita non ha incidenze indirette. Sorge però un'eccezione a questa regola, quando una straordinaria abbondanza dei capitali ne riducesse i profitti a segno, da
venir meno lo stimolo del risparmio e dell'impiego. Se
in tale condizione sopraggiunge una tassa sopra i profitti,
che nella fatta ipotesi non possono più sopportare diminuzione, allora o si dovrebbero tosto aumentare i prezzi
per risarcire i profitti e impedire la consumazione improduttiva e l'emigrazione dei capitali, oppure avvenendo
tale consumazione ed emigrazione, l'accrescimento dei
prezzi succederebbe come conseguenza della scemata produzione. In tutti i casi adunque, se i capitali cadono nel
minimum economico dei profitti, l'imposta anche universale ed equabilmente distribuita sui profitti, si riversan
coll'aumento dei prezzi sopra i consumatori (1). La considerazione di questo caso, meramente ideale per la più
parte degli Stati, serve però a spiegare la causa di un

(1) MILL.

fenomeno pratico e volgarissimo. Una parte delle tasse doganali sulle merci più comuni, e i dazi interni sopra il consumo ordinario ed universale rappresentano in complesso una tassa *generalissima* sui prodotti o sui profitti di moltissime professioni. Ma la concorrenza illimitata a queste professioni d'ordine inferiore che non esigono gran corredo di capacità, d'ingegno e di capitale ne riduce facilmente i profitti *al minimum economico*, ed è perciò, che la tassa sopra le consumazioni ordinarie ed universali, non ostante la sua massima generalità, ricade facilmente, almeno in gran parte, sopra i consumatori.

Le imposte, anche speciali, sopra le consumazioni di prima necessità o peggiorano la condizione delle classi laboriose, o influiscono ad aumentare i salari secondo il vario rapporto corrente in una data situazione tra la domanda e l'offerta del lavoro: il qual rapporto segue principalmente il movimento della popolazione in relazione all'incremento del capitale (1). Nel caso dunque, in cui per l'avvenuta tassa speciale la mercede del lavoro si elevi, avremo un esempio di tassa speciale, che non cade definitivamente sul consumatore della merce perché quest'ultimo la respinge al capitalista.

Ma le regole finora discorse sussistono in teoria, e come indicatrici di tendenze economiche generali: le quali nel fatto incontrano poi ostacoli molti e di varia natura, che o impediscono affatto, o allontanano per lungo tempo l'effetto indicato dal principio. I passaggi delle attività produttrici di cerchia in cerchia (senza i quali passaggi non si cangia il rapporto delle domande e delle offerte né la ragione dei prezzi, e non si effettua l'incidenza) riescono nel fatto estremamente difficili ed imperfetti. Bisogna vincere le abitudini ed i pregiudizi, che talvolta antepongono una peggiorata condizione alle avventure del movimento: occorrono nuovi studi e nuovi tirocinii: gli

_____

(1) MILL.

è d'uopo coll'industria trasportare anche i capitali, e il
capitale fisso non si muove senza gravi degradazioni e
perdite enormi: talvolta le sfere di produzione alle quali
taluno potrebbe rivolgersi già sono ingombre di concorrenti,
e le altre gli parranno o saranno in effetto troppo elevate
per la capacità personale e l'entità del capitale che vi si
richiede: i proprietari delle terre non hanno questa facoltà
di movimento e di passaggio, e quand'anche il fisco tolga
loro una quota eccessiva e affatto sproporzionata della
rendita locativa dei loro poderi, non hanno mezzo di risarcirsi coll'aumento dei prezzi dei prodotti territoriali,
i quali prezzi allora soltanto si rialzerebbero quando la
tassa, assorbita la rendita locativa, o questa non esistendo,
intaccasse il capitale e il lavoro addetto alla coltivazione
delle terre: e non rialzandosi i prezzi dei frutti, vien
meno ancora l'aumento del fitto (1): e ancora si trovano
privi d'ogni mezzo di risarcirsi i pubblici funzionari e lo
stuolo immenso degli impiegati, i quali percepiscono un
soldo, cui le imposte rodono d'ogni parte, ma non aumentano mai nemmeno indirettamente: e infine le classi
faticanti (l'immensa maggioranza della nazione) possono
bensi rivalersi delle tasse sproporzionate a loro riguardo,
quando loro venga fatto di ottenere un aumento di salario:
ma l'aumento non è in loro balia: esso dipende dal rapporto della domanda e dell'offerta del lavoro, che non
sempre, e forse più raramente che altri non crede, volge
favorevole ai lavoratori. Adunque le infinite ripercussioni
delle imposte multiplici, speciali, arbitrarie male si assomigliano alla maravigliosa *diffusibilità* della luce che con
moto rapidissimo e normale riempie di sè l'atmosfera:
esse ci rendono immagine di una lotta, di una oscilla-
zione incomposta, irregolare, di una perturbazione soste-
nuta dalle vicende, dagli aumenti incessanti delle pubbliche
imposte, e tutto al più si hanno a considerare come

(1) Rossi, *Fragmens sur l'impôt.*

quella forza riparatrice della natura, che nei corpi viventi rimedia, talvolta imperfettamente e sempre con grandi sforzi e dolori, ai disordini, alle offese, al disquilibrio portato da cause nocive all'economia normale dell'organismo. Epperò sappia il legislatore, che innanzi tutto si ha da prevenire il disordine, il bisogno della forza riparatrice e delle incidenze economiche: sappia che egli deve applicare direttamente l'imposta nella stessa misura, benché con distinte maniere di accertamento, al reddito mobiliare ed immobiliare, per modo che la tassa direttamente proporzionata al reddito universale non abbia né a chiedere né a dare compensazioni: costretto poi a rivolgersi anche alle imposte indirette colle loro incidenze per averne l'altra parte del prodotto erariale, sappia il legislatore coordinare colle imposte *disordinatamente produttive* le tasse compensative: e quando avrà egli medesimo nei limiti del possibile provveduto direttamente all'equa distribuzione dei carichi, per le rimanenti inevitabili disuguaglianze non sarà affatto da ripudiarsi il beneflzio, la virtú medicatrice, la forza riparatrice delle incidenze economiche.

CAPO XXXIII.

DELLA DEDUZIONE DEI DEBITI.

Quella legislazione, che nel regolamento degli umani interessi applica i precetti della ragione e della giustizia, talvolta incontra un antagonismo tra la ragion del diritto e le utilità e le necessità della pratica; e allora, di fronte alla deduzione logica dei principii, sorge un diritto eccezionale, che appunto si dice *contra juris rationem introductum propter utilitatem* (1). Ed è con questo criterio, che, a nostro giudizio, la legislazione positiva dovrebbe

(1) Dig. fr. 14, 15 *De legibus.*

risolvere il proposto problema della deduzione dei debiti nel regolamento dell'imposta.

Ogni cittadino deve contribuire ai pubblici carichi in proporzione delle sue facoltà, le quali si estimano sotto deduzione dei debiti. Vanamente si dice, che la Società *assicura* tutta intiera la rendita *lorda* del contribuente, per inferirne che questi debba pagarne tutto intiero il *premio di assicurazione.* Imperocché la rendita del debitore, per la parte corrispondente al debito, appartiene al creditore, il quale, pagando l'imposta sul capitale fruttante, ne sconta il premio di assicurazione rispondente alla sua parte « *Bona non intelliguntur, nisi deducto* « *aere alieno.* » Se non che già rigettammo altrove il concetto, che assomiglia lo Stato ad una impresa di protezione e di assicurazione: già dicemmo che la Società è l'organo dell'azione collettiva dell'umanità, a cui è imposto da una suprema legge di operare il bene con duplice azione individuale e sociale: dicemmo che l'individuo, appartenendo in parte alla Società, in parte a se stesso, è tenuto, in quanto appartiene alla Società, di contribuire, in ragione del suo *potere*, de' suoi mezzi reali, ai fini morali dell'umanità. Ora il *potere*, le facoltà, i mezzi reali stanno in proporzione degli averi depurati dai debiti: il possessore di una rendita, assorbita dai debiti, non ha in realtà nissun potere, nissun mezzo, nissuna facoltà. Eppertanto *ex juris ratione* risulta indubitabile, che, nel regolamento dell'imposta, dall'attivo si dee detrarre il passivo.

La qual detrazione in effetto si fa da se stessa e per la virtù organica inerente al magistero delle tasse sulla spesa, per tutta quella parte d'imposta principalissima che ne ricava l'erario: conciossiaché si abbia diritto di presumere che il cittadino sappia, nel regolamento della propria economia, detrarre dall'attivo il passivo e proporzionare le spese alla rendita netta.

Ma nell'applicazione dell'imposta diretta al triplice

reddito cogli appropriati metodi di accertamento, la legge, pur riconoscendo il principio logico di ragione, si troverà costretta dalle necessità della pratica a derogarvi e non detrarre da alcuna delle specie imponibili i debiti allegati dal contribuente anche con offerta di prova. Avvegnaché un raddoppiato lavoro per l'accertamento dei debiti, aggiunto a quello dell'accertamento del reddito, ingombrerebbe eccessivamente l'esecuzione pratica della legge, non riuscirebbe ad eliminare le simulazioni e le frodi, le quali, moltiplicando i debiti fittizi o già ostinti, toglierebbero una buona parte di quel già modesto provento erariale, di cui mostrammo come si debba necessariamente appagare la tassazione diretta. Oltrecchè nella tassazione dei redditi professionali, col sistema combinato del contingente e della *quotità*, la detrazione dei debiti individuali diventa pressochè impossibile. Il contribuente non ha forse il mezzo di depurare il suo patrimonio in faccia all'imposta col pagamento effettivo dei debiti? Se nol fa, o per il tempo che differisce di farlo, imputi a se stesso il non grave danno di una moderata quota anche sulla parte di rendita assorbita dagli interessi del debito.

Crediamo però che, a giustificare e a meglio chiarire ad un tempo il proposto sistema di legislazione positiva, si debba introdurre una importantissima distinzione tra i debiti nati da una consumazione improduttiva e quelli che rappresentano una creazione od una trasformazione di capitale: di quelli soltanto, non già di questi, dee ricadere il peso sopra il contribuente.

Un capitalista si obbliga, per atto pubblico, di fornire ad un costruttore una somma di concorso per la costruzione di un edificio: la casa sorge a poco a poco: il capitalista somministra man mano le quote convenute e prende iscrizioni ipotecarie;

Un altro somministra i suoi capitali al proprietario di un podere, colla espressa destinazione del loro impiego in migliorie del fondo;

Un terzo, volendo associare il suo capitale all'industria, concorro all'assunzione di una impresa, all'apertura di un negozio, allo stabilimento di una Società commerciale, e non consentendo di correre le sorti degli accomandanti, si fa creditore ordinario delle somme somministrate.

Tali sono le specie di debiti e crediti, in cui noi diciamo rappresentarsi una creazione o trasformazione di capitali. La legge stabilirà discipline di cautela per antivenire le frodi: esigerà che la somministrazione risulti da atto pubblico, che vi sia espressa la destinazione del capitale, che di fatto sia avvenuta la pattuita creazione e trasformazione, che siasi eretta la casa, aperto il negozio, stabilita la Società commerciale: ma, osservate le condizioni prescritte dalla legge d'imposta, il capitale non sosterrà due tasse solo perchè riveste due forme: non pagherà la tassa intiera come immobilizzato nel fabbricato e nelle migliorie della terra, ovvero come fondo di commercio, e un'altra tassa in qualità di credito o capitale collocato a frutto sulla casa, sulla terra o sull'altrui commercio; ma la casa, la terra, la Società commerciale pagheranno la tassa sotto deduzione del debito rispondente al capitale del creditore, il quale tassato a sua volta in proprio, come detentore di un capitale fruttante, completerà il tributo, quell'unico tributo, che deve pagarsi da tutti i compartecipi alla medesima rendita.

I debiti nascenti da creazione o da trasformazione di un capitale si possono numerare per classi e fanno così nel metodo legislativo il soggetto di una eccezione. Quelli al contrario che traggono origine da consumazioni improduttive costituiscono la materia d'una regola generale: essi debbono dichiararsi non deducibili: val quanto dire, che si erigerà in regola generale la non deducibilità dei debiti nel regolamento dell'imposta diretta, e si eccettueranno soltanto quelli, che, osservate le discipline legali da stabilirsi all'uopo, siano stati contratti:

1° Per costruire o ristorare un fabbricato:

2° Per costituire un fondo di commercio;

3° Per migliorare terreni:

purchè la destinazione dichiarata nell'assunzione del debito sia stata effettivamente eseguita. Dei quali casi i primi due importeranno la deduzione del debito, e il terzo recherà l'esenzione dall'aumento di tributo, in ragione della miglioria avvenuta, per tutto il tempo in cui i capitalisti compartecipi manterranno i loro crediti o capitali fruttanti e sosterranno la tassa fungente uficio di supplemento al tributo del predio.

La deduzione di questi debiti è comandata dalle leggi invariabili dell'economia sociale. Perocchè gli accumuli dei risparmi non diventano capitali operosi e fruttuosi se non s'immobilizzano in costruzioni o in migliorie di terre, o non s'impiegano nell'esercizio delle industrie e dei commerci: or come potrebbero assumere, in uno di questi impieghi, l'ufficio e la natura di capitali operosi, se al primo ingresso fossero colpiti da duplice tassa, essendo una la sostanza e doppia la sola forma? Se fossero tassati in qualità di crediti posseduti dal capitalista creditore, e quali capitali immobilizzati o addetti alle industrie? Ed è manifesto, che in questi casi di associazione del lavoro e del capitale il debitore non è imputabile del difetto di pagamento: perocchè, pagandosi il debito, si scioglierebbe quell'associazione in virtù della quale il capitale fruttifica.

Ma dissimile affatto è la condizione dei debiti originati da consumazioni improduttive. Per verità non si nega al cittadino il diritto di consumare le sue sostanze e di esimersi dal tributo corrispondente; e quando il debitore abbia compiuta l'opera, distraendo parte di sue terre o de' suoi capitali attivi in pagamento dei debiti, la sua condizione prenderà un assetto normale anche dirimpetto all'imposta: ma insino a tanto che egli detiene le terre ed i capitali attivi e ne percepisce il provento, volendo la necessità assoluta della pratica in fatto d'imposte che sia fermata la regola generale della non deducibilità dei debiti sotto la riserva di poche e ben determinate eccezioni, la legislazione positiva li terrà sottomessi al tributo intiero senza detrazione del passivo, *contra juris rationem, propter utilitatem.*

Forse parrà che anche il debito, per prezzo non ancora pagato d'immobili comperati, si debba comprendere nelle eccezioni. Lo neghiamo però. Chi compra e non paga, già tiene in serbo il fondo di pagamento, cioè o un accumulo di risparmi rimasto finora inoperoso ed occulto, ovvero un capitale collocato a frutto presso altri: nella quale ultima ipotesi, delegando il suo credito *pro solvendo* e a questo titolo cedendolo al venditore, il compratore eviterà agevolmente la doppia tassa: non occorre dunque a tale riguardo il vero bisogno di una eccezione.

Non parliamo dei canoni enfiteotici e di altri consimili pesi che dipendono da un condominio: la loro deduzione non fu mai e non potrebbe essere contrastata.

Ben si dovrebbe temere che il rigido principio della non deducibilità dei debiti nella tassazione diretta non divenisse, per eccessivo aggravio, ingiusta verso gli esercenti arti e mestieri e simile gente degli ordini sociali inferiori: ma ci sovvenga, che, nell'ordinamento razionale delle imposte, la tassazione diretta non si estende al lavoro, nè al capitale mobile, stromento di lavoro delle classi inferiori, e solo ad un certo punto si comincia a tassare direttamente *una parte* del loro provento mobiliare. Le classi infime contribuiscono ai carichi pubblici principalmente sotto il magistero delle tasse sulla spesa: nelle quali, come già avvertimmo, la deduzione dei debiti si fa virtualmente e da sè medesima.

CAPO XXXIV.

TASSAZIONE DEI TITOLI DI DEBITO PUBBLICO: QUESTIONE LEGALE TRANSITORIA.

Ragionando della tassazione del capitale mobile dimostrammo, in tesi generale, la necessità giuridica ed economica di sottoporre alla tassa comune anche quella sì cospicua parte del capitale mobile nazionale che s'impiega in rendite sullo Stato. Ma essendosi dalle leggi positive concessi dei privilegi, in fatto d'imposte, alle cartelle di debito pubblico, nasce in riguardo ai titoli creati sotto l'impero di queste leggi una questione transitoria, che pur è della massima rilevanza, avuto riguardo alla enorme quantità dei titoli già creati.

Gli elementi della questione sono: il R.° editto organico del debito pubblico subalpino (1); la legge costitutiva del gran libro del debito pubblico italiano (2); la legge che introdusse in Italia la tassa sulla ricchezza mobile (3).

Seguitiamo passo a passo lo svolgersi cronologico della legislazione, che nel presente caso riesce anche ad un ordine strettamente logico ed analitico.

La legge subalpina (4) disponeva in questi termini: « Le rendite sul debito pubblico saranno esenti da ogni « legge d'ubona, ritenzione, confisca ed *imposizione*, sia « in tempo di pace che in tempo di guerra, ed il paga- « mento non ne sarà mai ritardato per qualunque causa « anche di pubblica utilità o necessità dello Stato o della « Corona. »

L'esenzione illimitata *da ogni legge d'imposizione* sot-

----

(1) Del 24 dicembre 1819.
(2) Del 10 luglio 1861.
(3) Del 14 luglio 1864.
(4) R. Editto del 24 dicembre 1819, art. 4.

traeva forse le rendite pubbliche anche agli effetti delle
imposizioni indirette sulle consumazioni (dogane, dazi
interni di consumo e privative demaniali)° Sarebbe stato
impossibile *per rerum naturam:* perocché queste tasse
sono incorporate nel prezzo della merce, né mai cadrà
in pensiero a verun compratore di pretendere dal negoziante una diminuzione di prezzo, perché egli, comprando,
spenda un reddito proveniente da titoli privilegiati;
quanto al commerciante, che introduce la merce, egli,
nel concetto della legge, anticipa soltanto, non paga *per
conto del proprio reddito* né il dazio, né la tassa doga-
nale: non avrebbe dunque a pretendere, a titolo di privilegio, nessuna restituzione: e del resto come si potrebbe,
nei casi innumerevoli d'importazione di merci nello Stato,
d'introduzione di prodotti nei recinti daziarii, ammettere
la ricerca se ed in quale proporzione l'introduttore abbia
speso, nel comperare le merci ed i prodotti, un reddito
proveniente da titoli di debito pubblico? Egli è dunque
manifestissimo (e veramente ci rincresce di avere speso
troppe parole per dimostrarlo) che niun privilegio al
mondo, per quanto illimitato ed assoluto si voglia supporre, esimendo le rendite pubbliche da ogni legge d'imposizione, potrebbe sottrarle agli effetti indiretti ed inevitabili delle imposte sulle consumazioni.

Una simile impossibilità naturale ed invincibile non si
incontra nelle tre altre categorie d'imposte indirette,
che sono (come lo dimostra l'analisi rigorosa che ne
abbiamo fatto in altro luogo) le tasse sugli affari e
sulla circolazione dei valori, le tasse rispondenti ad un
servizio speciale reso dallo Stato, le tasse di carattere
misto, partecipanti simultaneamente al carattere di due
od anche di tutte e tre le altre categorie, compresa cioè
anche la categoria delle tasse sulla spesa. Nulla infatti
impedisce che la legge dichiari con espressa disposizione
immuni dalle tasse di registro e bollo quei contratti,
quegli affari di qualunque specie che avessero per materia

un titolo di debito pubblico: nulla toglie che le liti civili
sopra titoli di pubblica rendita si esimano dalle tasse
giudiziarie; e così via, via, se non in tutte le applicazioni delle accennate imposte, certamente in moltissime,
l'estensione del privilegio non risulterebbe materialmente
impossibile.

Ma era questo l'effetto intenzionale, interpretativo della
legge subalpina? No per fermo: si opponeva a tale applicazione del privilegio la qualificazione legale delle
imposte indirette, che ancor oggi predomina e dominava
assolutamente la legislazione vigente allora in Piemonte,
a tenor della quale qualunque imposta indiretta s'intende
avere per base, per materia immediata, non già la cosa,
ma il fatto volontario dell'uomo: il contratto negli affari
civili, il fatto di acquistare l'eredità nelle successioni,
il fatto d'invocare l'autorità giudiziaria nei processi
giudiziali sono il soggetto legale dell'imposizione, e i
valori, in riguardo ai quali avviene il fatto colpito di
tassa, servono soltanto e nemmeno sempre a commisu-
rarla. Ed è questo in legislazione un criterio, non già
nominale soltanto, ma fecondo di applicazioni, invocan-
dosi ben sovente dal legislatore medesimo per render
ragione delle moltiplici disposizioni con cui s'ingegna di
determinare logicamente la tassazione nelle sue più minute particolarità (1). Sappiamo bene, e noi medesimi
l'abbiamo avvertito in altro luogo, che il discorso criterio
è puramente artificiale, non conforme ai rapporti necessari delle cose: ma ciò che importa al nostro soggetto?
Trattasi di applicare una legge positiva, la legge subalpina del 24 dicembre 1819, e non s'avrebbe ad inter-
pretarla secondo i concetti suoi? Essa affrancava la ren-

(1) Anche recentemente si propose di tassare nella eredità la stessa
deduzione dei debiti ereditari, perchè (si disse) per la parte dei beni,
il cui valore corrisponde alla somma dei debiti, l'erede si ha da considerare come un acquisitore a titolo oneroso.

dita da ogni legge d'imposizione, ma non liberava nessun cittadino dalle leggi regolatrici e tassatrici di certi fatti, per questo solo che l'autore del fatto tassato sia anche possessore di rendita, quando la rendita non è la materia tassata. Per conseguenza anche l'imposta personale, quella sulle pigioni, sui domestici, sui cavalli e consimili non avevano nulla a temere dal privilegio della rendita sullo Stato, privilegio atto solo ad escludere ogni imposizione che abbia per soggetto la rendita. E siccome la stessa imposta sulle eredità aveva per titolo suo legale il fatto della mutazione di proprietà per causa di morte, giustamente già si era dichiarato, nello stesso Parlamento subalpino, che le tasse di successione sfuggivano al privilegio e rientravano nel diritto comune.

Adunque teniamo per fermissimo questo primo punto: il privilegio di esenzione consacrato dalla legge subalpina non riguardava le imposte indirette, e nemmeno le tasse dirette sulla spesa: esso liberava le rendite pubbliche da quelle imposizioni soltanto che avessero per soggetto la rendita, le quali cioè si proponessero di ricercare direttamente, accertare e tassare il reddito dei cittadini.

Ora nella cerchia stessa delle imposizioni dirette sopra un reddito patrimoniale dovremo noi ulteriormente distinguere le generali dalle speciali? Ed escludere ancora il privilegio dalle generali, restringerlo alle speciali? Presa in se stessa ed in astratto la formula della legge, non crederemmo accettabile questa nuova limitazione. Veramente si dice, che l'imposta sul reddito in generale colpisce solo *indirettamente* le singole specie di rendita: no, rispondiamo noi coi giuristi: *Universalitas resolvitur in suas singularitates:* tu mi chiedi una porzione del mio provento mobiliare di qualunque specie: la tua domanda, benché espressa con un discorso universale, si distribuisce da sé in altrettante parti quante sono le spese, imponendosi distintamente e per via diritta agl'interessi dei miei crediti ordinari, al mio stipendio, alla mia pensione, ai dividendi che mi paga la banca, alla rendita che mi paga lo Stato: il reddito generale distinto dalle specie non ha un'esistenza reale, esso è un'idea astratta, non materia di tassa: colla prescrizione generica dell'imposta su tutta la rendita, sono dunque tassate direttamente ed unicamente le singole specie, la cui generalità ideale fornisce alla legge una formula compendiosa.

Sappiamo però, che le convenzioni (e la promessa dello Stato ai capitalisti è una convenzione) benchè formulate in termini generalissimi, non si debbono trarre *ad incogitata*, ad uno stato di cose che non esisteva al tempo del contratto o che non fu contemplato dai contraenti, e tutto al più se ne potrebbe pretendere l'applicazione alle circostanze sopravvenute, quando militasse *la parità di ragione*. Ora è indubitato, che al tempo della pubblicazione della legge subalpina, che interpretiamo, l'idea delle imposte *generali* e dirette sul reddito non era ancor nata, e dominava nel modo il più assoluto il sistema o, diciamo meglio, l'arbitrio sconfinato *della moltiplicità e della specialità delle imposte*, contro il quale si sentì il bisogno interessato di guarentire i capitalisti. Lo Stato, chiedendo denaro, sentiva rispondersi — Qual fiducia vuoi tu che abbiamo in te, che colle leggi d'ubena, di confisca, di ritenzione, d'imposizione, onde tu colpisci specialmente, isolatamente, e sempre arbitrariamente, potresti rapirci ad ogni momento una parte del nostro capitale? — Ebbene (rispose il principe) noi dichiariamo esenti le vostre rendite *da ogni legge d'ubena, di confisca, di ritenzione e d'imposizione.* — Coll'andar del tempo, rinnovate le idee nel mondo politico ed economico, ciò che era privilegio contrattuale dei capitali imprestati allo Stato e delle rendite pubbliche, diventa il diritto di tutti i capitali e di tutte le rendite: il legislatore elimina le imposte dirette speciali: vi sostituisce l'universalità con unità di misura, *l'universalità*, che colla potenza irresistibile *dell'interesse uniforme di tutti*, e della volontà

generale che ne risulta, guarentisco i singoli cittadini
contro l'arbitrio assai più efficacemente che qualunque
promessa legale. In mezzo a questo rivolgimento, in mezzo
al trionfo del privilegio che si allarga e si trasforma in
diritto comune, potranno i creditori dello Stato allegare la
cruda lettera dell'antica legge? Avranno diritto di dirci —
Noi siamo esenti da ogni legge d'ubena, di confisca, di ritenzione e d'*imposizione:* noi non vogliamo contribuire alle
spese sociali nemmeno nei termini del diritto universale
eguale per tutti? — *Etsi maxime verba legis hunc habeant
intellectum, aliud tamen vult mens legislatoris:* il privilegio
si arresta in faccia ai nuovi ordinamenti di eguaglianza e
di garanzia universale, perchè i privilegi e le convenzioni
benchè formulati in termini illimitati *non trahuntur ad
incogitata.*

Ed in questo senso fu decisa la questione testualmente
dalla legge del 10 luglio 1861, costitutiva del gran libro.

Nell'atto di consolidare in uno i debiti di tutti gli
ex-Stati italiani il legislatore si trovava a fronte della
legge subalpina, che abbiamo interpretata, e delle legislazioni degli altri ex-Stati che non stipulavano veruna
esenzione formale delle rendite pubbliche dalle leggi di
imposta. Ed egli allora disse a se stesso: « La dichiarazione
« che non verranno sottoposti *ad imposizione speciale,* è
« dovuta a tenor di ragione ai creditori di tutti gli ex-Stati,
« anche a quelli (ed erano la maggior parte) che non la
« abbiano stipulata: e la legge subalpina, portanto una
« stipulazione espressa ed illimitata, interpretandola ret-
« tamente in relazione alle avvenute trasformazioni, non
« contiene veramente una garentia più estesa: dunque si
« può e si deve dichiarare per tutti con formula eguale e
« in forma di patto fondamentale del consolidato italiano,
« che non verrà mai assoggettato *ad alcuna speciale im-
« posta.* » Indi nacque l'articolo terzo della legge anzidetta concepito così: « Le rendite iscritte sul gran libro
« non potranno mai in nessun tempo, e per qualunque

« causa, anche di pubblica necessità, venire assoggettate
« ad *alcuna speciale imposta*, e il loro pagamento non
« potrà mai in nessun tempo, e per qualunque causa,
« anche di pubblica necessità, venir diminuito o ritar-
« dato. »

Teniamo dunque per fermissimi (congiungendo questo
ultimo col precedente risultato) i seguenti principii regolatori dei rapporti delle rendite pubbliche colle leggi di
imposta:

Nella sfera delle tasse indirette di qualunque specie ed
anche delle dirette sulla spesa, le rendite pubbliche non
godono di verun privilegio:

Nella cerchia delle imposte dirette sul reddito le medesime rendite non possono venire assoggettate *ad alcuna
speciale imposta:* in riguardo alle imposte generali sul
reddito, le rendite pubbliche stanno nei termini del diritto comune.

Applichiamo i principii.

Sono imposte *generali* (dirette) sul reddito:

1° L'imposta generalissima sulla rendita (*incometax*):

2° L'imposta generale sulla rendita mobiliare (senza
distinzione di provenienza dal capitale mobile o dal lavoro, ed escluso soltanto il reddito immobiliare);

3° Le imposte men generali, che si stabiliscano distintamente sui quattro generi di proventi, cioè:

a) Sui redditi provenienti dal capitale fondiario;

b) Sul provento locativo del capitale immobilizzato
in costruzioni;

c) Sui redditi provenienti dal capitale mobile in
qualunque maniera d'impiego (addetto alle industrie, collocato a frutto, impiegato in rendite private o pubbliche);

d) Sui redditi professionali.

Sarebbero per contro imposizioni *speciali* quelle sopra
una determinata specie d'industria: — sopra una determinata specie di capitale fruttante, ad esempio, sui mutui
ipotecarii, sui titoli di debito pubblico: parimente sareb-

bero speciali le imposte distinte e diverse — sugli stipendi dei pubblici impiegati ; — sulle pensioni ; — sui dividendi delle Società industriali ; — ed altre innumerevoli.

Avvertiamo, che la specie (in quanto si contrappone a tutti i generi) è la collezione astratta di individualità; che il genere ò la collezione di specie; che una collezione di generi ò un genere superiore, e così via via sino al genere sommo : onde nasce una gradazione di generalità le une subordinate alle altre sino a quella specie, sotto cui stanno immediatamente le individualità. Nel nostro argomento il genere sommo sarebbe l'*incometax* : sotto del quale troviamo due generi minori, reddito mobiliare, provento immobiliare, ciascuno dei quali si suddivide in due altri generi, racchiudendosi nel primo il reddito professionale e il provento del capitale mobile, e contenendosi nel secondo la rendita locativa dei fabbricati, e la rendita delle terre.

Tra le diverse imposte generali qual ò quella che il legislatore dovrebbe prescegliere? Questo è per noi un problema già risoluto. Tanto si hanno a distinguere le imposte generali, quanti sono i metodi diversi di accertamento, onde già abbiamo lungamente dimostrato, che anche volendo commisurare ad una sola ragione tutta intera la imposta diretta, ne risulterebbero per la diversità dei metodi quattro distinte applicazioni, e cioè quattro forme d'imposta generale — sul reddito professionale, sul provento del capitale mobile, di quello immobilizzato in costruzioni, e del capitale fondiario. Posto il qual sistema le rendite pubbliche sarebbero indubitabilmente comprese nella tassazione generale del capitale mobile.

Ma il legislatore non ha a discutere coi creditori dello Stato la forma di tassazione: dei quali creditori uno solo è il diritto, quello di non essere assoggettati ad una imposta speciale alle rendite pubbliche, non già il diritto di imporre al legislatore medesimo quella o questa tra le *tassazioni generali*, tutte riservate, e tutte imponibili anche ai titoli di debito pubblico. Adunque lo Stato avrà indubitabilmente la facoltà di stabilire un'imposta generale sul reddito mobiliare, comprendendo in un genere superiore i due generi inferiori dei proventi professionali e dei redditi del capitale mobile, e d'includere in questa forma di tassazione generale anche le pubbliche rendite.

Ed è questo per l'appunto il sistema introdotto in Italia per la legge del 14 luglio 1864.

Il suo metodo è *la ricerca diretta* dei redditi mobiliari di qualunque natura *presso i singoli* contribuenti; compreso il provento dei titoli del debito pubblico.

Quella legge però aveva commesso tre gravi errori di logica. Non si ricerca quello che già si tiene: ora lo Stato è detentore dei redditi dipendenti dagli stipendi, dalle pensioni, e generalmente da tutti i titoli portanti un'annualità a carico dello Stato ed a favor dei privati. Se adunque questi redditi devono, a titolo d'imposta generale sui redditi, il decimo di se stessi allo Stato, questi (lo Stato) ha senz'altro il diritto di ritenere il decimo dovutogli, pagando il rimanente, salvo a chiedere la denunzia e a praticare la ricerca individuale degli altri proventi che non si pagano da lui medesimo. Evidentemente il sistema di tassazione generale col metodo della ricerca diretta adottato dalla legge 14 luglio 1864 recava logicamente e inevitabilmente la conseguenza della ritenuta della tassa sopra tutti i pagamenti, che si fanno dallo Stato, di annualità devolute ai contribuenti. Ripetiamolo: si ricerca per trovare: non si cerca dunque quello che si tiene ed è già trovato. E la legge anzidetta, che non trasse da tal principio tal conseguenza, commise un primo gravissimo errore di logica.

La ricerca poi si deve rivolgere innanzi tutto alle grandi masse di redditi, divisibili fra un numero grandissimo di cittadini, e intanto raccolte presso pochi detentori, massimamente se questi detentori dipendano dal governo e tengano bilanci sotto la di lui vigilanza. E

perchè infatti si lascieranno scomporre, dileguarsi queste
masse di redditi? Così adunate si trovano subito, e si
tassano interamente con pieno successo: quando si siano
scomposte, divise in minute frazioni, dileguatesi presso
migliaia di possessori, sfuggiranno in parte alle più laboriose e dispendiose ricerche. Or quali sono questi
pochi detentori, depositari e distributori di grandi masse
di redditi altrui? Sono le provincie, i comuni, gli enti
morali, le banche, gli istituti di credito, e in generale le
Società in accomandita per azioni e le Società anonime:
la massa dei valori, che ogni anno si adunano presso di
loro, e destinati a pagare stipendi, pensioni, assegni, interessi di debiti contratti, di obbligazioni emesse, e *dividendi* di utili, deve evidentemente essere ricercata e
tassata presso i detentori prima che ne facciano la ripartizione, e la tassa deve pagarsi in massa dai detentori medesimi, col diritto di distribuirne e prelevarne
l'importo sopra le singole quote. Questa seconda applicazione *della ritenuta* è manifestamente la conseguenza
logica del sistema della ricerca diretta individuale in
materia d'imposta sui redditi mobiliari: la legge del 14
luglio 1864 non la aveva avvertita; e in ciò consisteva
il secondo de' suoi gravi difetti.

Il terzo errore di quella legge riguarda in particolare
i titoli di debito pubblico, cui quella legge non nominava,
ma designava con clausole indubitabili e sottoponeva
alla tassa generale del reddito mobiliare (1). Non si
avverti, che i titoli di debito pubblico, se da molti sono
tenuti in serbo quai semplici capitali fruttanti, in commercio però si negoziano quali merci e passano rapida-
mente di mano in mano, e sarebbe davvero un grossolano
errore il pretendere, che ogni negoziante debba la tassa
sull'enorme massa di cartelle che abbia per avventura

(1) Il regolamento poi li nominava e li comprendeva espressamente
fra i titoli di credito da denonziarsi dal contribuente.

nel giro dell'anno comperate e rivendute a titolo di speculazione. Il vero è, che la tassa su questi titoli negoziabili (capitali-merci) si verifica solo (*dies cedit et venit*) in quel giorno stesso, in cui lo Stato ne paga gli interessi ai presentatori: e la tassa medesima, benché virtualmente si distribuisca sopra quelli che nel corso dell'annata negoziarono il titolo, riman dovuta personalmente e si paga dai portatori che ne riscuotono effettivamente la rendita. (1) Egli è dunque solo in quel giorno, che si avrebbe diritto di chiedere la denunzia a coloro che presentano la cartella e ne ricevono l'annualità. Ma che? Lo Stato pagherebbe le annualità per intiero senza prelevare la tassa *dovutagli dalle medesime annualità*, e poi chiederebbe la denunzia delle somme pagate da lui per ripeterne quella parte, che non avrebbe dovuto pagare? No; un tanto assurdo non viene in mente a nessuno: posta una tassazione generale con quota uniforme (fosse anche l'imposta generalissima sul reddito universale mobiliare ed immobiliare, l'*income-tax*), se nella tassazione vanno comprese le rendite pubbliche, logicamente, inevitabilmente all'obbligo della denunzia dal lato del contribuente si sostituisce la ritenuta immediata per parte dello Stato: si sostituisce la ritenuta, perché questa è la conseguenza del sistema in riguardo ai pagamenti di qualunque genere che si facciano dallo Stato: si sostituisce la ritenuta, perché il debito della tassa sulle rendite pubbliche si avvera e si concreta nel momento stesso in cui le annualità si riscuotono, ed è troppo assurdo pagare e ripetere nello stesso momento (2).

Certamente la ritenuta è un mezzo molto severo di percezione, ma non è una disposizione arbitraria: essa è

(1) Vedi il Capo ventesimo, e specialmente la pagina 132 e seg.
(2) Il vizio (difetto di ritenuta), di cui si fa così giusto rimprovero alla legge del 14 luglio 1864, nacque probabilmente dal concetto infelicissimo, che l'imposta universale sul reddito possa bensì cadere anche sulle rendite pubbliche, ma soltanto *per indiretto*.

una conseguenza inevitabile della tassazione generale col metodo della ricerca individuale. Onde noi diciamo ai reddituari: l'imposta generale non venne forse riservata anche per vostro conto? La riserva contiene virtualmente tutti i corollari che logicamente ne derivano.

L'imposta sul reddito mobiliare, quale fu ordinata dalla legge del 14 luglio 1864, ammette la deduzione dei debiti. Ora potrebbe avvenire che un pubblico impiegato, oltre allo stipendio, non avesse altra rendita o non ne avesse tanta quanta basti a soddisfare gl'interessi passivi de' suoi debiti. Egli però deve essere pareggiato agli altri contribuenti ed avere, in tale emergenza, il diritto di far la denunzia del suo attivo e passivo mobiliare nella forma stabilita per tutti gli altri, e, risultando che lo stipendio non è per lui un reddito netto nella sua totalità, la tassa percepita, in via di ritenuta sull'intero stipendio, gli sarebbe per la parte indebita restituita. Similmente accadrà talvolta, ma assai più di rado, ai possessori di rendita, i quali sapendo in prevenzione che l'annualità, annessa alle loro cartelle, non è tutta per loro un reddito netto, non avrebbero che a convertire le cartelle al portatore in titoli nominativi (perchè la ritenuta cada sopra una persona nota), e quindi ripeterebbero l'indebito facendo anch'essi la denunzia nella forma comune. Similmente ancora gli esenti dalla tassa sul reddito (qualche pio istituto ed altri pochissimi), volendo godere dell'esenzione, *si facciano conoscere;* convertano le cartelle in titoli nominativi, ed otterranno la restituzione della tassa percepita a loro carico in via di ritenuta.

Questi riflessi, indicando le disposizioni che *dovrebbero* accompagnare una legge di ritenuta a fine di conciliare colla ritenuta la deduzione dei debiti e le esenzioni, dimostrano l'errore di coloro che affermarono l'una inconciliabile colle altre, per inferirne che la ritenuta imprima un *carattere di specialità* all'imposta sui redditi pubblici.

Si disse ancora che l'imposta sul reddito mobiliare è *personale*, e che la ritenuta la trasforma in *reale*, imprimendole così un altro carattere di specialità. Qui v' ha errore ed equivoco. L' imposta generale sui redditi mobiliari, come più sopra dicemmo, *resolvitur in suas singularitates;* con quota uniforme, rimangono però tassati ad uno ad uno le attività e i capitali fruttanti: estinta quella data attività, quel dato capitale, la tassa relativa si estingue: passando ad un terzo possessore quel dato titolo, la tassa lo segue: dunque la tassa, il peso sono eminentemente *reali* estinguendosi *colla cosa* e seguitando la cosa *apud quemcumque possessorem:* nel che consiste il notissimo carattere giuridico *della realità: qualunque sia la forma del peso* (che esso consista nell' obbligo di denunziare il provento della cosa e pagarne la tassa; ovvero nell'obbligo di soffrire la ritenuta diretta della tassa medesima) non cangia carattere di peso *reale*, in quanto risponde al *jus in rem* dei giuristi, il quale obbliga la persona nella pretta sua qualità di possessore della cosa: epperò la pretesa *personalità* dell'obbligo, quando si escluda la ritenuta, e il preteso effetto di questa di trasformare l'obbligo personale in peso reale, sono due errori manifestissimi.

Agli errori si aggiunge un equivoco: poche parole basteranno per dileguarlo. Chi abbìa un *jus in rem* da promuovere, debbe innanzi tratto indirizzarsi al possessore della cosa o cercarlo se nol conosce, a meno che si trovi egli medesimo al possesso materiale della cosa, del fondo, del capitale soggetto al suo speciale diritto. Epperò lo Stato, volendo esercitare il suo *jus in rem* e percepire la tassa sulle rendite private, ne ricerca i possessori e s'indirizza alle loro persone: ma lo Stato ha la detenzione materiale delle pubbliche rendite, che si pagano da lui medesimo: sopra di queste egli esercita il suo diritto (lo stesso *jus in rem*), prelevando la tassa all'atto del pagamento, senza punto preoccuparsi della persona proprietaria del titolo. Or dunque ognuno favelli a sua posta: si dica pure, che sulle rendite pubbliche il *jus in rem* (il diritto della tassa) si esercita *impersonalmente*: ma si sappia, che una così fatta locuzione risponde, non già ad una duplice natura del diritto, che sia personale in un caso e reale nell'altro, ma sì ed unicamente alla circostanza accidentale ed estrinseca, che in uno dei detti casi il *jus in rem* e la detenzione materiale della cosa soggetta al peso concorrono insieme e si trovano presso lo Stato, il quale perciò trovasi dispensato dal ricercare la persona proprietaria per avere della cosa la parte che gli appartiene.

Dei tre errori finora discorsi, che viziavano la legge del 14 luglio 1864, i due primi furono emendati col decreto-legge del 1866: il terzo no: chè la proposta della ritenuta della tassa sopra le rendite pubbliche, senza eccettuazione dei titoli esteri, fu respinta dal Parlamento: lo nocque essenzialmente lo avervi incluso anche la rendita di appartenenza straniera: al quale riguardo, richiamando la nostra opinione già espressa in altro luogo (1), conchiuderemo osservando che la tassazione della rendita pubblica colla proclamata esenzione di quella che si faccia conoscere di proprietà straniera presentandosi in forma di titoli nominativi, gioverebbe grandemente, non pure alla finanza e alla pubblica economia, ma anche al credito dello Stato, facendo cessare quella minaccia, che risorge incessantemente dalla solenne proposta, dall'avvenuta discussione parlamentare e dal voto della Camera elettiva che si palesò favorevole alla proposta medesima.

(1) Capo decimonono.

Alla logica ragionata in materia d'imposte il finanziere
non crede: egli si affida più presto alla logica dei fatti.
Che l'imposta debba proporzionarsi ai redditi d'ogni contribuente, è un principio che egli pure confessa, e lo
invoca specialmente contro i partigiani della progressione:
ma nella pratica la proporzione *diretta* dell'imposta col
reddito è per lui impossibile a stabilirsi: il finanziere ne
abbandona l'idea, egli moltiplica indefinitamente le tasse
speciali, va in cerca per ogni dove di *capi imponibili*,
colpisce d'imposta dove crede trovare la ricchezza, e
lascia che questo mondo di tasse, incoerenti e disuguali
in origine, ripercotendosi e diffondendosi, ritrovi poco
a poco per la forza delle cose il suo equilibrio naturale.
Una brillante esposizione di questo concetto si legge in
quel libro celebratissimo, che scrisse « Della proprietà »
uno dei primi ingegni del secolo (1).

La proporzione *diretta* dell'imposta col reddito è una
chimera (egli dice): « Car on ne connaît pas, on ne peut
« pas connaître d'une manière parfaitement exacte le
« revenu, que chacun tire ou de ses biens, ou de son
« travail. Les terres sont difficiles à évaluer. Veut-on un
« cadastre ou régistre descriptif des terres et propriétés
« bâties, il est long et coûteux à dresser, il cesse à
« chaque instant d'être vrai, car ces terres changent
« continuellement ou d'état ou de maitre. Quant aux
« revenus des capitaux mobiliers, ils restent la plupart
« du temps ignorés ou insaisissables. On peut bien en
« frapper quelques-uns, comme les rentes sur l'État et
« les créances hypothécaires. Mais outre qu'il y a injustice

(1) Thiers, *De la propriété*, livre IV.

« à frapper certains capitaux, en laissant échapper les
« autres, on n'atteint pas son but, car c'est le proprié-
« taire du revenu qu'on veut imposer, et il trouve, en
« exigeant un plus haut intérêt, le moyen de se soustraire
« à l'impôt et de le faire payer à l'emprunteur. On n'a
« réussi de la sorte qu'à élever l'intérêt de l'argent tant
« pour l'État que pour les particuliers. Quant aux produits
« du travail individuel, ils sont plus insaisissables encore:
« car, qui peut dire ce que gagne un marchand, un
« avocat, un médecin, un banquier? »

La proporzione *diretta*, quando fosse possibile, avrebbe
sempre l'inconveniente gravissimo di stabilire una relazione diretta tra il fisco e il contribuente costretto a pagare a tempi determinati, e forse in un momento per lui
intempestivo, una porzione del suo reddito: « Or les gou-
« vernements, beaucoup plus attentifs, qu'on ne le croit,
« à ménager la sensibilité du contribuable, ont tenu
« grand compte de cet inconvénient, et pour ce motif ont
« repoussé l'impôt *direct* autant qu'il a dépendu d'eux,
« et plus ils ont eu affaire à un pays riche, plus ils ont
« eu recours à l'impôt indirect. »

In riguardo alla comodità del portarla, alla facoltà del
moderarla per ogni individuo; in riguardo alla opportunità dell'esigerla con minore offesa della sensibilità del
contribuente, l'imposta indiretta offre preziosi vantaggi:
essa però è anche travagliata da gravi inconvenienti: eb-
« bene, savez-vous comment s'y prennent les gouverne-
« ments pour parer aux inconvénients de l'un et de l'autre
« impôt? Ils varient à l'infini leurs perceptions, ils ont
« recours à des contributions, qui participent de ces
« deux natures d'impôt, s'ingénient de mille manières pour
« saisir l'instant, où l'argent est plus facile à trouver,
« à demander, à obtenir, emploient mille précautions in-
« génieuses pour être moins à charge au contribuable...
« C'est ainsi, que les deux catégories principales d'impôt,
« *direct* et *indirect*, se sont diversifiés à l'infini. »

Ma in questa varietà infinita, in questa scompigliata miscellanea d'imposte gettate alla rinfusa, senz'ordine preconcetto, come potrà ristabilirsi l'equilibrio, ed emergerne la proporzione dell'imposta col reddito dei contribuenti ?

A questo riguardo « ce, qu'on peut avancer de plus
« vrai c'est, que l'impôt se répartit en proportion de
« ce que chacun consomme, par la raison, que l'impôt
« se répercute à l'infini, et de répercussions en réper-
« cussions devient en définitive partie intégrante du
« prix des choses. C'est ce, que j'appelle *la diffusion*
« de l'impôt, d'une expression empruntée aux sciences
« physiques, qui appellent diffusion de la lumière ces ré-
« flexions innombrables, par suite desquelles la lumière
« ayant une fois pénétré dans un milieu obscur par la
« plus légère ouverture s'y répand en tout sens, et de
« manière à atteindre tous les objets, qu'elle rend visibles
« en les atteignant . . . .
« . . . .
« Dès lors celui qui consomme le plus de toutes choses,
« est celui qui paye la plus grande part des impôts,
« et par une loi des plus sages, des plus rassurantes de
« la Providence, de quelque façon que s'y prennent les
« gouvernements, le riche est après tout le plus soumis
« à l'impôt.

« De cette théorie rigoureusement vraie faudrait-il
« conclure, que tous les sistèmes d'impôt sont indif-
« fé. ents ? Dieu me préserve de soutenir une pareille
« hérésie . . . .
« . . . .
« L'observation attentive des faits n'en donne pas moins
« le résultat suivant, c'est que l'impôt, à l'instant où il
« est acquitté à titre de contribution foncière sur une
« terre ou sur une usine, à titre de droit de douanes
« sur une matière première passant aux frontières, à
« titre d'octroi sur une denrée passant aux portes d'une

« ville, frappe momentanément celui qui le paye, mais
« bientôt remboursé avec le prix des choses par l'ache-
« teur, finit par ne retomber que sur l'acheteur même
« en proportion de ses achats, et je ne puis mieux com-
« parer ce qui se passe ici, qu'à ce magnifique phénomène
« de la lumière (l'autore ripete effettivamente due volte
« questo luminosissimo paragone), laquelle commence
« par tomber en ligne directe sur les objets, et s'appelle
« dans ce moment lumière rayonnante, puis se réfléchit
« les uns sur les autres, remplit l'atmosphère comme
« un fluide, atteint et rend visibles les objets mêmes,
« qui ne sont pas exposés à son rayonnement direct, et
« dans ces répercussions infinies, qui font que tout objet
« en a sa part, s'appelle alors lumière diffuse. C'est pour
« cela, que j'ai appelé diffusion de l'impôt ce phénomène
« économique » (1).

Le dottrine del Thiers ricevettero uno splendido svolgimento in una scrittura, che il ministro delle finanze,
volendo giustificare una sua proposizione d'imposta sul
macinato (imposta sulle farine, cioè sopra un capo di
consumo volgare) comunicava, or fa un anno, al Parlamento italiano.

Si opponeva naturalmente che la progettata tassa non
riusciva proporzionale al reddito. E il ministro disse:
« Ho chiesto a me stesso, che cosa vi fosse di vero nel
« principio che l'imposta debba essere proporzionale al
« reddito.

« Io osservava in tutto il mondo contemporaneo, e in
« tutta la storia delle imposte, che tutte sono, dirò così,
« speciali, hanno un proprio *fondo imponibile*, cioè la
« cosa, l'atto, l'ente qualunque su cui si pagano, ed è
« soltanto con esso, che s'intende doversi proporzionare
« l'imposta, finché si consideri isolatamente. Questo fondo

(1) THIERS, *De la propriété*, loco cit. Bisogna leggere tutto il
libro quarto, di cui noi abbiamo compendiato il contesto.

« è sempre una parte bensì del patrimonio dei cittadini,
« non ne è il tutto: avvi una seconda porzione di patrimo-
« nio non soggetta alla medesima imposta, un fondo che
« può dirsi libero relativamente ad essa. La prediale, ad
« esempio, ha per fondo imponibile la rendita dei beni
« stabili, e la colpisce senza toccare un atomo ai profitti
« del commercio, ai proventi delle professioni, alle mer-
« cedi degli operai. Lo stesso, in altro senso, si troverà
« per l'imposta mobiliare, per la patente, per la dogana,
« per la tassa sui negozianti, per tutte insomma, com-
« presa quella del macinato, la quale ha per *fondo im-
« ponibile* il valore della farina da consumarsi, e per fondo
« *libero* tutto il rimanente dei valori, che, insieme al
primo, costituiscono il patrimonio del consumatore. »

Prosegue la scrittura affermando, che la proporzione
completa e diretta dell'imposta col reddito non esiste per
nessuna imposta, e che non si è mai voluta da alcuna
scuola di economisti, e continua in questi termini:

« La condizione unica e prima, a cui ogni imposta debba
« e possa rispondere è l'essere proporzionata col proprio
« fondo imponibile. Così nella prediale tutto ciò che si
« richiede consiste nel pagarsi da ogni contribuente
« quel tanto che corrisponda ad una data aliquota della
« rendita che il suo podere o la sua casa gli frutti. Non
« si è mai udito che si voglia, oltracciò, la proporzione
« con tutto il reddito del contribuente: egli può avere
« una rendita prediale come cento, e poi un reddito
« mercantile per più milioni; niuno certamente dirà che
« a *titolo di tassa prediale* sia tenuto a pagare non solo
« le dieci lire corrispondenti alla rendita, ma ancora la
« decima parte di tutti i suoi milioni. Così è per tutte
« le imposte. Tutte si proporzionano al proprio fondo
« imponibile; nessuna io ne conosco, che sia tenuta a
« rispondere degli effetti che mai derivino da qualsivoglia
« combinazione dei due fondi, *imponibile* e *libero* . .
« . . . .

« Qualcuno aveva udito, che tra le massime assegnate
« da Adamo Smith alle buone imposte, e da' suoi succes-
« sori adottate e ripetute, v' è questa di dover essere
« proporzionali al reddito dei contribuenti; e credette,
« per un deplorabile equivoco, che si parlasse d'ogni
« singola imposta, quando in verità si parlava di tutto
« il complesso dei pesi gravitanti sopra il paese . . .
« . . . .

« Non pensarono mai di volere che la proporzione coi
« redditi si conservi in ogni singola tassa: vollero che
« il *complesso* delle pubbliche gravezze rapisse ai citta-
« dini un'eguale aliquota dei loro redditi rispettivi. E
« giusto per conseguire un tal fine si son posti avanti
« i due sistemi ipoteticamente possibili: o fondere in
« una tutte le tasse, e trovare l'imposta unica, che riesca
« proporzionale ai redditi: o *moltiplicare i capi imponibili*
« *per modo che tutte le parti cadano sotto la mano del fisco,*
« *paghino altrettante tasse, la somma delle quali equivalga*
« *all'imposta unica e proporzionale ai redditi.* »

Così ragiona la scrittura ministeriale: e a primo aspetto
parrebbe, mirare essa ad una combinazione d'imposte
speciali e moltiplici siffattamente coordinate da risultarne
direttamente la proporzione della tassa col reddito. Ma
no: la scrittura ricorre anch'essa « a quel fenomeno, che
« con un vocabolo molto felice si è chiamato *diffusione*,
« parola tolta in imprestito dalla fisica e dalle innume-
« revoli riflessioni della luce; la quale cominciando dal
« raggiare in linea retta, si riflette da una cosa sull'altra,
« empie di sè l'atmosfera, si lascia assorbire sino dalle
« cose, che non sieno esposte alla sua radiazione diretta,
« e si dice allora *diffusa* . . . .
« E se a me fosse lecito introdurre un mio pensiero per
« entro a verità scoperte e analizzate dagli economisti
« più insigni, io aggiungerei, che quando ogni altro mezzo
« visibile manchi di diffondere il peso dell'imposta, la
« sua tendenza sarà costretta a spiegarsi sotto la ma-

« schera dei rapporti, secondo i quali i valori delle cose
« si accordano ; essendo , a senso mio , incomprensibile
« che una spesa, un elemento qualunque di scapito av-
« venga in un capo di umana ricchezza , senzaché le
« capacità produttive, sentendosi squilibrate in quel punto,
« si affrettino a ricollocarsi nel loro giusto equilibrio. Il
« che ci porterebbe a credere, che la forza naturale delle
« cose , senza bisogno di alcun artificio , porta che le
« imposte di qualsivoglia natura, una volta che abbiano
« potuto penetrare e sussistere nel corpo sociale , non
« possano mai mantenervisi in stato di disequilibrio reale.
« La loro cifra potrà ben figurare per difettosa e smo-
« data, il suo rapporto col reddito del contribuente potrà
« sembrare inesatto ed iniquo; ma se l'imposta attecchisce,
« si dovrà forzatamente supporre che un'incidenza, diversa
« dalle esterne sembianze, sia sopravvenuta a ripartirna
« occultamente il carico in esatta proporzione con le
« capacità produttive, che è quanto dire coi redditi.

« Io non andrò fino ad affermare con una celebre ac-
« cademia, che da ciò risulti un pieno arbitrio nel fisco
« di taglieggiare , senza criterio, qualunque specie di
« ricchezza che gli cada sotto mano. Ogni capo imponi-
« bile ha le proprie condizioni di esistenza e fecondità,
« che il fisco è tenuto di studiare ed avere in rispetto
« se non vuol correre il rischio di estinguerlo, e vedersi
« sfuggir così la fonte delle sue entrate. Ma quando il
« legislatore siasi da una parte ristretto ad una cifra di
« dazio discretamente moderata, e dall'altra parte abbia
« salvato il principio dell'esatta proporzione tra l'oggetto
« tassato e l'imposta, il suo còmpito si troverà in gran
« parte adempito. Sarà, è vero, lodevole ogni sforzo che
« egli aggiunga, perché colla varietà dei capi imponibili,
« o col restringerli in pochi o in un solo pervenga a
« colpire la varietà delle umane ricchezze, o si avvicini
« il più che si possa a quella proporzione tra il carico
« ed il reddito, che era il voto di Smith, ed il perpetuo

« *desideratum* dell'arte finanziaria: ma noi non dobbiamo
« accarezzare l'illusione, che l'arte dell'uomo di Stato
« possa in ciò eguagliare e supplire le forze intime del-
« l'ordine economico e sociale. È alle leggi proprie di
« queste forze, che il rigoroso proporzionamento delle
« tasse rimane affidato: esse riesciranno feconde, stabili
« e giuste se nulla alla loro diffusione si opponga; ma
« se enormi sbagli di scelta, di quota, di metodo, fan
« sorgere attriti e contrasti capaci di contrariare la loro
« espansività, si vedranno ben presto languire o per
« mancanza di vita propria, o perchè i popoli stanchi
« di sopportarle arrivino a disgravarsene (1). »

Il lettore rammenta, che anche il Thiers discorrendo
la teoria della diffusione spontanea ed equabile delle imposte si abbatte nella idea, che altri potrebbe opporgli
qual conseguenza del suo sistema, che tutte le maniere
d'imposta siano indifferenti, ed esclama; « Dieu me pré-
« serve de soutenir une telle hérésie! » Ma le ragioni.
per cui egli ripudia quel concetto differiscono notevolmente da quelle che reca sullo stesso proposito la scrittura ministeriale: « D'abord (scrive il Thiers) il y a
« l'égalité de l'impôt à laquelle on ne pourrait manquer
« sans produire, avec une injustice criante, des funestes
« effets. Remontez, par exemple, au temps où toute terre
« ne payait pas l'impôt: pour celle qui en était dispensée,
« le blé revenait évidemment à meilleur marché, ce qui
« ne la privait pas de le vendre aussi cher, que le blé
« provenant de la masse des terres imposées, et ce qui
« constituait la plus injuste des faveurs. Supposez un fa-
« bricant, qui aurait un secret pour produire à meilleur
« marché, celui-là fernit un profit de plus, très-légitime
« s'il le devait à son génie, illégitime s'il le devait à

(1) Relazione sul progetto di legge (dazio sulla macinazione dei
cereali) presentato dal ministro delle finanze alla Camera elettiva
nella tornata del 18 dicembre 1865.

« une faveur. C'était le cas d'un propriétaire noble. Fi-
« gurez-vous une localité moins imposée qu'une autre,
« celle-là aurait également la faveur très-injuste de pro-
« duire à meilleur marché, quand les autres produisent
« plus cher, sans être privée de vendre au prix général.
« Supposez enfin un fabricant, qui échapperait par la
« contrebande au droit sur la matière première, il y
« aurait encore pour lui une exception consistant à pro-
« duire à meilleur marché, sans vendre moins cher que
« ceux qui ne jouiraient pas de l'exception. L'égalité de
« l'impôt, comme égalité des conditions de la production
« pour tous, est donc la première de toutes les lois.

« Il reste d'autres considérations dont il faut se préoc-
« cuper, et qui font que les impôts sont loin d'être indif-
« férens. S'il est vrai, que l'impôt rejeté dans le prix des
« choses, ne soit qu'avancé par celui, qui le paye, l'avance
« n'en est pas moins une charge, dont il faut tenir grand
« compte, car elle peut ne pas rentrer assez vite, elle
« force souvent les valeurs à des mouvements détournés,
« et pèse directement sur celui, qui la supporte, en at-
« tendant que les prix se soient gradués d'après le tarif.
« L'impôt par cela seul, qu'il se répercute sur toutes les
« productions, en rend certaines plus chères, et sous ce
« rapport encore peut avoir des conséquences graves
« sur la production de celles, qu'il fait renchérir. Et, par
« toutes ces raisons, il mérite une très-grande atten-
« tion » (1).

E si che il Thiers non dice tutte le ragioni le quali dimostrano, che tra il promiscuo ripercuotersi delle imposte,
e la diffusione della luce qualche differenza ci corre.

L'imposta sulla *rendita locativa* delle terre, quando non
la pigli tutta intiera, o poco meno, e a tal segno da in-
fluire sulla quantità dei terreni che si coltivano, non si
ripercuote sul prezzo dei frutti: esso, come prima, così

____

(1) THIERS, *De la propriété.*

dopo l'imposta eccessiva continuerà ad essere determinato dal rapporto dell'offerta e della domanda; rapporto mutevole per mille cause, ma non alterabile per effetto di imposte sproporzionate sulla rendita territoriale quando esse non diminuiscano la quantità delle colture. Adunque le tasse gravose sulla proprietà fondiaria si sopportano senza ripercussione possibile dai proprietari medesimi, ai quali resta un po' meno di reddito netto di quello che dovrebbero avere, se la rendita fondiaria in confronto delle altre specie di proventi fosse equabilmente tassata (1).

Per consimile ragione un'imposta *universale* sul capitale mobile, a supporla esuberante in relazione alla tassazione della rendita fondiaria e dei guadagni del lavoro, non ammetterebbe disgravio, eccettoché l'esagerazione si spingesse al punto da scemare l'offerta dei capitali: senza di che rimanendo inalterato, in riguardo all'effetto dell'imposta, il rapporto dell'offerta e della domanda d'impiego dei capitali, verrebbe meno ai capitalisti ogni mezzo di rialzare (per risarcirsi) il prezzo locativo dei loro averi. Vero è che l'imposta *speciale* sopra certe maniere d'impiego (ad esempio, sui mutui ipotecarii) si riverbera sui debitori: e questi generalmente ne impoveriscono, senza potere a loro volta respingere la gravezza sopra gli altri più indipendenti e più fortunati.

L'imposta sul reddito locativo dei fabbricati (lo abbiamo già detto) ora tende a riverberarsi sugli inquilini, ora rimane a carico definitivo dei proprietarii (come quella della rendita fondiaria): il che (volendo prescindere dalle cause temporanee ed accidentali) dipende dall'essere o dal non essere l'universalità del capitale mobile equabilmente ed efficacemente tassato in ogni sua forma d'impiego mobiliare ed immobiliare.

L'imposta anche eccessiva sui proventi del lavoro addetto alle industrie ed ai commerci, quando sia universale

---

(1) Rossi, *Frammenti sulle imposte*, Lezione quinta.

ed equabile e non si esageri al punto da estinguere una parte notevole del lavoro medesimo, non si riverbera punto sui proventi del capitale, nè sulle rendite delle terre. Perocchè, rimanendo inalterato il rapporto della offerta e della domanda dei prodotti di quel lavoro, ad esso vien meno ogni mezzo di rialzare i prezzi e di risarcirsi. Vero è che le tasse speciali e disuguali sopra certe e determinate industrie si ripercuotono, e con gravi perturbazioni tendono a proporzionarsi, equilibrandosi sopra i profitti generali dell'industria e del commercio. Ma torniamo a dire, che, siffattamente diffuse ed equilibrate, se i profitti generali ne risultassero aggravati soverchiamente in relazione alle rendite del capitale o delle terre, non avrebbero il potere di riflettersi ancora sopra quest'ultime rendite.

E finalmente una gravezza sproporzionata sulle mercedi degli operai e sui guadagni (rappresentanti poco più che un salario volgare) degli artigiani e del minuto negozio, potrà bensì riflettersi qualche volta sui profitti di chi richiede l'opera loro: ma non sempre questi lavoratori riescono ad ottenere un aumento di mercede ai loro servizi, o di salario ai poveri loro esercizi: nè sappiamo vedere come gli operai, gli artigiani, gli esercenti il minuto negozio *abbiano cento vie* (come si assevera nella scrittura ministeriale sopramentovata), per le quali loro si schiuda la possibilità di rifarsi delle gravezze sproporzionate. « Nella sua qualità di consumatore (dice lo
« scritto) *una piccolissima attenuazione nel prezzo del*
« *grano* gli basta perchè si rinfranchi della somma a
« pagare sulla farina; *una lieve inflessione nelle abitudini*
« *della sua vita* gli basta per istornare *da un consumo*
« *vano e pernicioso* quel tanto di più che gli occorra,
« onde non essere costretto a scemare la quantità nel
« suo cibo precipuo; una insensibile vicenda del mercato
« gli basta perchè il prezzo si abbassi in qualcuna delle
« altre derrate, che, insieme al pane, compivano il suo

« alimento cotidiano. Nella qualità di produttore egli *ha*
« *merci e lavoro da vendere*. Chi dunque avrà forza ab-
« bastanza per impedire che qualche cosa riacquisti a
« spese de' suoi compratori, del suo proprietario o del
« suo capitalista? E infine, nella qualità di essere umano,
« quale altra legge sarà così prepotente da non permettere
« che *un maggior grado d'intelligenza e di alacrità* lo
« spinga ad accrescere il valore del suo prodotto, la fe-
« condità del suo braccio? » (1).

Sopra di che noi osserveremo alla buona che se l'operaio, l'artigiano, l'esercente di minuto negozio riescono
ad aumentare le mercedi dell'opera, il salario del loro
lavoro, si saranno in questo caso realmente risarciti per
indiretto sopra altri della indebita gravezza. Ma quanto
al dire che s'ingegnino a lavorare meglio e di più, o
aggiungano, a quelle che già soffrono, privazioni maggiori, o che la fortuna provvederà mandando un ribasso
nel prezzo del grano e delle altre derrate alimentari,
pare a noi che tutto questo sia perfettamente estraneo
alla teoria della diffusione delle imposte.

Altrove la stessa scrittura ministeriale espone la diversa
incidenza delle imposte colle seguenti parole: « Talora
« è il contribuente, che, esacerbando il prezzo del suo
« prodotto, perviene a riprendere l'imposta in tutto od
« in parte sul suo compratore; talora il consumatore,
« astenendosi dal consumo, lascia al venditore il carico
« di soddisfare alla domanda del fisco; talora questo
« carico si risolve in una restrizione di prodotto che
« dissecca una sorgente di reddito, e talora, invece,
« l'imposta servendo di stimolo ad una nuova attività,
« non viene definitivamente pagata che per mezzo di un
« travaglio maggiore. »

Ora che tutti questi siano casi *di diffusione*, niuno il
saprebbe pretendere. Quando si paga l'imposta tutta

____

(1) Citata relazione ministeriale.

intiera con un travaglio maggiore, l'imposta non si diffonde: quando il consumatore, astenendosi dal consumo,
lascia sul venditore il carico di soddisfare alla domanda
del fisco, l'imposta non si diffonde: e quando, infine,
ristretto il consumo, si restringe la produzione e si dissecca pel produttore e pel fisco una fonte di reddito,
l'imposta si dissecca, non si diffonde; rimane dunque
per unico mezzo di ripercussione, o, se così vuolsi, di
diffusione, l'esacerbazione del prezzo, purchè non ne segua
una diminuzione di consumo e una restrizione di prodotto.

Avvertiremo, per ultimo, che la teoria della proporzione
d'ogni singola imposta *col proprio capo imponibile* riesce
appieno soddisfacente nella tassazione diretta, nella quale
quel legislatore, che sappia proporzionare tre singole
imposte *a tre capi imponibili* (rendita immobiliare, reddito del capitale mobile, provento professionale), avrà
adempiuto certamente un gran còmpito. Ma nelle imposte
indirette, nei dazi di consumo delle sostanze alimentari
le più volgari, nell'imposta sulle farine, nella privativa
del sale *i capi imponibili* sono di tutt'altra natura: e
quel legislatore che abbia tassato tutti questi oggetti di
stretto bisogno, assorbenti l'intiero fondo *imponibile* e
disponibile delle classi inferiori e lasciando in gran parte
libero il fondo di altre classi, benchè abbia ragguagliata
la tassa alla ragione del consumo materiale (e chi oserebbe ragguagliarla diversamente?) non avrà, a senso
nostro, adempiuto in gran parte l'ufficio di equo distri-
butore dei pubblici carichi.

L'arte finanziaria, della quale esponemmo le tendenze
e la formula, valendoci delle parole degli stessi suoi
eloquenti e abilissimi difensori, non ha ancora perduto
il predominio nella legislazione pratica: ne sono cause
permanenti l'incertezza dei sistemi e dei processi nella
tassazione diretta, l'estreme difficoltà di tempo, di lavoro
e di spesa che s'incontrano nell'attuazione dell'imposta
con qualsivoglia sistema, quando si voglia una propor-

zione diretta ed universale, la comodità relativa delle imposte indirette sopra il consumo e sulla circolazione dei valori, l'urgenza dei bisogni pubblici, che, quando si propone un'imposta, già precipitano il legislatore e non ammettono dilazione, e finalmente l'incontrastabile superiorità delle stesse imposte indirette in quanto alla opportunità di esigere, accomodandosi in un certo senso alla volontà e risparmiando la sensibilità del contribuente col nascondere la tassa nel prezzo de' suoi godimenti.

E anche noi crederemmo non intollerabile un assetto stabile delle pubbliche imposizioni secondo il metodo empirico dell'arte finanziaria, se le spese pubbliche potessero ridursi prima a termini più moderati e poi arrestarsi insuperabilmente al limite stabilito. Ma io veggo che spesso travagliano e continuamente minacciano il mondo guerre moltiplici: guerre nazionali, guerre dinastiche all'estero ed all'interno, guerre sociali e politiche, e le guerre parlamentari: le quali ultime sarebbero meno funeste all'amministrazione ed al ben essere pubblica, *se le rappresentanze elettive e politiche del paese avessero minor facoltà d'invadere il Potere e maggiori mezzi di sindacarlo.* Per la qual cosa io inclino a credere che, nel mondo moderno, un'eccellente e generale riforma, in materia di pubbliche imposte, forse apporterebbe un vantaggio molto sospetto e problematico, se non si accompagnasse ad una potente riforma politica, atta a reprimere, dove no occorre il bisogno, le ree cupidità e le smodate ambizioni.

CAPO XXXVI

L'arte del finanziere, che ci siamo studiati di caratterizzare nel precedente capo, spiega in legislazione una tendenza manifesta ad esagerare le tasse sugli affari e quelle dipendenti da concessioni governative. Diremo nel seguente capo delle concessioni governative: facciamo in questo alcune riflessioni intorno alle tasse sugli affari.

Tutta quanta la contrattazione civile e commerciale, esclusi solo gli affari che si compiono verbalmente, è colpita dal bollo e dal registro, i due strumenti della tassazione di questo genere. La qual maniera di tassazione si direbbe in linguaggio economico l'imposta sul cambio: imperocché *il cambio de' valori* costituisce in verità l'essenza economica di qualunque contratto.

Ora negli ordini industriali e commerciali il cambio è stromento potentissimo, indispensabile di produzione: il commercio propriamente detto vive essenzialmente di cambio: e l'industria riceve dal cambio le materie prime, e tutti gli strumenti del suo lavoro: e senza il cambio che ne smercia i prodotti, l'industria produrrebbe nulla. Dunque negli ordini commerciali e industriali la tassa sugli affari si rassomiglia a quelle, a cui ricorre volentieri la legislazione empirica quando tassa gli stromenti di lavoro, e con arbitrato indefinibile impone una somma per ogni operaio, per ogni apparato meccanico, e così via via. Ora il numero degli operai, e degli strumenti meccanici onde si mostra provveduto uno stabilimento industriale, come il numero degli affari che esso compia nel giro di un anno possono bene indicare, così in complesso e presuntivamente, una maggiore o minore estensione di produzione: ma non è meno evidente, che una tassazione, la quale attribuisce valore assoluto di base proporzionale ad una semplice presunzione solita nel fatto ad avverarsi in parte, e in parte a fallire, riveste un carattere puramente indiziario: essa colpisce in egual misura gli affari che arricchiscono un commerciante, e ne traggono un altro a rovina. Negli ordini della vita civile comune il cambio adempie due distinti uffici: e principalmente esso è strumento di amministrazione, la quale, saviamente condotta, è anch'essa un modo di produzione economica. Ma benchè gli oggetti del consumo più ordinario sogliano procacciarsi per mezzo del cambio verbale, il quale sfugge al bollo ed al registro, non è tuttavia a negarsi, che anche il cambio che si traduce in convenzioni scritte e tassate, provvede talvolta ai bisogni svariatissimi delle consumazioni improduttive: e sotto questo rapporto la tassa di bollo o di registro sugli affari propri della vita civile comune vuol essere considerata anche qual supplemento alle tasse sulla spesa.

, Oltre al carattere puramente indiziario che appare predominante, due altri difetti gravissimi viziano la tassazione degli affari. E primamente avviene spesso, che dei contraenti non siano pari le condizioni, trovandosi uno costituito più forte, e l'altro reso più debole dalle proprie circostanze: così nelle alienazioni il venditore suole sentirsi più debole, il compratore più forte: e nelle obbligazioni più forte suole essere il creditore, più debole il debitore: e quando si pensa, che tutta quanta la contrattazione si riduce insomma a questi due modi, alienazioni ed obbligazioni, ben si comprende non essere una imperfezione accidentale e rara l'avvertita disparità morale ed economica, che sotto le forme di libertà reciproca e di parità di diritti suole pur troppo nascondersi nelle contrattazioni civili. E la disparità di condizione fa sì, che gli oneri e i beneficii delle contrattazioni si dividano inegualmente, toccando al più forte una maggiore quantità di vantaggi, e ricadendo sul contraente più debole una maggiore porzione di oneri. Ora la tassa di registro essendo un onere artificiale che la legge fiscale aggiunge agli oneri naturali di qualunque contratto, chi non comprende, a quante ingiustizie si esponga il legislatore con questa maniera di tassazione? Egli crederà di colpire la ricchezza che si mostra nell'atto della contrattazione, e gli avverrà di percuotere di rimbalzo la povertà: egli si proporrà di tassare i contraenti in proporzione dei presunti

vantaggi che ciascuno ritragga dal contratto, e non farà
che aggravare maggiormente quella delle parti, sopra la
quale già si riversano in maggior proporzione gli oneri
della contrattazione.

Il secondo vizio della tassazione degli affari emerge
dalla stessa sua assoluta universalità. In certe situazioni
della vita civile e commerciale le contrattazioni non sono
più altro che la liquidazione della cattiva fortuna. Quando
all'asta pubblica, o sotto mano in via volontaria si vende
un patrimonio già nella sostanza devoluto in gran parte
ai creditori, ed anche quando per differire la liquidazione
si tentano ancora imprestiti sopra imprestiti, il bollo ed
il registro non rallentano punto le loro rigorose domande
contro gli atti infelici, che pure allora non sono più nè
fatti di spesa, nè atti o segni di produzione, ed anzi
porgono argomento infallibile, che tutte le precedenti
contrattazioni, le quali trassero il contribuente a rovina,
non furono atti veramente utili e produttivi, nè spese
regolari ed assegnate, e che perciò, benchè tutte abbiano
dovuto sottoporsi al bollo ed al registro, non erano in
verità una materia giustamente tassabile.

E nondimeno la tassazione degli affari si avvantaggia
di certe virtù, le quali, benchè portino l'impronta fiscale,
pure assumono una grande importanza nel giudizio del-
l'uomo di Stato e del finanziere. Le contrattazioni sono
fatti volontari: l'uomo prende il suo tempo, e la misura
dei mezzi che tiene, differisce, ed anche se ne astiene;
effettuando la contrattazione l'uomo raggiunge un intento,
ottiene una soddisfazione, e nell'atto di compiere un voto,
di procacciarsi e godere una soddisfazione provvedendo
ad una qualunque convenienza, la tassa riesce men grave,
operandosi, quasi direi, una compensazione psicologica
del disgusto col piacere. La tassazione diretta non ha
questi pregi di opportunità: essa ricerca ed inquieta nel
medesimo tempo e direttamente l'universalità dei cittadini senza speciale occasione, senza raddolcimenti, affron-

tando così una resistenza universale e compatta, doveché la tassa sugli affari, accompagnandosi sempre col fatto quale elemento compensativo, prende anche alla spicciolata i contribuenti, ne lascia tranquilla la maggioranza, nella quale nissuno si preoccupa della tassa, se non pensa al contratto, e contrattando ne sente alleggerito il peso dall'occasione e dal fatto stesso di esservisi determinato volontariamente — *Divide et impera* — Nei quali pregi di opportunità le tasse sugli affari si assomigliano molto a quello sulla spesa: se non che le tasse sulla spesa, da un lato si estendono assai più, dall'altro nascondono la imposta nel prezzo.

I più grandiosi affari, i movimenti più potenti di valori che si compiono nella vita economica d'oggidì sono gli affari, i movimenti di valori delle instituzioni di credito, delle banche di sconto, delle compagnie industriali o commerciali costituite per azioni: i quali movimenti od affari sfuggono per propria qualità e natura al bollo e principalmente al registro, e godrebbero così di una scandalosa esenzione a fronte degli affari dei privati individui con tanto rigore tassati, se non si cercasse un rimedio. Or qui la legislazione empirica ricorre ad una imposta speciale compensativa. Già per legge del 21 aprile 1862 si è stabilita una imposta diretta o speciale del mezzo per mille sul capitale di tutte le Società anonime od in accomandita per azioni: la quale imposizione del mezzo per ogni mille lire di capitale fu estesa, colla recente legge sul bollo del 14 luglio 1866, alle instituzioni di credito autorizzate ad emettere biglietti di circolazione. Novissimamente poi il governo mostrò di credere, che il mezzo per mille non sia un compenso adequato a quella gran mole di affari rappresentata dall'emissione o dalla successiva circolazione dei titoli, biglietti, ed effetti negoziabili d'ogni qualità che si creano dalle instituzioni e compagnie anzidette; e propose di portare la tassa diretta sul loro capitale sino all'uno e mezzo per mille.

Che più? Considerando, che anche le negoziazioni e la
continua circolazione *brevi manu* delle cartelle del debito
pubblico non ammettono, per difetto di convenzioni scritte,
le tasse ordinarie di registro e di bollo, il governo propose una imposta speciale, diretta, dell'uno e mezzo per
mille sul capitale rappresentato dal valore venale dei
titoli di debito pubblico. Tali sono le vie che l'empirismo
ama percorrere: esso sottrae i titoli di debito pubblico
a quella imposta comune che si mette o deve mettersi
sulla *proprietà* e sul provento del capitale mobile d'ogni
specie: e poi immagina una imposta speciale, e che pur
sarebbe imposizione diretta, sulla *commerciabilità* dei
medesimi titoli. Si: la *commerciabilità* presa in astratto
sarebbe la base legale della tassa; base dichiarata offi-
cialmente nella relazione che accompagna la proposta
governativa. Ma in grazia: la *commerciabilità* di un titolo,
di una cosa qualunque di privato dominio, che altro è,
se non una parte, un attributo, un diritto, un vantaggio
della proprietà piena della cosa medesima? Adunque
bando alle ambagi: assoggettiamo innanzi tutto il capitale impiegato in rendite all'imposta comune gravitante
sulla proprietà e sul provento degli altri capitali, riordi-
nandola all'uopo con norme veramente generali ed esatte:
e poi discuteremo, se in ordine ai titoli di debito pubblico
sia proponibile anche un'imposta speciale e diretta sulla
commerciabilità: la legalità di questa speciale imposta
mi parrebbe dubbiosa assai: e solo si potrebbe passarvi
sopra a fronte del privilegio di esenzione dall'imposta
comune, di cui godono i titoli della pubblica rendita (1).

(1) Vedasi il progetto di legge presentato dal ministro delle finanze
al Parlamento italiano nella tornata del 17 gennaio 1867, e propo-
nente una tassa sulla negoziazione e circolazione dei titoli di credito
negoziabili. — L'imposta dell'uno e mezzo per mille sul valore di
corso delle cartelle di debito pubblico dovrebbe pagarsi, a tenore di
quel progetto, in due rate semestrali postlcipate, computabili dal 1°
gennaio e dal 1° luglio di ciascun anno. Si tratta dunque veramente

CAPO XXXVII

RIFLESSI SOPRA LE TASSE
DIPENDENTI DA CONCESSIONI GOVERNATIVE:
CONCLUSIONE GENERALE.

I rapporti moltiplici di diritto, che corrono tra l'individuo e il corpo sociale (rapporti originati dalle leggi generali di pubblica amministrazione, ovvero da fatti e da posizioni personali speciali) fanno sì, che sovente il cittadino ricorre al governo, e l'opera dei pubblici funzionari s'interpone a riguardo dell'individuo, concedendogli autorizzazioni, licenze, favori, dispense, legittimazioni e consimili benefizi particolari. Ora, che ad ogni concessione governativa il cittadino debba pagare una tassa, arbitrata dalla legge nel senso di retribuire l'opera del funzionario, la ragione facilmente il consente: perocchè a questo modo una parte almeno delle spese delle pubbliche amministrazioni sostenute dalle imposte generali si rimborsano da coloro, che ne ritraggono particolari profitti. Ma la legislazione empirica si giova molto volontieri di tutte le opportunità, ed a proposito delle concessioni governative introduce di molte tasse eccedenti d'assai la rimunerazione dell'opera: delle quali si può discernere più facilmente la buona occasione che la buona ragione.

Tuttavia noi crederemmo parecchie fra di esse perfettamente giustificabili. Tali sono:

Per concessione di cittadinanza, una tassa a base proporzionale (per esempio, una mezza annata delle imposte dirette) (1):

di una imposta diretta sulle cartelle, dovuta e pagabile a quel tempo stesso, in cui il portatore ne riscuote il provento.

(1) Il governo, non ha guari, proponeva una tassa uniforme e fissa in lire dugento.

Per dichiarazione di rinunzia alla cittadinanza italiana, tassa proporzionale (ex. gr. una intiera annata delle imposte dirette) (1):

Per la licenza governativa di accettare impiego da un governo estero, o di entrare al servizio militare di estera potenza, una tassa proporzionale (ex. gr. il quinto dello stipendio di un anno) (2):

Per concessione di titoli di nobiltà, tassa proporzionale (ex. gr. una intiera annata d'imposte dirette) (3):

Per decreti di autorizzazione a cambiare od aggiungere nomi o cognomi, tassa proporzionale (ex. gr. il quinto delle imposte dirette di un anno) (4):

Per decreti, che autorizzano la costituzione di Società anonime od in accomandita per azioni, ovvero ammettono Società estere a fare operazioni nel regno, tasse proporzionali al capitale, in luogo delle fisse, che propone il governo:

Per decreti, che autorizzano l'istituzione di una borsa di commercio, tassa proposta dal governo di lire mille:

Per concessioni di derivare acque pubbliche, o stabilire sulle medesime molini o altri opifizi — di occupare tratti di spiagge o di lidi — di navigare con piroscafi sui laghi e sui fiumi — di eseguire trasporti di legnami a galla sulle acque dei fiumi e torrenti; tasse, annualità, canoni proporzionati all'entità della concessione e dell'esercizio:

Per licenze di caccia (tassa sopra una spesa propria di classi non disagiate).

Ma per contro ci parrebbero condannabili affatto le tasse a base proporzionale, o peggio, se uniformi in somma esagerata, per legittimazione di figli, e per dispense da impedimenti matrimoniali. Per le dispense il governo

(1) Il governo propone la tassa fissa di lire ducento.
(2) Il governo propone la tassa fissa di lire ducento.
(3) Il governo propone una tassa fissa di lire trecento.
(4) Il governo propone la tassa fissa di lire ducento.

propone il quarto di una annata d'imposta fondiaria e
di ricchezza mobile : per legittimazione di figli, l'annata
intiera : per concessioni di titoli di nobiltà, una semplice
tassa fissa! Or vedi quanto sia arbitraria, e spesso ingiusta ne' suoi criterî la legislazione empirica!

Altre tasse dipendenti da concessioni governative ci
parrebbero non giustificabili perfettamente, ma pur tol-
lerabili dal punto di vista della legislazione empirica, a
condizione di contenerle in limiti assai moderati. Tali sono
le tasse — per iscrizione a ruolo di pubblici mediatori
— per autorizzazioni all'esercizio delle professioni di avvocato, procuratore, o notaio — per licenze di aprire al-
berghi, caffè, ed altri esercizî consimili, e di fondare
agenzie pubbliche, o stabilimenti sanitari, e così via con
la legislazione empirica ama di stabilire tasse speciali
sopra esercizî industriali diversi, che aggravate soverchiamente, ricadono per naturale tendenza a carico dei consumatori (1).

Ma l'opportunità, la tassazione di occasione e alla spicciolata è il gran criterio del finanziere: lo disse il Thiers
con quelle parole, che abbiamo riferite in altro luogo —
« Les gouvernemens s'ingénient de mille manières pour
« saisir l'instant, où l'argent est plus facile à trouver, à
« demander, à obtenir. » E risalendo alle origini, non troviamo forse, che l'opportunità e l'occasione furono quelle
che introdussero alla rinfusa nel mondo fiscale le mille
forme d'imposta? Il Thiers, che fece l'apologia delle imposte indirette sino ad affermare, che « l'impôt indirect
« est l'impôt des pays avancés en civilisation, tandisque
« l'impôt direct est celui des pays barbares » (2), ne
descrive però l'origine a questo modo: « l'impôt indirect

(1) Sulle tasse per concessioni governative vedasi il progetto di
unificazione presentato dal governo al Parlamento nella tornata del
17 gennaio 1867.

(2) *De la propriété*, pag. 406.

« qui bientôt après il est sous forme de péage. Les
« marchands ont à passer avec leurs marchandises par
« tel port, pont, ou défilé; on leur fait payer un droit,
« qui est au début une sorte de rançon levée par le
« brigandage. Ils viennent débiter leurs marchandises dans
« tel marché fréquenté: le souverain du lieu leur fait
« payer un droit d'admission à ce marché. Avec le temps,
« ces impôts se civilisent en quelque façon; ils s'adou-
« cissent quant à la forme, et quant au fond ils devien-
« nent plus légers en se divisant » (1). E similmente la
violenza e la rapina alle prime origini, l'ingegno fiscale
in appresso introdussero le altre maniere: *la ricerca dei
metodi non affatto arbitrarii di ripartizione è intrapresa
moderna;* l'ordinamento logico delle varie maniere, secondo quei rapporti naturali e necessari che legano e
distribuiscono nei propri offici le varie parti del sistema
razionale di tassazione, sarà l'opera della dottrina e della
legislazione, che ora soltanto accennano di rivolgersi a
questa mira.

CAPO XXXVIII

SAGGIO DI ESAME CRITICO DI DOTTRINE E DI LEGGI
IN MATERIA DI PUBBLICHE IMPOSTE:
TRANSIZIONE.

Abbiamo posto i principii e l'ordine di un sistema
compiuto di tassazione seguendo quelli, che ci parvero
rapporti necessarii delle cose, e dettami della retta ragione. Ma in materia di pubbliche imposte si pensa, si
ragiona e si scrive da un pezzo: il fondatore della scienza
economica, Adamo Smith, e pressoché tutti i suoi successori consacrarono, qual più qual meno notevole parte
dei loro lavori allo svolgimento del tema concernente i

(1) *De la propriété*, pag. 372.

tributi, considerandolo come una dipendenza dell'economia sociale: e in ultimo vi si applicarono preclari ingegni anche con trattazioni speciali e più estese: attalché degli influssi scientifici già pare che incominci a risentirsi anche la legislazione, vagante altra volta senza alcun criterio nelle cieche e confuse vie dell'empirismo. Chi dunque oserà presentarsi con una sua dottrina senza un esame critico delle dottrine altrui, e dei principali monumenti della legislazione? Una dottrina nuova non può essere vera, se non deriva dai precedenti insegnamenti, i quali quantunque imperfetti, dispersi, disordinati e in parte erronei, pur si dee dimostrare che nell'intima loro tendenza convergono verso quello, che si presenta qual sistema meglio ordinato, razionale e completo.

Guidati da questo concetto noi intraprenderemo l'esame critico delle principali dottrine in materia d'imposte: raccoglieremo molte testimonianze parziali a conferma delle nostre proposizioni, e non poche parti complementari, a cui la logica delle imposte nella dirittura del suo cammino non ha finora potuto allargarsi: certamente incontreremo anche dottrine diverse, o affatto contrarie; ma interpretando le une e combattendo le altre speriamo appunto, che nel contrasto sarà chiarita e vivificata la verità, la quale *fit vivida bello.*

Così dicendo, ben comprende il lettore, che noi annunciamo un lungo e svariato discorso, ed un nuovo volume: del quale però volendo sin d'ora porgere un saggio, ci siamo determinati di aggiungere intanto alla sposizione della nostra dottrina l'esame critico del sistema, che in questa materia propose uno dei primi economisti del secolo.

CAPO XXXIX.

SAGGIO DI ESAME CRITICO: CONTINUAZIONE.

JOHN STUART MILL.

Nel suo celebratissimo libro sui *Principii dell'economia politica*, libro degno di studio e di ammirazione (1), l'eminente scrittore Stuart Mill, discorre in quattro lunghi capitoli: — Dei principii generali dell'imposta — delle imposte dirette — delle imposte sugli oggetti di consumazione — di alcune altre imposte; e conclude in un quarto capitolo con un esame comparativo delle qualità, che viziano od avvantaggiano sotto diversi rispetti l'imposta diretta, e le imposte indirette (2). I punti principali, non che *l'insieme* delle dottrine dell'illustre scrit-

(1) *Principes d'économie politique avec quelques-unes de leurs applications à l'économie sociale*, par JOHN STUART MILL, traduit par messieurs H. DUSSARD et COURCELLE-SENEUIL, seconde édition, Paris, 1861.

(2) Ecco la serie dei Capi del Libro quinto:

Capo primo — Delle funzioni del governo in generale.

Capo secondo — Dei principii generali dell'imposta.

    § 1° — Quattro regole fondamentali per lo stabilimento delle imposte (le quattro notissime e classiche regole di ADAMO SMITH).

    § 2° — Basi del principio d'eguaglianza in materia d'imposte.

    § 3° — Se si debba tassare nella stessa ragione la ricchezza dei cittadini di qualunque grado e di qualunque entità.

    § 4° — Se la stessa ragione di tassazione sia applicabile ai proventi perpetui e ai redditi temporarii.

    § 5° — Che l'aumento della rendita per cause naturali è materia imponibile.

    § 6° — Che l'imposta fondiaria in certi casi non è un tributo propriamente detto, ma piuttosto un diritto di prelevamento spettante al Demanio.

    § 7° — Che le imposte sul capitale non sono necessariamente cattive.

tore daranno argomento all'esame critico, che intraprendiamo, distribuendone le diverse materie in distinti paragrafi.

§ 1° — Ragione direttiva suprema del diritto d'imposta appartenente allo Stato.

V'ha certa gente (scrive l'illustre autore), la quale ama considerare l'imposta siccome l'equivalente del servizio di protezione, che il cittadino riceve dal governo, e a giudizio di costoro il valore del servizio sarebbe per l'appunto proporzionato all'entità dei beni o dei possessi di ciascheduno. Chi possiede cinquanta in proprietà d'ogni genere, non è forse protetto nella misura di cinquanta? E chi possiede cento (il doppio) non riceve forse il doppio di protezione? Così l'imposta dovuta dai singoli, qual prezzo di protezione, si proporzionerebbe a tenor di di-

ritto e per la legge regolatrice del cambio, all' entità e
al valore delle sostanze che ognuno gode sotto la protezione sociale. Ma questo modo di spiegare la ragione
suprema del. diritto d'imposta viene meritamente rigettato dal nostro autore. Innanzi tutto, stendendosi la protezione sociale *sulle persone* e sulle proprietà, e la tutela
personale essendo un servizio di eguale valore per tutti,
vorreste voi introdurre, in aggiunta alle imposte reali e
proporzionali relative alla protezione della proprietà, anche il testatico, l'imposta rigorosamente personale, siccome prezzo dovuto in egual somma dai ricchi e dai poveri per la protezione delle loro persone? In secondo
luogo non é vero, soggiunge Mill, che l'ufficio della Società si limiti a proteggere persone e proprietà: essa è
investita di una missione più ampia: essa deve operare
il bene e prevenire il male con tutti quei mezzi che siano
più appropriati all' azione sociale che all'azione individuale. In terzo luogo, per estimare a un valore cambiario il vantaggio, che ognuno riceve dalla protezione
governativa, noi dovremmo raffrontare i danni, che le
diverse classi risentirebbero qualora il governo sparisse
e venisse meno ogni protezione sociale, nella quale ipotesi il danno maggiore toccherebbe evidentemente ai più
deboli, ridotti in schiavitù dai più ricchi e dai più potenti. Onde conseguiterebbe (nella teoria cambiaria sopraccennata) che i più poveri, i meno capaci di difendersi da
se soli, dovrebbero pagare più cara (in ragione del maggiore vantaggio che ne ritraggono) la protezione governativa, val quanto dire, che nel regolamento delle pubbliche imposte la proporzione procederebbe in ragione inversa
della potenza, della ricchezza del cittadino contribuente! !
L'assurdità della conseguenza rende evidente l'error del
principio.

E poiché nel corso della nostra *sposizione* anche noi
abbiamo più volte combattuto la teoria mercantile, che
ridurrebbe la Società civile alla condizione di una fattoria

e l'imposta sociale ad un rapporto cambiario, noi arresteremmo a questo punto il nostro discorso, limitandoci ad invocare, in conferma delle nostre proposizioni, l'autorità di un tanto scrittore, se dopo avere. così validamente combattuto una falsa dottrina il nostro autoro non vi avesse dal canto suo sostituito un principio, a uostro debole avviso, inesatto teoricamente, dannoso praticamente.

Per qual motivo (domanda a se stesso lo Stuart Mill) l'eguaglianza deve presiedere alla distribuzione dei pubblici carichi? Perchè, risponde, in ogni parte del governo civile l'eguaglianza, la giustizia è la regola più che generale, assoluta. Ora l'imposta è un *sacrifizio:* dunque, dicendo *eguaglianza* in materia d'imposta, dubbiamo intendere *eguaglianza di sacrifizio,* val quanto dire, doversi l'imposta distribuire per modo, che il peso, la sofferenza, la pena del sopportarla riescano *egualmente sensibili* ad ogni cittadino: ciò che si ottiene proporzionando l'imposta agli averi, ed esigendo, a cagion d'esempio, da ogni contribuente il decimo del rispettivo provento. Egli è vero (soggiunge Mill) pretendersi da taluni, che pur ritenendo la stessa aliquota, la *sensibilità,* la sofferenza del contribuente decresce in ragione della crescente ricchezza: e forse si potrebbe dire, che con un provento annuo di trenta mila lire, il cittadino, pur pagandone a titolo d'imposta tre mila, *soffre meno* di chi colla sola rendita di lire tre mila è costretto, a tenore della stessa proporzione, di pagarne trecento. Ma tutte le asserzioni di questo genere (scrive Mill) mi paiono contestabili: e quando pur contenessero una qualche parte di verità, esse non sarebbero abbastanza vere da poter ritrarne una norma legislativa nel ripartire le pubbliche imposte. Nè io credo (soggiunge) potersi conoscere (con quel grado di certezza che deve dirigere gli atti del legislatore e del finanziere) sino a qual punto sia vero, che il tributo *del decimo della rendita* riesca più sensibile, più fastidioso, più doloroso al possessore di una rendita di lire tre mila, che al più ricco signore godente un reddito annuo di trenta mila.

E con questi ragionamenti lo Stuart Mill respinge nel modo il più assoluto dall'ordinamento dell'imposta la ragione progressiva.

A nostro debole avviso, la grave inesattezza di un simile ragionare consiste nello avere sostituito nell'argomento di cui si tratta, la *sensibilità personale* (criterio subbiettivo e inammessibile) alla ragion morale e legale (criterio obbiettivo, eguale per tutti, e il solo valido nel regolamento di comuni diritti).

La ragion morale solleva l'animo al concetto superiore dell'umanità, la quale adempie l'ufficio supremo ed assoluto di operare il bene con duplice forma di azione sociale e individuale. Già lo abbiamo detto in altri luoghi, e ripetiamo, che l'individuo appartiene in parte a se stesso, in parte all'azione collettiva dello Stato, e gliene fornisce i mezzi comunicando allo Stato una porzione del suo *potere*, della sua *facoltà* individuale. E qual sarà, a dettame di ragion naturale, la porzione disponibile per lo Stato? Evidentemente sarà quella che resta, detraendo la parte delle facoltà destinate a uso individuale, val quanto dire, la spesa ed il risparmio; e questi dovendo progressivamente diminuire le rispettive *aliquote* in ragione della crescente ricchezza, ne avviene in corrispondenza un aumento progressivo dell'aliquota comunicabile allo Stato. Nò la *sensibilità* dei singoli contribuenti potrebbe apportare in siffatto ordine di precetti razionali e morali la benché menoma alterazione. Che se tuttavia alla ragion progressiva s'ha ancora da sostituire la proporzione uniforme, ciò s'ha da ripetere dal principio di legalità, il quale però ammette eccezioni e temperamenti e consente in certi casi l'applicazione della giustizia morale assoluta, e della ragion progressiva: il qual divario essenzialmente pratico dei due criterii, uno subbiettivo e inammissibile, l'altro obbiettivo, il solo valido e determinabile, ben doveva impetrare che la questione, in apparenza di semplice teoria ed astratta, fosse riferita al suo vero principio di giustizia e di ragion naturale (1).

§ 8° — Della esenzione dei redditi minimi.

Benché abbia ripudiato la *progressione* nell'ordinamento delle pubbliche imposte, lo Stuart Mill insegna, che debbano dispensarsi da ogni tassazione i redditi minimi, appena sufficienti a provvedere le cose necessarie per vivere. Il legislatore, a suo senso, dovrebbe dunque astenersi da ogni imposta sulle spese di prima necessità, e nella tassazione diretta, fissare *un minimum* di reddito intangibile dall'imposta.

E noi pure nel corso della nostra *sposizione* abbiamo sviluppato gli stessi principii: se non che abbiamo limitato l'esenzione ai redditi minimi provenienti dal lavoro e dal capitale mobile adoperato quale strumento di lavoro dalle classi inferiori, mantenendo soggetta alla tassa comune ogni sorta di capitale consolidato, benché di reddito minimo (titoli di credito, terre e fitti di caseggiati). La quale limitazione dipende in parte dai metodi di accertamento dei redditi. Nel sistema inglese, che ricerca per ogni contribuente il reddito complessivo di qualunque provenienza (*income-tax*), si comprende bene, che incontrandosi un reddito tenuissimo, sufficiente appena per vivere, lo si dichiari esente, e che la dottrina accetti molto volontieri le disposizioni benevole della legge. E veramente l'esenzione assoluta, insegnata dal nostro autore, allude al sistema inglese. Ma dove non si proceda col solo

<hr>

(1) Vedi il Capo terzo e le applicazioni fattene nel corso della *sposizione*, e singolarmente in ordine alla graduazione dei proventi del lavoro, alle imposte compensative (tasse dirette sulla spesa) e alle tasse di successione.

metodo della denunzia all'accertamento del reddito generale dei singoli contribuenti; dove siano applicate diverse forme di tassazione secondo la specie e la provenienza dei redditi (benché tutti si tassino nella stessa misura); dove insomma per i diversi metodi di procedere non si stabilisce mai, quanto in complesso abbia di reddito ogni singolo contribuente, l'immunità del reddito di qualunque specie, purché non eccedente in complesso il *minimum* legale nella persona del contribuente, non si saprebbe accettare. Del rimanente anche in Inghilterra, dove da principio il limite delle esenzioni si era elevato assai e le esenzioni si estendevano ad ogni specie di provento, la legislazione dovette in seguito modificarsi, abbassare il limite per gli stessi redditi del lavoro o del capitale applicato al lavoro, e assoggettare alla tassa comune, senza esenzione alcuna, quello che noi chiamiamo capitale consolidato (terre, case, titoli di credito, rendita privata e pubblica) e che colà chiamano *proprietà realizzate* (1).

(1) «Dell'imposta sulla rendita in Inghilterra, e sul capitale negli Stati Uniti. „ *Lettere di* EMILIO· BROGLIO *al Conte* DI CAVOUR, Torino, 1856; Vedi la lettera seconda. È un libro scritto con molto spirito, elegante, istruttivo. Suo primo concetto è che l'imposta diretta sopra ogni specie di rendita con misura uniforme costituisce una delle parti essenziali di un buon sistema di tassazione: adotta senz'altro il metodo inglese di accertare la rendita in base a denunzie e verificazioni per ogni contribuente; non si accinse a ricercare, a discutere altri metodi, non essendo tale l'assunto del suo libro, destinato principalmente ad esporre la storia e le vicende dell'imposta inglese e delle discussioni, di cui la medesima fu e continua ad essere il soggetto in quel paese. L'ultima lettera poi contiene una stupenda dissertazione sui vizi e sull'inammessibilità dei catasti col metodi praticati sinora.

§ 3° — Se la tassazione debba essere diversificata in ragione della proprietà o della temporaneità dei proventi.

Nel 1799 s'introdusse in Inghilterra, *come tassa straordinaria di guerra*, la famosa *imposta sulla rendita*, cioè un'imposta diretta sul reddito complessivo di qualunque specie e provenienza, con misura uniforme per ogni specie di rendite, da accertarsi tutto quante col metodo della denunzia o della verificazione individuale per ogni contribuente. Questa maniera d'imposta durò identica nella sua essenza, benché più volte ritoccata in certe modalità, per quanto duraron le guerre contro l'impero Napoleonico: caduto il quale, cessava pure l'imposta. Ma nel 1842 la medesima fu richiamata in vigore, *come imposta straordinaria di pace:* essa dovea solo durare per un triennio: ma di tre in tre fu prorogata senza incidente sino al 1851, anno in cui avvenne l'incidente della Commissione Parlamentare, creata in seguito alle opposizioni che si fecero allora contro l'imposta sulla rendita più vive che per l'addietro. La Commissione, composta dei più cospicui membri del Parlamento inglese, coll'incarico d'indagare accuratamente l'applicazione, i risultati e le riforme possibili della legge, impiegò nell'indagine due anni, interrogando gli uomini più competenti per studi o per pratica della materia; e si fu allora che sorsero progetti di riforma e questioni varie, tra le quali primeggiava (e vive anche al di d'oggi in quel paese) la controversia che abbiamo indicata nell'epigrafe del presente paragrafo (1). Si ha da sapere che in Inghilterra abbondano i possessori di redditi temporarii o vitalizii: perocché la proprietà territoriale ivi è generalmente vincolata a primogeniture od altrimenti a successioni fedecommissarie, che riducono il possessore alla condizione

(1) EMILIO BROGLIO, citata opera per totum.

dell'usufruttuario; e i cadetti esclusi dal succedere sono
provveduti di pensione che pur si estingue colla vita:
in presenza di siffatta costituzione sociale, e unendovi
come temporarii, dipendenti dalla vita e dall'opera del-
l'industriale, anche i redditi provenienti dal lavoro, dal-
l'esercizio delle industrie e dei commerci, si sollevò,
sotto l'impulso d'una solenne inchiesta parlamentare, la
controversia anzidetta intorno alla protesa giustizia di
diversificare la quota della tassa in ragione della perpetuità o della temporaneità dei proventi tassabili. Il
progetto di riforma radicale, che avrebbe sostituito al-
l'imposta sulla rendita l'imposta sulla *proprietà*, riducendo
in proprietà anche le rendite temporanee mediante il
processo *della capitalizzazione*, menò gran rumore in Inghilterra: quel sistema avrebbe introdotta (così in generale ed in complesso) tra la quota di tassa dei redditi
perpetui e dei redditi temporarii la differenza del doppio;
e in tanta prevalenza, quanta abbiam detta, di *annualisti* e
di possessori di rendite temporanee, e di proprietà vincolate,
la controversia assunse tutta la gravità d'una questione sociale: e nacquero intorno ad essa sistemi e temperamenti
diversi: tra i quali ottenne e tuttora conserva maggior
credito il sistema, che rinunziando al processo radicale della
capitalizzazione, si appagherebbe di una più moderata diversificazione, tassando, a cagion di esempio, l'integralità
delle rendite perpetue, e soltanto per sette od otto decimi le
rendite temporarie, senz'altro più certo criterio che quello
di un equo arbitrato legislativo (1). Ed ecco le questioni,
che pur troviamo discusse nel libro di Stuart Mill.

L'illustre scrittore rigetta innanzi tratto il sistema
della *capitalizzazione*. Quando si dice (così egli) che un
reddito temporaneo deve essere tassato di meno che un
reddito perpetuo, vi si risponde con ragione, che infatto
la quota uniforme riesce bene a un tal risultato: impe-

(1) EMILIO BROGLIO, Opera precitata, lettera 15ª e seguenti.

rocchè la rendita durativa per un decennio non paga la tassa che per dieci anni, doveché il reddito perpetuo la paga a perpetuità. Alcuni riformatori incolsero a questo proposito in un grosso errore. Posto per principio, che i redditi di qualunque specie debbano essere tassati in ragione del capitale che rappresentano, essi ne deducono (a mo' di esempio) che di due redditi entrambi di lire cinquemila, uno però perpetuo, e l'altro vitalizio, rappresentandosi nel perpetuo un capitale di centomila e nel vitalizio un solo capitale di cinquantamila, il perpetuo in confronto del vitalizio deve esser tassato del doppio. Però questi riformatori (così Mill continua a ragionare) non si avvedono, che capitalizzando i redditi diversi, dovrebbero colla stessa norma capitalizzare le rispettive imposte: e così troverebbero nel caso anzidetto, che la tassa di lire cinquecento, comune ad entrambi i redditi, ma perpetua nell'uno, temporaria per l'altro, capitalizzata colla stessa norma dei redditi, riesce a un debito capitale di lire cinquemila a carico della rendita temporaria, e di lire diecimila, cioè a un debito doppio a carico della rendita stabilita a perpetuità.

Rigettato a questo modo il sistema della capitalizzazione, lo Stuart Mill dichiara, che ciò non ostante la tassazione uniforme dei redditi temporanei e dei redditi perpetui contiene una evidente ingiustizia, in quanto non tiene conto di quel maggior risparmio che deve fare il possessore di una rendita soggetta ad estinguersi. Egli dunque propone, che in via di arbitrato legislativo si esima dalla tassazione tanta parte delle singole rendite vitalizie, quanta si possa credere necessaria a costituire man mano con risparmi continuati un fondo di provvisione per la vecchiaia del contribuente, e per la famiglia che lascierà. La quale proposta gode molto favore nell'opinione inglese, ma finora non venne accolta dal Parlamento.

Ora a noi pare, che la proposta questione in rispetto

alla costituzione sociale del nostro paese riesca d'assai
minore importanza, e che la medesima debba essere ragionata distinguendo, anche nella cerchia delle rendite
temporanee o vitalizie, specie da specie. Infatti nelle
consuetudini della nostra vita civile i redditi vitalizi
provengono:

1° Da godimento di beni mobili ed immobili a titolo
di usufrutto costituito per donazione, o più generalmente
per testamento ;

2° Da annualità costituite pure per donazione o per
testamento, durative per tutta la vita del legatario, o
a tempo più breve ;

3° Da censi vitalizi acquistati a titolo oneroso mediante alienazione di capitali ;

4° Dal lavoro applicato all'esercizio d'impieghi pubblici, di professioni, d'industrie e di commerci. Discorriamo dunque a parte a parte di queste diverse specie
di rendite temporanee.

La proprietà (capitale accumulato) trasmettendosi dal
morente all'erede, deve allo Stato la medesima annua
tassa corrispondente alla rendita. Ben si concede al
testatore di distribuire l'eredità a chi e secondo le parti
che vuole, ed anche di separare l'usufrutto dalla nuda
proprietà, e nulla vieta che con espressa disposizione il
testatore imponga all'erede, nudo proprietario, l'onere di
pagare il tributo: ma se nol fa, il tributo si considera
come un carico inerente ai frutti, e si paga dall'usufruttuario, al quale in verità metterebbe più conto ricevere
dal testatore una instituzione più piena, o il discarico del
tributo in confronto dell'erede proprietario, ma non gli
si appartiene di risarcirsi del negatogli maggior beneficio
a danno dello Stato, scemando la tassa dovutagli. Adunque
per quanto concerne la rendita vitalizia dipendente da
un usufrutto costituito per testamento o per donazione,
già apparirebbe giuridicamente e politicamente inammessibile ed assurda la diversificazione della tassa. Ora

un legato di frutti, *anche quando sia ridotto in forma di annualità testamentaria da prestarsi dall'erede,* che altro è, se non un usufrutto parziale, un assegnamento vitalizio di parte della rendita ereditaria? Ben potrebbe la legge dichiarare in via di presunzione giuridica, che la tassa correlativa alla parte di rendita assegnata ad un legatario a titolo di pensione rimanga a carico dell'erede, salvo il caso di contraria disposizione: ma in nessun caso si debbono ledere i diritti dello Stato sulla rendita ereditaria, e dall'uno o dall'altro dei partecipanti alla rendita il tributo intiero deve essere corrisposto, come nei godimenti a titolo di usufrutto formale, senza diversificazione di sorta.

Non ostante l'apparente analogia, tutt'altra stima s'ha da fare dei censi vitalizi acquistati a titolo oneroso mediante alienazione di un capitale: perocché, come già dimostrammo in altro luogo, le annualità provenienti da tali censi contengono parte del capitale che il creditore censuario va consumando, e *in quanto consuma il capitale,* il contribuente non deve la tassa sempre correlativa e strettamente limitata a ciò che sia reddito veritiero (1).

Eppertanto il dubbio reale si riduce nel nostro tema ai proventi del lavoro, cioè alla rendita che si produce dall'attività, dalla capacità, dalla proprietà personale. Al quale proposito ricorderemo, che siffatta rendita nel sistema razionale di tassazione che abbiamo in altri luoghi ampiamente discorso, va depurata da ogni elemento incostante e precario; e che inoltre se ne deve detrarre quanto possa rappresentare le spese di educazione, d'istruzione e di tirocinio, le quali si rinnovano di generazione in generazione, e vogliono essere trattate e considerate a guisa di fondo conservativo delle attività, delle capacità, onde si perpetuano nel mondo economico le industrie ed i commerci.

(1) Capo ventesimoprimo, pag. 146.

E ciò posto, avvertiremo, che le capacità *ordinarie*, quelle che appartengono alla generalità degli uomini, si riproducono di padre in figlio per forza di natura, e coll'aiuto sociale: ond' è, che a guardare (come si deve in tema d'imposte) il solo effetto economico le anzidette capacità ordinarie si rappresentano in società quali proprietà perpetue della famiglia, con successivo investimento e pari godimento di tutti i membri che ne discendono. In verità *le alte* capacità, le attività superiori ed eccezionali, i cui servizi si pagano a un prezzo di monopolio e che fruttano al possessore copiosissimi frutti, non si sogliono riprodurre così facilmente, ma chi oserebbe per questo diversificare la quota della tassa? E in confronto delle men fortunate e volgari, privilegiare le capacità più elevate e felici con una quota minore di tassazione? E si faccia pure il confronto tra i due generi di proprietà, reale e personale: la prima dura a perpetuità, l'altra (quando supera il valor ordinario) si estingue colla persona; ma la prima è un capitale accumulato con lunghi risparmi, e con grande fatica; l'altra è dono spontaneo della natura: la prima si compose successivamente di parti, che in origine erano frutti e già subirono, così nella produzione, come negli accumuli e nei passaggi di successione, una varietà infinita di tasse; non così la seconda, che la natura stessa crea ad un tratto: la prima, la proprietà reale, più difficilmente sottrae i suoi frutti al tributo: non così la seconda, la proprietà personale, la quale nelle alte sfere dell'industria e del commercio così poco accessibili agli imperfetti metodi della legge, già godono *in fatto* di tale diversificazione di tassa, che il voler aggiungervi ancora una diversificazione *giuridica* ci pare atto di favore esorbitante, atto di usurpazione della teoria puramente ideale sulla verità della pratica. E quando si persista a dire che, a parità di reddito, *l'aliquota del risparmio* è naturalmente maggiore nella rendita personale, onde si diminuisce d'altrettanto l'aliquota disponibile per l'imposta, noi risponderemmo, che volendo tradurre questo postulato della giustizia morale in regola di diritto, ne risulterebbe la imposta progressiva qual norma generale di tassazione: egli è infatti evidentissimo, che il sistema della proporzione materiale ed uniforme mette precisamente in disparte ogni considerazione relativa al risparmio, di cui a dettame della ragion morale tanto più cresce il bisogno in una ben regolata famiglia, quanto più si discende nella scala economica a condizioni più umili, a più modeste, a più ristrette fortune (1). Se la protezione sociale venisse a mancare (taluno osserva) non ne soffrirebbe forse maggior danno la proprietà reale? Dunque, si dice, essa dee pagare un premio maggiore di assicurazione. Rispondiamo, che distrutta la Società, il possessore di terre forse potrebbe difendersi e vivere: il lavoratore venendo meno colla Società ogni lavoro sociale, morrebbe nell'abbandono, se non si riducesse a servizio del possessore: e meglio ancora risponderemo, che da consimili concetti troppo inesatti ed ipotetici mal si desume la ragion direttiva nella misura e nella ripartizione dell'imposta sociale (2). Concludiamo che la rendita del lavoro deve bensì, coi metodi e coi processi di cui abbiamo altrove discorso, venir depurata d'ogni elemento precario, ed anche di quella parte che rappresenta il fondo conservatore dell'attività personale, ma che nei rapporti astratti della durata perpetua o temporanea non richiede nella tassazione una diversificaziono di quole.

§ 4° — Dei mezzi di accertamento della rendita nella tassazione diretta.

L'illustre autore, del quale andiamo considerando le principali dottrine in tema d'imposte, dopo l'esposizione

(1) Capo terzo.
(2) V. il § primo di questo Capo.

delle regole generali scende a ragionare distintamente, *sotto il solo rispetto dell' incidenza economica*, dell'imposta sulla rendita territoriale, sui profitti del capitale e dell'industria, e sui salarii, cioè sulle mercedi del lavoro. Sopra di che avendo già noi medesimi invocato più volte, nel ragionare dell'incidenza delle tasse, l'autorità dell'eminente scrittore, non ci rimane che a raccoglierne un prezioso avvertimento là dove l'autore dimostra, che, una tassa diretta sulle mercedi (eguale in ciò al dazio di consumo sugli oggetti di prima necessità), tenderebbe necessariamente o a degradare la vita delle classi inferiori, ovvero a ripercuotersi coll'aumento delle mercedi sui proventi dei produttori: « Nous trouvons
« (conclude) dans les considérations qui précèdent un
« nouvel argument, à l'appui de l'opinion déjà énoncée,
« que les impôts directs ne doivent pas atteindre les
« revenus, qui ne dépassent pas ce qui est nécessaire
« à l'homme pour vivre en bonne santé. Ces très-petits
« revenus ont presque tous pour origine le travail ma-
« nuel; et nous voyons que l'impôt, que l'on établirait
« sur eux, ou dégraderait d'une manière durable les
« habitudes de la classe laborieuse, ou tomberait sur les
« profits, et deviendrait pour les capitalistes un impôt
« indirect ajouté à leur part des impôts directs. » (1).

Ma discorsa l'incidenza delle tasse distinte sulle diverse specie di rendita, l'autore discende dalle tesi astratte all'attuazione pratica, chiamando ad esame l'*income-tax* inglese, che ha per materia il reddito complessivo di qualunque specie e provenienza, e procede col mezzo della denunzia e della verificazione diretta per ogni contribuente: e l'autore accusando la fallacia delle denunzie e l'impossibilità pratica di rettificarle, condanna espressamente questa famosa e si disputata maniera di tassazione inglese: « On peut donc craindre (egli con-

____

(1) Mill, Opera citata, libro 5, capo 3, § 4.

« clude) que la justice du principe de l'impôt du re-
« venu ne puisse pas se retrouver dans la pratique,
« et que cet impôt, qui, en apparence, est le plus juste
« de tous, ne soit en réalité plus injuste qu'un grand
« nombre d'autres, qui, au premier abord, semblent
« bien plus mauvais. Cette considération nous porterait
« à partager l'opinion, qui jusqu'à ces derniers temps
« a prévalu habituellement, savoir: que les impôts directs
« sur le revenu devraient être réservés comme une res-
« source extraordinaire destinée aux grands besoins na-
« tionaux, en présence desquels la nécessité de trouver
« des ressources nouvelles domine toutes les objec-
« tions. » (1).

Ora s'ha da sapere che la Commissione Parlamentare
inglese, di cui accennammo di sopra la storia, non si
credette in grado di consigliare la continuazione della
income-tax come imposta normale, né tampoco di dare
un giudizio qualunque, e si limitò a comunicare i documenti dell'inchiesta: dopo l'esame dei quali il Governo
fece in Parlamento la dichiarazione solenne, non doversi
annoverare l'*income-tax* tra le imposte normali e definitive;
e tale sembra anche oggidì il concetto prevalente nelle sfere
parlamentari e governative. E nondimeno l'imposta sulla
rendita continua in Inghilterra e nulla ne annunzia un
prossimo o lontano ritiro (2). Or ciò che significa? La
income-tax si continua indefinitamente, perchè l'imposta
diretta sul reddito e le tasse sulla spesa sono i due car-
dini principali della tassazione, quando si sviluppano a
un grado sì elevato i bisogni del pubblico erario: l'*income-tax* non si vuole annoverare tra le imposte normali
definitive, perché è sbagliato o insufficiente il metodo:
tale è il risultato, tale l'insegnamento che, a mio avviso,
ci porge la lunga storia dell'*income-tax:* alla quale si

----

(1) MILL, cit. loco, § 5.
(2) EMILIO BROGLIO, Opera precitata.

accorda anche la storia, benchè assai più breve, del
nostro paese in simile argomento. Lo Stuart Mill, para-
gonando le imposte dirette e le indirette, ne trae anche
egli la conclusione, che l'imposta diretta sul reddito e
le tasse sulla spesa sono le due basi fondamentali della
pubblica tassazione: or come avvenne che egli, pur con-
dannando il processo dell'*income-tax*, non si avvisò di
ricercare altri metodi ed altri processi, e propose in
quella vece certe socialistiche imposizioni, vere confische
della proprietà, che si rigettano senza discuterle? (1).
Tanto è vero che i più grandi ingegni sempre si trovano
esposti ai più fieri paradossi. Adunque lo studio degli
uomini di Stato, dei finanzieri, degli scrittori, è tempo
che si rivolga alla ricerca d'un sistema razionale di tassazione, conforme ai rapporti necessarii delle cose e al-
l'ordine di natura, e principalmente alla ricerca dei metodi
della tassazione diretta: *Si quid novisti rectiùs istis, can-
didus imperti, si non, his utere mecum.*

CAPO XL.

DELLE CRISI FINANZIARIE: RIORDINAMENTO E AUMENTO D'IMPOSTE:
ECONOMIA.

Per tasse male ordinate e imperfettamente pagate, per
abuso del credito, per lunghi e disastrosi disordini nelle
pubbliche amministrazioni, per enormi debiti contratti
nel difendere la patria e la nazionalità avviene talora
che una Nazione sia travolta in una crisi finanziaria, la
quale, spentone il credito, minaccia la stessa di lei esistenza. Allora è d'uopo ravvicinare, per quanto lo permette l'urgenza, la tassazione e la spesa sociale alle loro
vere condizioni normali; — *mobilizzare* il capitale fondiario
che a qualunque titolo appartenga al Demanio; — o pren-

(1) V. pag. 349 e seg., e 406 dell'Opera di MILL, tomo secondo.

dere in supplemento tanta parte dello stesso capitale nazionale quanta sia necessaria ad estinguere una sufficiente porzione del debito, attalchè la spesa e gli interessi del debito residuo si pareggino col prodotto delle tasse. Discorriamo partitamente questi tre punti e vediamo in ultimo a che meni un diverso processo.

Insorgendo e grandeggiando la crisi, si levano molte voci a consigliare un aumento d'imposte: d'altra parte si grida alla riduzione delle spese: i più saggi propongono l'unione e l'uso contemporaneo dei due rimedii: e da tutte parti par che si creda *alla potenza indefinita* dell'uno o dell'altro rimedio, o certo della loro forze insieme congiunte. Or questo è un funestissimo errore.

La tassazione, così diretta come indiretta, ha i suoi limiti naturali, oltre i quali, se la si vuole sforzare, si rompe o langue, e, quanto più si aggrava, tanto meno produce: questa verità risulta dimostrata apertamente dalla sposizione che abbiamo fatta sinora dei principii e dell'ordine della pubblica tassazione: la medesima verità è insegnata dai più celebrati scrittori e confermata da famose sperienze. Vero è che un sistema di tassazione, contenuto in giusti limiti, tanto più riesce produttivo, a parità di ricchezza pubblica, quanto più si conforma ai metodi razionali; ma se già sovrasta la crisi, l'impresa d'una riforma generale della tassazione viziosa, per ridurla a, modi più proprii ed efficaci, sarebbe intempestiva, atta solo a scemare intanto il prodotto, ad aggravare il disordine e il disavanzo. Che fare dunque? S'hanno forse a tentare ciecamente tutte le vie, raccogliendo d'ogni parte e affastellando provvedimenti finanziarii senza un determinato rapporto fra di loro e colle tasse vigenti? Nemmeno. O non si chiederà all'imposta verun aumento? Questa risoluzione mal risponderebbe al bisogno straordinario che minaccia d'inghiottire la cosa pubblica. Or noi diciamo, che se in ogni tempo gli uomini di Stato debbono farsi un chiaro concetto di quel sistema

razionale e perfetto, verso il quale la legislazione delle
imposte, come ogni altra parte della cosa pubblica, dee
costantemente tendere, certamente questo chiaro o ben
determinato concetto, nei tempi di crisi finanziarie, diventa una necessità imperiosa: perocchè allora con tale
concetto si potranno invocare con frutto, a sollievo della
finanza, quelle parziali riforme e quelle tasse più pron-
tamente attuabili, *che ravvicinino il sistema vigente al-
l'ideato ordine di ragione.* Poniamo che l'ordinamento
tributario, descritto nel nostro libro, fosse riconosciuto
conforme alla verità: non è egli evidente che certe riforme, anche parziali e provvisorie, nella tassazione diretta, e l'aggiunta di alcune tasse compensative nella
tassazione della spesa sarebbero per ciò stesso indicate
al legislatore quali provvedimenti immediatamente attuabili? Ma, lasciando l'ardita ipotesi, ripetiamo, che sempre
e massimamente in tempo di crisi finanziaria un saggio
legislatore non tenterà altre riforme o novità di tassazione, se non quelle che gli appariscano come un avviamento verso l'assetto razionale e definitivo, e che intanto
non spingano le gravezze pubbliche oltre quei limiti,
superati i quali la finanza riporta non aumenti ma perdite.
Una prova manifestissima di questa verità si svolge in
questo momento dinanzi ai nostri occhi: il legislatore
italiano dava nell'anno scorso provvedimenti finanziarii,
destituiti affatto delle condizioni che abbiamo detto; ed
ora lo stesso legislatore, di fronto alla resistenza del
paese, è costretto a correggerne uno e a ritrattarne un
altro, in onta alle crescenti minacce della crisi che tor-
menta la cosa pubblica.

Che se limiti impreteribili sono prescritti dalla natura
delle cose alla tassazione, non è meno limitata la potenza
dell'altro rimedio, che s'invoca ad alta voce nei momenti
del pericolo, la riduzione delle spese. La difesa e l'amministrazione della cosa pubblica va soggetta a certe
condizioni normali, violate le quali il disastro si aggrava

non si alleggerisce: di queste condizioni manca un chiaro, ben determinato, e nell'opinione comune concordato concetto: quindi ogni provvedimento di riduzione e di economia ispirato da concetti individuali peccherà qual per eccesso, qual per difetto, ed anche per indirizzo assolutamente falso: le opinioni incerte e contraddicenti, e sotto la loro maschera gl'interessi di coloro, a cui giova la mala amministrazione, quanto ingiusti altrettanto potenti, contrastano e ritardano i provvedimenti, i quali poi anche buoni e realmente eseguiti preparano sì, ma non effettuano immediatamente le economie in quella proporzione che si vorrebbe.

Concludiamo, che l'uso anche retto della tassazione e delle economie non vincerà la crisi; sono però da adoperarsi senza indugio:

1° Perchè già ne scemano la gravezza;

2° Perchè se non nasce la *convinzione generale* di essersi fatto il possibile nell'ordine delle economie, e di essersi ristretta la spesa pubblica sino all'estremo limite, vano e affatto impotente tornerebbe l'uso di ogni altro ulteriore rimedio, come apparirà dalle cose che ci rimangono a dire: anzi in questi casi, come in molti altri, vale assai più l'opinione che la verità: se anche tutte le economie possibili siansi effettuate, e posto, che nella verità delle cose ogni maggiore riduzione aggravi il disastro pubblico, quando nell'opinione del paese prevalesse il giudizio contrario, la cosa pubblica precipiterebbe a rovina.

CAPO XLI.

DELLE CRISI FINANZIARIE: CONTINUAZIONE: IMPIEGO DEL CAPITALE DEMANIALE IN ESTINZIONE PARZIALE DEL DEBITO PUBBLICO.

Quando per lunghi anni nell'amministrazione dello Stato la spesa sorpassa la rendita, i governi confidano, — nell'uso continuato del credito, — nelle tasse nuove, — nella potenza apparentemente indefinita dell'una e dell'altra fonte, — nelle future economie, che i governi promettono sempre a se stessi ed al paese, — e finalmente nel progresso naturale della pubblica ricchezza, e nel correlativo aumento del provento erariale delle pubbliche tasse. Or bene, allo scoppiare della crisi finanziaria tutto questo sparisce: il credito pubblico è abbattuto; la tassazione, e le economie portate agli estremi limiti non vinsero la crisi; la potenza indefinita della tassazione e delle economie si dimostra nel fatto illusoria: e il progresso della ricchezza pubblica o cessato o rallentato per effetto della crisi medesima è lungi dal provvedere alla grandezza del bisogno, alla urgenza della situazione. In questo stato le fantasie volgari aspetteranno ancora dal genio finanziario non so quale prodigio, ma egli è troppo evidente che l'unico rimedio consiste in una pronta liquidazione, val quanto dire, nell'applicare senza ritardo ogni capitale appartenente al demanio, e in sussidio anche una parte dello stesso capitale nazionale all'estinzione parziale del debito pubblico, tanto che si ristabilisca il pareggio: invano si grida, che intaccando il capitale, si ferisce la produzione e si disseccano le sorgenti della pubblica ricchezza, onde si alimenta il provento erariale: la situazione stessa dimostra, che nel fatto il capitale è già divorato, e che per crearlo di nuovo con migliore e più economica amministrazione la prima condizione è per l'appunto una pronta liquidazione dello stato economico, che arresti la crisi e il rovinoso disequilibrio. Ora il primo che soccorre al bisogno, è il capitale fondiario appartenente al demanio; e se invece di convertirlo in estinzione parziale del debito pubblico, il governo lo sciupasse negli esercizi correnti, ripetiamo, che probabilmente la cosa pubblica andrebbe incontro all'estrema sciagura.

Il modo più ovvio di convertire il capitale fondiario appartenente allo Stato in estinzione parziale del debito pubblico sarebbe venderlo pezzo a pezzo, comperare ed annullare cartelle: ma la lentezza dell'operazione non risponde al bisogno, e l'offerta in vendita di tanta mole di beni ne *deprezza* il valore con grave detrimento d. tutta la proprietà, e di quella stessa, che pur si ha così stretto bisogno di vendere con vantaggio; e il governo venderebbe con lunghe more, si contenterebbe intanto di una parte minore del prezzo, ritirerebbe pel residuo dai compratori dei beni un loro pagherò, che ipotecato sui beni venduti e guarentito inoltre dallo Stato potrebbe forse trasformarsi in effetto negoziabile e rappresentare un valore immediato; ma con tutto ciò non sarebbe punto riparato ai due vizi radicali dell'operazione, che sono la lentezza delle alienazioni, e il deprezzamento dei beni.

La vendita in massa dell'asse immobiliare a compagnie di finanzieri, procaccia allo Stato una pronta *realizzazione*, ma sciupa, siccome è noto, una grossa parte del capitale, e non rimedia punto al secondo vizio, che è il deprezzamento della proprietà. D'altro lato, le compagnie convertono l'asse immobiliare in effetti negoziabili; ed è questa l'operazione che a totale suo profitto può fare direttamente lo Stato, purché sappia e possa vincere, almeno nel giro dell'operazione che s'intraprende. la sfiducia risultante dalla crisi finanziaria; ciò che a nostro avviso si effettuerebbe quando si adempissero le condizioni seguenti:

Una legge converte l'asse immobiliare in azioni negoziabili portanti interesse; un inventario descrittivo o specificato dei beni che si mobilizzano è annesso alla legge e ne fa parte integrante: il valore complessivo delle azioni corrisponde approssimativamente al valore dell'asse: *la proprietà stessa dell'asse è dichiarata trasfusa nella massa delle azioni, e quindi appartenente alla comunione degli azionisti:*

Le azioni sono poste dalla legge sotto la garentia immediata dell'Autorità giudiziaria; ogni violazione del contratto, qualunque attentato alla legge ed alla proprietà trasfusa nella massa delle azioni vendute potrà essere denunziata dalla rappresentanza legale degli azionisti all'Autorità giudiziaria, la quale procederà e provvederà, come procede o provvedo nella tutela giudiziaria di qualunque altra civile proprietà. E per altra applicazione dello stesso principio la legge dichiara, che i singoli azionisti abbiano diritto di ottenere dal tribunale competente *rations loci rei sitæ* l'aggiudicazione ed il possesso a prezzo di stima di qualunque fondo appartenente all'asse mobilizzato, e che non sia stato in simil modo preoccupato da altri azionisti:

Finalmente la legge di mobilizzazione stabilisce per patto guarentito e sotto la condizione di una gestione o di conti pubblici, che tutto il prezzo che si ricava di mano in mano dall'emissione o dalla vendita delle azioni sarà impiegato in acquisto di cartelle del debito pubblico ai valori di corso, e le cartelle si annulleranno immediatamente.

L'emissione di azioni portanti interesse crea certamente un debito nuovo; ma la differenza tra i prezzi *sostenuti, e inferiori di poco al valor nominale delle azioni medesime,* e il valore di borsa grandemente depresso delle cartelle che si comprano e si annullano, costituisce per lo Stato un beneficio netto, e in complesso l'operazione si risolve in una parziale estinzione del debito pubblico. Ed anche il nuovo debito creato dalla legge di mobiliz-

zazione scomparirà man mano, ed a misura che le azioni
portanti interesse si vanno riassorbendo per acquisti volontari o giudiziari nella proprietà dell'asse immobiliare
venduto.

Ma i prezzi venali delle azioni si sosterranno essi veramente ad un grado abbastanza elevato? Non sarebbe
possibile dubitarne quando si verificasse la condizione
seguente: e cioè fosse dimostrato, ed entrasse nella convinzione del pubblico, che mediante la tassazione e la
riduzione di spese (le quali debbono precedere l'operazione di cui si tratta), mediante la riduzione del debito
pubblico risultante dall'operazione medesima, e mediante
all'uopo anche il concorso suppletivo, di cui ragioniamo
nel capo seguente, o si ristabilisce il pareggio o almeno
si scongiura la crisi per un tempo indefinito e tale da
dare all'operazione agio di compiersi e liquidarsi. Se questa
convinzione non si produce nel pubblico, l'operazione correrebbe, in onta alle guarentigie legali, gravissimo rischio,
o il beneficio netto ne sarebbe grandemente diminuito.

CAPO XLII.

CRISI FINANZIARIA: CONTINUAZIONE: CONCORSO SUPPLETIVO DEL CAPITALE NAZIONALE: L'INVASIONE DELLA CARTA-MONETA.

La tassazione abituale procede con metodi riguardosi,
regolari, informati al principio di legalità: la sua potenza
è limitata, e a un dato punto si arresta. Ma dove la
tassazione regolare *sulla rendita* si arresta, ivi in *certe
condizioni* può sottentrare un contributo straordinario
sul capitale: ciò parrà forse una contraddizione, eppure
è una realtà di fatto determinata dagli istinti della natura umana. Io suppongo, o saggio lettore, che il Governo
ed il Parlamento, gareggiando di zelo, abbiano preso ener-
giche risoluzioni ed effettuato nella spesa pubblica tali

economie, che il paese se ne appaghi, e ognuno dica in cuor suo: « *Veramente non si potea fare di più.* » Io suppongo che sia stato abilmente mobilizzato tutto il capitale fondiario appartenente al Demanio, e col prezzo ricavatone si sia estinta una parte cospicua del debito pubblico. Io finalmente suppongo, che a ristabilire il pareggio, mediante l'estinzione di un'altra parte del debito pubblico occorra un altro capitale (poniamo di settecento milioni) e sia dimostrato al paese che, dato al Governo questo capitale, *senza creare un nuovo debito d'interessi*, la crisi si vinca, e che, in caso contrario, il paese si esponga all'estrema sciagura. Io dico che, condotta così la Nazione in faccia alla crisi, come si condurrebbe un esercito valoroso dinanzi al nemico minacciante d'invadere e di mettere a ferro e a fuoco il paese, il patriotismo di pochi o di molti, la paura di tutti, la dimostrata necessità di combattere e la certezza di vincere, di salvare lo Stato le private fortune i parenti ed i figli renderanno possibile uno slancio, un impeto nazionale, e, quasi direi, una battaglia campale contro la bancarotta: in tali frangenti l'infamia attende i disertori, la coscienza si ridesta, il sentimento pubblico si commuove: i procedimenti severi, straordinarii, anche arbitrarii, tanto più ragionevoli quanto più rigidi ed efficaci a costringere i renitenti ed assicurare il concorso di tutti, diventano accettabili e sono accettati come necessità inevitabile, come il bisogno d'un giorno.

Ed avvertiamo, che il processo e la natura di un contributo straordinario sul capitale sono tanto diversi dal metodo e dall'indole della tassazione abituale, che se la legge non stabilisse tra l'uno e l'altra una separazione assoluta, se il paese scorgesse che *i documenti* del contributo straordinario non si annullano e possono diventare *documenti* di tassazione perpetua, sarebbe grandemente compromesso l'esito del concorso.

Avvertiamo inoltre, che nella tassazione ordinaria la

proporzione materiale è necessità di norma legale, non più attendibile nei contributi straordinarii, in cui la legalità si dilegua dinanzi ad un'altra necessità e ad una giustizia più vera: onde avviene, che negli imprestiti forzati la ragion progressiva sia una regola di diritto riconosciuta ed una pratica costante di fatto.

Avvertiamo infine, che *la capitalizzazione* delle rendite temporanee, inammissibile nella tassazione abituale *della rendita* (1), sarebbe da prendersi in considerazione in un contributo straordinario *sul capitale*, per quanto i metodi e l'urgenza del contributo il permettono: ciò che non tornerebbe difficile quanto alle rendite vitalizie dipendenti da un usufrutto, potendosi allora dividere il contributo per eguali porzioni tra il proprietario e l'usufruttuario, colle rispettive facoltà, al primo, di assumerlo per intiero esigendone gli interessi dal secondo, ed al secondo, di anticiparlo per intiero a carico del proprietario, che al termine dell'usufrutto lo dovrebbe restituire.

Il capitale siffattamente contribuito sarebbe forse pei contribuenti irreparabilmente perduto? Sì, per rispetto agli interessi; no, in riguardo alla sostanza. Ristabilito l'equilibrio, prosperando lo Stato, progredendo la ricchezza pubblica e il correlativo provento erariale, si verrebbe pur finalmente in condizione di rimborsare a gradi il capitale contribuito; e questa sarebbe giustizia, ed anche una garentia di buona amministrazione.

Le riflessioni, che abbiamo svolte nei precedenti due capi ed in questo, rappresentano, a dir così, *la teoria* delle crisi finanziarie: nelle quali pur troppo il fatto non suole corrispondere alle indicazioni teoriche. L'ignavia degli uomini, l'anarchia delle idee, la ostinata e mascherata resistenza dell'egoismo impediscono il maneggio razionale della tassazione e delle economie, lasciano grandeggiare in proporzioni gigantesche le crisi, sciupano nei bisogni

(1) Capo trentesimonono, § 3.

del momento e negli esercizi correnti tutto il capitale fondiario appartenente allo Stato, e quindi non osano tentare, ed anche tenterebbero invano un ricorso al capitale nazionale per applicarlo in estinzione d'una parte sufficiente del debito pubblico. E allora che ne succede? Per la forza ineluttabile delle cose pur ne avverrà a carico delle proprietà, delle industrie, del lavoro un contributo formidabile, violento, accompagnato da immensi disastri: ne avverrà, in una parola, la carta-moneta.

La carta-moneta spoglia di primo tratto la classe dei creditori di una parte delle loro sostanze: quelli tra di essi, che abbiano una quantità eguale di debiti da rivalersene, sfuggono al danno, il quale si concentra tutto intiero sopra i creditori senza debiti contemporanei, o che ne abbiano in minor quantità.

In seguito la carta-moneta, perdendo al cambio, diminuisce d'altrettanto il provento delle imposte, le quali si pagano in carta, e pur ritenendo il valor nominale di un miliardo (posto, che a tanto ascendesse il provento erariale) si ridurranno in effetto a ottocento milioni, cioè scemeranno effettivamente di un quinto, se nel cambio coi valori effettivi la carta perde il quinto, perocchè il provento erariale tanto vale realmente quanto si può cambiare colle cose e colle opere, di cui abbisogna lo Stato. Così al disavanzo indomabile, che sospinge il governo al disperato rimedio della carta, si aggiunge ben presto un altro disavanzo prodotto dal scemato valor reale del provento delle imposte: ciò che necessita una nuova emissione, la quale recherà un nuovo ribasso nel cambio della carta e nel prodotto reale delle tasse, e così di abisso in abisso: sino a che la carta-moneta superi in quantità la moneta metallica che prima serviva ai bisogni della circolazione: allora il valor della carta precipita.

Intanto nel mondo economico avviene una fiera lotta. Ogni ribasso nel valore della carta colpisce i possessori: adunque ognuno respinge da sè a tutto potere la carta-moneta, benché divenuta oramai il solo strumento della circolazione: ripudiandosene lo strumento, il cambio e la circolazione si rallentano, si rallenta conseguentemente o cessa in molte parti la produzione e con questa il lavoro..... L'immaginazione si arresta dinanzi allo spaventoso disastro che invade il paese!

E allora, disseccate le sorgenti delle pubbliche entrate, la carta-moneta si abbandona alla sua sorte: e sarà gran ventura se potrà rimborsarsi al valore di corso, forse al decimo della sua emissione originaria. Infatti l'immane danno si è ripartito su tutto e su tutti nelle forme violente di lunghe o ripetute devastazioni: anche avendone i mezzi pecuniari, il risarcimento proporzionale dei veri danneggiati tornerebbe impossibile.

In un paese, in cui domina una sola Banca di sconto, naturalmente avviene, che la carta-moneta si appoggi al biglietto della Banca. Perocché in tempo di crisi finanziarie facilmente accade, che la sfiducia invada anche la circolazione bancaria, ciò che necessiterebbe (se non intervenisse il governo) la sospensione degli sconti, colla duplice conseguenza della sospensione dei profitti bancarii, e del fallimento di poche o molte case *favorite* dalle anticipazioni ed essenzialmente appoggiate sullo sconto periodico delle loro cambiali. Allora dunque interviene il governo, bisognoso anch'esso di biglietti bancarii; egli dispensa la Banca dal cambio dei biglietti coll'oro: la autorizza a duplicarne, a triplicarne la quantità col benefizio del corso forzato: prende per sè la parte che gli abbisogna, e lascia il rimanente alla Banca, la quale ritrae da tale operazione un immenso vantaggio, ed è appunto per questo, che appoggia l'operazione medesima col prestigio della sua istituzione, e coi potenti mezzi che le fornisce l'*alta* sua clientela. Infatti col favore del corso forzato impresso alla sua circolazione, la Banca è posta in grado di continuare, anzi di portare al *maximum* gli sconti, le anticipazioni e i profitti che ne derivano, e inoltre riceve un tanto per conto a titolo d'interesse sull'importare dei biglietti fabbricati per conto del governo, il quale imprimendo a tutti il corso forzato pur confessa di ricevere un imprestito dalla Banca.

Introdotta così la carta-moneta colle forme della circolazione fiduciaria, essa si allarga naturalmente sotto il doppio impulso della crisi finanziaria, che ingrossa sempre più, e dei grandi interessi bancarii che vi sono complicati. Ma il prestigio ed il credito della Banca vinceranno essi la forza delle leggi economiche indicate poc'anzi? Impossibile: sono leggi fatali.

In soccorso della carta-moneta s'invoca talvolta *un'ipoteca* sui beni di appartenenza demaniale: *ma se l'ulteriore realizzazione dell'ipoteca dipende ancora dalla fede governativa*, anche questo è un rimedio impotente; perocché la fiducia negli impegni del governo è appunto quella che manca nei tempi, di cui ragioniamo: la carta scapiterà, e quando essa perda nel cambio la metà del suo valore nominale, il rimborso di essa in beni darebbe un guadagno gratuito agli speculatori, non risarcirebbe i danneggiati. Questo si preveda: si prevedono pure gl'effetti ineluttabili delle crescenti necessità dello Stato: epperò presumendosi, che l'ipoteca o la conversione svaniscono in breve, facilmente l'operazione fallisce.

Concludiamo, che, nelle grandi crisi finanziarie, il maneggio razionale della tassazione e delle economie, il pronto impiego del capitale fondiario demaniale in estinzione di parte del debito pubblico, e un ricorso diretto al capitale nazionale a titolo di supplemento per estinguere un'altra parte del debito, possono salvare lo Stato. Fuori di questa via non s'incontrano che immensi disastri, dai quali preservi Iddio la mia Patria!

FINE

INDICE